ハヤカワ・ミステリ

REX STOUT

手袋の中の手

THE HAND IN THE GLOVE

レックス・スタウト
矢沢聖子訳

TOKYO HAYAKAWA BOOKS

A HAYAKAWA
POCKET MYSTERY BOOK

THE HAND IN THE GLOVE

by

REX STOUT

1937

手袋の中の手

装幀　勝呂　忠

登場人物

シオドリンダ（ドル）・ボナー………探偵
シルヴィア・ラフレー……………………ドルの共同経営者
P・L・ストーズ…………………………シルヴィアの伯父
クレオ・オードリー………………………P・Lの妻
ジャネット…………………………………P・Lの娘
ジョージ・レオ・ランス…………………シャクティ西欧連盟の主宰者
スティーヴ・ジマーマン…………………心理学講師
マーティン・フォルツ……………………スティーヴの友人
ベルデン……………………………………バーチヘイヴンの執事
ウルフラム・デ・ロード…………………フォルツ邸の執事
レン・チザム………………………………元新聞記者
カボット……………………………………弁護士
ダン・シャーウッド………………………郡検察官
ブリッセンデン……………………………ブリッジポート署の大佐
クイル………………………………………同巡査部長
マグワイア…………………………………同署長
クレイマー…………………………………ニューヨーク市警察の警部

1　挫折した共同経営

九月のその土曜日、シルヴィア・ラフレーが複数の男と話す機会を持ったのは驚くべきことではなかった。いずれも平凡きわまる男ではなく、ほかにもう一人きわめて非凡な若い女性とも話をした。どの相手と話すにもシルヴィアが特に努力を必要としなかったのも驚くべきことではなかった。彼女は財産家で、きわめて人好きのする性格だったからだ。両親はすでに亡く、あと半年で二十一歳の誕生日を迎える。知能は人並みだが、退屈な相手というわけでもなかった。そして、まさに夢を具現したような容姿の持ち主。といっても、オックスフォード出身の時代遅れの子爵ならともかくとして、彼女を悩殺タイプと呼ぶ男はいないだろう。財産を狙うにしては難攻不落だが、そのことで評判が悪いわけでもなかった。

その土曜日の午前十時頃、三九丁目にあるケミカルズ・ビルの二十八階で、エレベーターからおりてきた彼女は、愛らしい口元を決然と結び、大きな茶色い瞳を不安に曇らせていた。だが、悩みに打ちひしがれているわけではなかった。熟睡できなかった様子はないし、広い廊下を進んでいく若々しい足どりも重くはなかった。

エレベーターから二〇フィートほどのところで急に立ち止まった。反対側から近づいてきた男も、やはり立ち止まった。

シルヴィアが驚いた顔になった。「あら、こんにちは。こんなところへいらっしゃるとは思わなかったわ」廊下を見まわしてから、男に視線を戻した。「まさかアスピリンを買い付けに来たんじゃないでしょう？」

男は口ごもった。「ラフレー嬢、ここでお目にかかるとは」彼も廊下を見まわしてから視線を戻した。「ここはアスピリンの製造はしてないんじゃないですか？」

「だと思うわ。あなたがあそこから出てらしたから。別に、わたしがどうこう言うことじゃないけど——ひょっとしたら、頭脳明晰になる薬でも作り始めたのかしらって」シルヴィアは曖昧な顔になった。「ちっとも面白くないわね。とにかく、お目にかかれてよかったわ」彼女は歩きだした。

男はそれを制するように手をのばしたが、彼女に触れようとはしなかった。そして、いくぶん大きな声で呼びかけた。「ラフレー嬢！」訴えるような、せっぱつまった口調だった。シルヴィアはまた驚いて立ち止まると、茶色の目をもう一度男に向けた。いつも顔色のよくない男だが、改めて眺めると、いつも以上に青白く見えた。四十歳にならない男にしては薄い貧相な髪がいつものように額にかかり、常に神経が高ぶっているせいでかすかに震えている大きな鼻孔がやけに目立ち、詮索するような薄い色の目が、もっとはっきり見通そう、なにごとも見逃すまいとして、ふだん以上に飛び出していた。シルヴィアはそれには驚きはしなかったが、手をのばしながら、せっぱつまった口調で呼びかけたのは意外だった。彼女はいぶかしそうに眉をあげた。

男は息を飲んだ。「あの——よけいなお世話かもしれませんが——」

シルヴィアは笑いだした。「よけいな世話をしちゃいけないという法律はないわ。でも、わたし、約束に遅れてるので」

「ああ、ストーズ氏に会いにいらしたんでしょう。そうですね？」

「ええ、そうよ」

「やっぱり」男は唇を固く結んだ。それからまた口を開いた。「お願いがあります——彼に会わないでください。つまり、今、会うのはやめてほしいんです。会うならあとで。彼は今——」彼は口をつぐむと眉をひそめた。「いや、その。それだけです。あとにしてください」

シルヴィアは彼を見つめた。「どうしたの？　おじさまが酔ってるとか？　珍しいこともあるものだわ、P・Lが酔うなんて。それとも、あなたが？　どうなさったの？　酔ってるんですか、ジマーマン教授？」

「いえ、ぼくは教授じゃない。心理学の講師です」

「あら、助教授になられたんでしょう。マーティンから聞いたわ。ご本の評判がよくて。そういえば、まだお祝いも申し上げてなかったわ。でも、P・Lがどうか？　あなたの精神分析を受けて、ぐったりしてるとでも？」彼女は手首に視線を向けた。「大変、二十分も遅刻だわ。わたしになにか実験でもしてるんですか、反応を調べるとか？」

「お願いです」男はまた手を上げたが、すぐおろした。「わかってもらえると思ったものだから、あとにしてほしいと頼んだら——でも、無理もない。でも、そのうちわかってもらえるでしょう。きっとわかりますよ、ラフレー嬢、時として傷は、致命的といっていいほどの傷は——ぼくが献身的な愛のためにどんな犠牲を払ったかわかってくださるでしょう。ぼくが心から——」そこで口をつぐむと、眉をひそめてシルヴィアを見ていたが、やがて首を振った。

「いや、いいんです」彼はつぶやいた。「さあ、どうぞ」

そう言うと、背を向けて足早にエレベーターに向かった。

シルヴィアは呼びとめようとはせず、呆然と三秒だけ男の後ろ姿を見送った。それから、やや腹立たしげに「あの人、どうかしてるわ」とつぶやくと、廊下の突き当たりまで進んだ。そして、金文字で〈コマーシャル・ケミカルズ・コーポレーション〉と書かれた大きな両開きのドアを開けて、なかに入った。こうして、その日の午前中の第一の重要な会話は、あっさり終わった。もっとも、その時点ではそれが重要だということはわかっていなかったが。

第二の会話は、偶然ではなくあらかじめ約束したもので、コマーシャル・ケミカルズ・コーポレーションの社長、ピーター・ルイス・ストーズのオフィスで行なわれた。シルヴィアを案内したのは穏やかな話し方をする若い女性だったが、彼女の唇や目や頬を見るかぎり、この会社に就職したのは製薬の知識のおかげではなさそうだった。P・L・ストーズは電話の送話機の向こうからじろりとシルヴィアを見ると、顎で椅子をさしてから、電話に向かって話しつづけた。シルヴィアは腰をおろすと、その様子を見ながら唇を噛んだ。なにも変わったところはないし、ジマーマン教授が廊下で言ったばかげた提案の説明になるようなこともなかった。なにもかもふだんどおりに見えた。性急でぶっきらぼうな低い声、ゴルフ焼けした健康そうな顔を縁どっているモップみたいな豊かな白髪まじりの髪、胸ポケットからのぞく色物のハンカチ、目が少し赤くなっているのは花粉症のせいだろう。

ところが、話を終えて電話機を押しやると、ふだんと違うことが起こった。こんなことは初めてだった。なにも言わないのだ。座ったまま、口をすぼめてたっぷり十秒彼女を見つめていた。ようやく、ゆっくり首を振ると、立ち上がってデスクをまわり、シルヴィアの椅子のそばまで来て、黙って見おろした。シルヴィアは目を上げて、探るように彼を見た。やがて、彼はまた首を振り、大きなため息をついて、椅子に戻ると、デスクの上で手を組んで、親指をこすり合わせながらシルヴィアを見つめた。なにもかも珍しいことばかりだった。遅刻を咎めないし、水を飲むかとも勧めないし、時間の無駄遣いだと小言を言うこともなかった。あんなことぐらいで――彼にとってはたいしたことではないのに――こんなに動揺するなんて夢にも思っていなかった。彼女はもう一度唇を嚙むと、笑いかけた。

「廊下で会ったわ、スティーヴ・ジファーマンに。あの人、おじさまに会いに行くなと言ったの。また日を改めて会いに行くようにって」

P・L・ストーズは顔をしかめた。「あの男がそんなことを言ったのか」

シルヴィアはうなずいた。「言いにくそうに口ごもったりして。それだけでも変でしょ。いったん話しだしたら止まらない人なのに。ここで会ってびっくりしたわ――おじさまは彼を嫌ってるのに――」

「ほかになにか言ったか？」

「それだけ。そうそう、致命的な傷だとか犠牲だとか献身だとか、わけのわからないことを言ってたわ。あの人、頭がおかしいと思いません？　わたしは思うけど。おじさまもきっとあの人は頭がおかしいと思っていると思ってた。マーティンのために我慢してるだけで、ほんとは彼を嫌ってるって」

「嫌いだ」ストーズは口元を引き締めてから、また言った。

「ジマーマンは卑劣なやつだ。学者としても男としても他人のおこぼればかり狙ってる。現代心理学が聞いてあきれるよ」彼は吐き捨てるように言った。「ほかになにを言ってた？」

「別に」

「致命的な傷とかなんとか言ったんだろう？」

「きっと出まかせでしょ。深い意味はないと思うわ」シルヴィアはまた唇を嚙んでから、背筋をのばして座り直した。「それより遅刻してすみませんでした。お待たせして。ゆうべドルとじっくり話したの」

ストーズはうなずいた。「それは聞いていたが、だが、わたしとしては――」

「言いたいことはわかるけど、とにかく聞いてちょうだい。お願い。ドルのことを話し合おうとは思わないわ。喧嘩になるだけでしょうから。でも、彼女の言い分を伝えたいの。重要なことが三つある。ちょっと待って」シルヴィアはオストリッチ革のハンドバッグを開けて、メモを一枚取り出すと、それをひろげて眉を寄せて見つめた。「まず第一は、新聞記事の件よ。ドルは承知したと言ってるわ。昨日言ったように、《ガゼット》の日曜版に載ったのは、ほんの偶然で、レン・チザムが――」

「聞くだけ無駄だ」ストーズが遮った。「まったく、シルヴィア――」

「待ってったら！」シルヴィアは声を張り上げた。「最後まで聞いて！　文句を言うのはそのあとにしてちょうだい。レン・チザムはあの写真を手に入れて、わたしたちをからかったけど、てっきり冗談だと思ってたの。ところが、日曜版の編集長が二百ドル出すと持ちかけて、彼はお金が必要だったから。ドルは」シルヴィアは目を細めてメモを見た。「今後、二度とこうした失策を犯さないことを文書で誓約すると言ってるわ。これが第一。第二は、わたしがしじゅう出入りしているという点だけれど、わたしに言わせると、どうして問題になるかわからないわ。だって、あそこに行くのは、たぶん刑務所を別にしたら、ほかのところに行くのと変わらないし、ドッグショーに行くのと同じぐらい普通のことで、しかも、嫌な臭いもしないし。それはともかく、ドルはこう書いてるわ。ラフレー嬢は今後、週三回だけ会議のために出社する、と。そういう取り決めにしたの。最後に、第三は——これはわたしの大きな譲歩だけど。ドルに説得されたの。事務所の名前がボナー&ラフレーでも、わたしはちっとも不名誉だなんて思わないし、恥ずかしくもないけれど、ドルがどうしてもと言うから。新しい名前はボナー探偵事務所にして、これまでどおりドルとわたしとで半分ずつ株を所有して、彼女が社長、私は副社長兼経理担当ということに——そんなふうに黙って首ばっかり振らないでちょうだい」

不愉快そうに首をゆっくり左右に動かすのは、いつも決然とした態度をとるストーズには珍しいことだった。シルヴィアに指摘されて、その動きは止まったが、相変わらず不機嫌な顔で彼女を見つめていた。やがて彼は低い声で言った。「シルヴィア——いい子だから、わたしの言うことを——」

「やめて!」シルヴィアはいらだたしそうに手を振った。「もうたくさんよ、P・L。子供扱いしないで。わざとらしいわ。これは大人同士の話し合いなんだから。フェアじゃない」

「そうじゃないんだ」彼はまた首を振って、ため息をついた。「子供扱いするつもりはない。考えていることがあるんだが——いや、今はだめだ——今は言えない。わざとらしいって?」彼は急に深刻な口調になった。「それは違うよ。生まれて初めて殺人者の気持ちが理解できた。今なら人を殺せる」彼はデスクの上で両手でこぶしを握りしめた。「この二つの手で、良心の呵責も感じないで。そして、よくやったと自分を褒めてやって——」そこで急にやめて、こぶしで重い文鎮を突いたので、文鎮が磨きこまれたデスクをすべってファイル籠にぶつかった。彼はファイル籠をにらんでから、シルヴィアを見上げた。「わたしもだらしがないな。今はだめだ。今夜、カンーリーハウスに来るだろう?」

シルヴィアは信じられないという顔で見つめていた。

「ほんとうにどうしたの? こんなに取り乱したおじさまを見たのは初めてよ」

「取り乱してなんかいない」彼はまた歯切れのいい口調になった。「だが、これだけは――いや、なんでもない。とにかく、話は今夜にしよう。バーチヘイヴンに来るね？」

シルヴィアはうなずいた。「遅くなるかもしれないけど。マーティンのところでテニスして夕食をとることになってるから。ジャネットもいっしょよ。ひょっとして、お金の問題？　今なら人を殺せると言ったのは。それなら、わたしにはまだたくさんあると思うから――」

「いや、金の問題じゃない」彼はつらそうな顔でシルヴィアを見た。「気持ちはうれしいが、シルヴィア、そんな心配はしなくていい」

「ほら、また！　そんな言い方しないでと言ったでしょ」

「悪気はなかったんだ。ただおまえがうちの会社の株を二千株買うと言ってくれた時のことを思い出して。あの時はほんとうに――」

「今さらなによ。それに、わたしはあれで損したわけじゃないでしょう？」

「ああ、幸い、今のところ配当が――」

「だったら、そんなこと忘れて」シルヴィアは笑いかけた。「殺人者の気持ちも忘れたほうがいいわ」立ち上がると、いっそう華やかな笑顔になった。「ほんとに今日のおじさまは相当頭にきてるみたいね――殺人者になるなら、うまくやらなくちゃ。ジャネットとわたしは十時すぎになるかもしれない。マーティンの家の夕食がどんなものかご存じでしょ――キジにはもううんざり。結婚したら、あれだけはやめてもらわなくちゃ」シルヴィアは腕時計に目をやった。「まあ、大変、こんなに時間をとらせてしまって」彼女はドアに向かいながら手を振った。「ドルには三点とも承知したと伝えておくわね」

「シルヴィア！」ストーズは座ったまま言った。「ここに戻ってきなさい」

シルヴィアは不思議そうに眉をあげた。「なに？」

「話はまだ終わっていない」ストーズは彼女をにらんだ。「わたしがその手に乗らないのは知ってるだろう。ボナー嬢にそんなことを伝えられては困る。承知した覚えはないし、今後もそれは同じだ。昨日、言っただろう。あのいまいましい――あの事務所とは今後いっさい関係を断ってもらいたい」

シルヴィアは突っ立ったまま顔をしかめて彼を見た。

「P・L、そういう言い方はもうやめて。子供の時はそれでよかったけれど、わたしは九九も覚えたし――それに、あと半年で――」

「わかってる。三月には二十一歳になる」ストーズは突然こぶしでテーブルを叩いた。「なんてことだ、シルヴィア！　何度言えばいいんだ？　わたしがいつもこういうしゃべり方をするのは知ってるだろう。後見人の権限をふりかざすつもりはない。おまえが成人に達するまでにあと半年あるがね。鏡を見てごらん。おまえはもう一人前の女性だ。三年前から、後見人づらするなんて、なんというか――無意味だと思うようになった。歴史上いくらでも例があるし、繰り返し小説のテーマにもなっているだろう、初老の後見人が被後見人に恋を――」

「おじさまは初老じゃないわ」

ストーズはシルヴィアを見つめた。「わたしは五十三だ。まだ中年かな？　たいした違いはないよ、後見人が被後見人を恋するようになったら。わたしはまだその段階ではないが、あの愚かな妻と娘が彼女たちの本来の居場所だというインドに行ってしまって、毒にも薬にもならない薬を売る以外になにかするチャンスがめぐってきたら、そうなるのに長くはかからないだろう。わたしはまだおまえに恋していないが、おまえを愛していることは知っているだろう。両親が亡くなった時、おまえはまだ五つだった。我ながら後見人としてはよくやってきたと思うよ。おまえは健康で美しく、車に轢かれたことも誘拐されたこともなく、三百万ドル以上の資産を持っている。なによりも重要なのは、おまえの頭がほかの器官とちゃんとつながっていることだ。ところが、今になって――」

「わかったわ。なにも心配は――」

「ウォール・ストリートの相場師が無一文になって自殺した。その娘がおまえの幼馴染だったから、おまえは彼女を助けたいと思った。そこまではいい。しかし、その娘は父親以上の変わり者で、おまえを言いくるめて共同経営を―

――」

「言いくるめられたんじゃなくて――」

「共同経営で、なんと探偵事務所を始めた！　それだけでもショックだ。許しがたいことだ。しかも、彼女は宣伝が必要だと判断した。それはそうだろうさ。そして、手を回して新聞にでかでかと――」

「手を回したわけでは――」

「新聞にでかでかと出たのは確かだ。見ただろう。彼女の写真と経歴だけではなく、おまえの写真と経歴も。そのうえ、これでもかといわんばかりに、わたしの写真と経歴まで載った、女探偵の後見人として。興味があるだろうから教えるが、わたしは《ガゼット》紙を名誉毀損で訴えると脅して、記事を書いた記者を馘にさせるというささやかな復讐を果たしたよ」

「まさか、そんな。書いたのはレン・チザムよ。言ったでしょう、彼はお金に困っていて――」

「わたしの知ったことじゃない。シルヴィア、おまえはわたしの言い方が気に入らないと言ったね。わたしは指図しようとは思わない。そんな気は毛頭ない。後見人としての有能ぶりに感謝してほしいとも思っていない――おまえよりわたしのほうが楽しい思いをしてきただろうからね。わたしはなにも要求する気はない。ただ年の離れた友人として、この手でおまえのために水遊び場をつくり、水着を着ておまえといっしょに入った年上の友人として話してるんだ。おまえを愛している年配の友人として。わたしが言いたいのは、今後もあの探偵稼業になんらかのかかわりを持つつもりなら――経済的なものにしろ、個人的なつながりにしろ――なんらかの関係を持ちつづけるつもりなら、それはわたしの意思や希望に反するものであり、わたしの全面的反対と強い憤りを無視したものになるということだ。つけ加えておくが、おまえがわたしの希望を無視したとしても、おまえがわたしのために時間を割いてくれるかぎり、喜んでおまえと会うつもりだし、そのことでおまえに対する愛情が薄らぐわけでもない――それどころか、時間がたつにつれて、そしてチャンスがあれば、強くなる一方だろう」

シルヴィアは眉をひそめてじっと彼を見つめていた。そして、訊いた。「これは最後通牒?」

「ああ、考え直す余地はない」彼は難しい顔になった。

「わたしが生きているかぎり」

「そんな」シルヴィアは口をすぼめると、肩をあげて、またさげた。「おじさまの頭のよさにはかなわないわ。こうなるって予測しておくべきだった。この週末はおじさまの花粉症がひどくなるのを祈ってるわ。じゃあ、今夜」

シルヴィアは若々しい足どりで部屋を出たが、来た時ほど軽やかな足運びではなかった。

通りに出ると、天気のよい九月の朝だったので——といっても、もう昼近かったが——歩くことにした。東に歩いて五番街まで行き、そこから北に折れたが、まだ眉間に皺を寄せたままだった。弱みにつけ込まれたような気がしたが、といって、だれを責めていいかわからなかった。通りすがりに声をかけてきた二人の若い女性に曖昧に会釈し、また一ブロックほど歩いて、足早に通りすぎながら挨拶してきた年配の男性にも会釈を返した。ドルがどんな反応を示すか予測できた。でも、それも無理のないことだ。街は明るい日差しに包まれ、土曜日の街をゆきすぎる人びとは、もちろん上流階級の人間ではなかったけれど、身なりもみすぼらしくはなく颯爽としていた。シルヴィアは街行く人たちのまなざしや、この通りを歩く人びとの服装がとても好きだった。

四四丁目の近くで、彼女は急に立ち止まって脇に寄ると、トラクターのように重い足どりで近づいてくる男に近づいた。そして、鼻先の一フィートほど上にある男の無表情な大きな顔を見上げながら笑いかけた。男は大きな手をあげて、ぎこちなく黒いくたびれたダービーハットを取った。

「デルク! こんなところで会うとは思わなかったわ。仕事中?」

「そうです」

「尾行?」

「いや、ちょっと調べ物を」

「例の天然痘の患者?」

「いや、あるご婦人の手に入らなかったドレスのことをちょっと」
「そう。あまり面白そうな仕事じゃないわね。もちろん、それがどんなドレスかにもよるけど。それじゃ、引き止めないわ。といっても、立ち止まらせてしまったけど。いい機会だから、あなたと知り合いになれてうれしかったと言っておこうと思っただけ。ほんとに、とても面白かったのに――」

男は目を見開いて、口の端から声を出した。「面白かったって？」

「そうなの――でも、まだこんなことを言うのは早いんだけど――いずれわかることだから――あら、バート！」シルヴィアはさっと脇に寄った。「バートじゃないの」若い男の袖をつかんで戻ってきた。男は袖をつかまれるならコートにアイロンをかけておくのだったと悔やんでいる様子だった。「紹介するわ。デルクよ。こちらはタヴィスター。バート、いやね、気がつかないなんて。あなたたち二人は共通の話題がたくさんありそうよ。ゆっくり話すといいわ。じゃあね」

シルヴィアは振り返らずに進んだ。四七丁目で右に曲がり、パーク街に出ると、大きな集合ビルのロビーに入って、エレベーターに乗り、三十二階でおりた。長い廊下を歩いて二度曲がって目ざすドアの前に出ると、立ち止まった。ドアに掲げられたプレートを見つめた。ボナー＆ラフレー探偵事務所。

「ほんとに……」そうつぶやくと、ドアを開けてなかに入った。

2　ドル、事件を引き受ける

待合室は狭いが、すっきりと品よく整えられていた。壁は緑がかったクリーム色、間接照明で、床のゴムタイルは濃い栗色だった。椅子と小テーブルと衣類掛けは、赤と黒の漆塗りでクロムめっきの縁どり。奥のデスクとその上に置いてあるおもちゃのように小さな電話交換台も同じで、この特注の交換台だけでも、シルヴィア・ラフレーは百ドル支払った。入口に面した仕切り壁の隅にまた二つドアがあって、左側のガラス戸に細い優雅な金文字でボナーと刻んだプレートがかかっていた。もう一方にはラフレーとある。

シルヴィアは声をかけた。「こんにちは」

受付の女性は地中海人種らしく、浅黒い陽気な顔立ちで、癖のない髪は真っ黒、物慣れた愛想のよい笑顔で会釈した。

「おはようございます、ラフレー嬢」

「ボナー嬢はいる？」

受付係はうなずいだ。「オフィスに。フォルツさんとプラットさんがいらしてます」

「まあ！　フォルツさんが？　てっきり――」シルヴィアは左側のドアに近づくと、指の関節でノックしてからドアを開けて入った。

「あら、シルヴィア」声をかけてきたのはシオドリンダ・ボナー、親しい人にはドルという愛称で呼ばれている女性で、デスクの椅子に座っていた。椅子はスツールなのか、いつものように背中をつけず背筋をまっすぐのばしていた。好奇心の強そうなキャラメル色の目が、友人で共同経営者のシルヴィアを見て、きらりと光った。その目を縁どっている漆黒のまつげは、透明感のあるすべすべしたクリーム色がかった小さな顔の中で、いっそう黒々と見えた。

「シルヴィア！　今までどこに――」そう言ったのは、マーティン・フォルツで、はじかれたように立ち上がってシルヴィアの手を取った。彼自身の手はおずおずと遠慮がちな動きだったが、シルヴィアに向けた灰色の目も神経質そうな印象を与えた。物腰には傲慢さと内気さが同居していたが、押しの強いタイプでないのは確かだった。シルヴィアはマーティンが手を離すと、彼の髪をやさしく撫でた。

三番目に挨拶したのはシルキー・プラットだったが、こちらはもぞもぞ口ごもっただけでよく聞き取れなかった。シルキーはデスクの向こう側の小さな椅子に座っていたが、立ち上がろうとはしなかった。小柄な目立たない男で、一見どうでもいいような存在に見えるが、よく見ると、小さな鋭い目に抜け目なさそうな表情が浮かんでいた。

マーティン・フォルッはシルヴィアのために椅子を引き寄せてから、自分も腰をおろすと、彼女が訊きかけたことに答えた。「ああ、月曜日に来ると言っていたけれど、気が変わってね——今日にしたんだ」困った顔でそわそわとドル・ボナーを見ると、視線をフィアンセに戻した。「ゆうべ——またあったんだ。前と同じことが」

「まあ!」シルヴィアはぞっとした顔になった。「マーティン! まさか!」

彼はうなずいた。ドル・ボナーが低い声で要領よく説明した。「今、その話をしていたところ。プラットがついさっき来てくれて。彼を向こうに——あなたが承知してくれたらだけど」

「今度はウサギ? それともキジ?」

「キジが四羽。モウコキジが。鳥小屋にいたのに」

「まあ、こわい!」シルヴィアは腰を浮かした。「だから言ったでしょう、マーティン、敷地をワイヤーで囲って、警報機をつけて、いつも電流を通しておくしかないって。さもなかったら手放すか」

フォルツは首を振った。「そう言っても——手放す気にはとても——それに敷地をワイヤーで囲うとなると大金がかかる。前に話しただろう。とにかく、だれだか知らないが、犯人はとてつもなく悪賢いやつだから——」

「でも、このままにしておくわけにいかないでしょう! こんなこと——」シルヴィアは身震いした。「こんなこともうたくさん。そりゃあ、いずれにしても殺されるわけだけど、あんなひどいやり方って——」

ドル・ボナーが遮った。「それを今、話してたの。プラットに出す指示を聞いて、あなたの意見を聞かせてくれない？」

「でも、ドル、デルクがいるし——それにもうひとり、あの金歯の人だって——」シルヴィアは言いかけたが、座り直した。「わかった。聞くわ」

ドル・ボナーは片手をあげて、人差し指の先で右耳の下の、つやややかな顎の上にある小さな黒いほくろに二度軽く触れた。昔はやったつけぼくろではなく、持って生まれたもので、欠点というよりむしろ個性的な印象を与えていた。

彼女はデスクの向こう側の小柄な男に顔を向けた。

「手帳はある、プラット？　書きとめてちょうだい。マーティン・フォルツ。この人の名前よ。オゴウォックから北西に二〇マイル、キャスルトン街道沿い。ウルフラム・デ・ロード」綴りを教えた。「午後十一時から午前五時まで、今夜から。いい？」

彼女は体ごとプラットに向いた。「フォルツの地所には、ほかの家畜にまじって野ウサギとキジがいるの。もともと趣味で飼っていたのを最近販売用に、というか、そのつもりで飼育している。外働きの男が四人、それ以外に運転手と、ウルフラム・デ・ロードという——さっきメモしたでしょ——執事がいる。五月のある朝、使用人のひとりが飼育場の鳥小屋で、キジが二羽、首に紐をかけられて金網の支柱からぶらさがっているのを発見した。絞殺されてたの。結び目は鳴き声を出せない程度にきつくて、でも、ある程度の緩みがあって苦しみが長引くようにしてあった。羽が何本も抜けていたそうよ。フォルツとデ・ロードが調べたけれど、なにもわからなかった。ジマーマンという男も手伝って調べた。フォルツの友人で、たまたま遊びに来ていたそうよ。一週間後にまた同じことがあって、今度はキジが三羽、被害を受けた。それで、夜回りを始めて——」

シルキー・プラットの声は低く細かった。「その時にもジマーマンはいたんですか？」

「ええ。言っておくけど、あなたの仕事は推理じゃなくて見張り。ジマーマンはフォルツの幼馴染の親友なの。夜回りは二週間後にやめた。十日後に、六羽のキジが絞殺されているのをデ・ロードが見つけた、前と同じ状況で。それで――」

「どんな紐だったんですか？」

ドル・ボナーは首を振った。「今、注意したばかりでしょう？　その種の手がかりを追ってもなにもわからなかったの。飼育場の入口に鍵をかけ、警察にも届けた。警察が敷地や周辺を調べた。七月の初めに、今度は野ウサギが二四、同じ状況で見つかった。ウサギの場合はキジより難しいそうよ、夜も昼と同じように悲鳴をあげるから。でも、だれも悲鳴を聞いてないの。数字を書きとめる必要はないわ。ただ状況を説明しているだけ。ウサギ小屋にも飼育場にも鍵がかかっていた。三週間後には、キジが四羽、その翌日には野ウサギが三匹やられた。鍵のことは訊かないで。下調べしておけば、部外者にでも手の届くところに保管してあったそうよ。もちろん、使用人のだれにでもできたし、デ・ロードにも。フォルツ自身にでも可能だったわ。どうしたの、マーティン？」

黒いまつげの下でキャラメル色の目が光った。フォルツはにこりともしなかった。「ああ、可能だっただろうね」彼はぎこちない口調で言った。「ぼくが夢遊病だったとしたら。実際、これは悪夢だ」彼がぴくりと肩をふるわせる・と、シルヴィアが手をのばして肩に手を置いた。

ドル・ボナーはまたシルキー・プラットに向き直った。

「それが六週間前のことで、その時にはうちの事務所がオープンしていたの。ラフレー嬢がうちに依頼するようにフォルツを説得して。わたしはずいぶん時間をかけたけれど、なにも手がかりが得られなかった。それで、デルクともうひとり頼んで、二人に見張らせたの。見張るといっても、鳥小屋やウサギの飼育場のなかには可動式のものもあるし、敷地が数エーカーにわたっているので、簡単なことじゃなかった。経費もかかるし、それで、月末になんの成果もあがらないとわかって、二人を引き上げさせたの。その後しばらくは何事もなくすぎた、先週の木曜の夜までは。金曜の朝、キジが二羽絞め殺されているのが見つかった。それで、錠前をつけ替えて、古い錠は処分した。ところが、ゆうべまた四羽やられていた。ワイヤーが切断されて、金網に人ひとり通れるぐらいの穴が開いていたって。発見したのはデ・ロード。今夜、見せてほしいと言えば案内してくれるわ」

シルキー・プラットの目には興味深そうな光が浮かんでいた。「そのジマーマンという男のことをもっと教えてもらえませんかね」彼は不満そうな口ぶりで言った。

「ジマーマンのこともほかのことも考えなくていいの。わたしがさんざん時間をかけたと言ったでしょう。うちで引き受けて解決できなかったのはこれが初めてよ。あなたには事務所の経費で行ってもらうわ。フォルツにはすでに大金をかけさせて、なんの成果も得られなかったんだから――いえ、マーティン、これはもう決めたことだから。その男を――ひょっとしたら女かもしれないけど――つかまえるのはわたしたちの責任よ。あなたはもう充分お金をかけたんだから。グランドセントラルを夏時間の八時四十八分に出て、オゴウォックに九時四十分に着く列車があるわ。デ・ロードがオゴウォック駅に迎えに来てくれることになってる。デ・ロードが住んでいるコテージの屋根裏に窓があって、そこから飼育場がよく見えるわ。闇夜で見通しがきかないならともかく、晴れた夜や少しでも月が出ていれば、人影は見えるはずよ。あなたがいるのを知っているのはデ・ロードだけ。使用人たちが仕事を始める前に引き上げてちょうだい。昼間よく眠っておいて、この任務を全うすること。報酬は通常の八時間分プラス犯人をつかまえた場合は百ドル」

プラットは眉をひそめて彼女を見ながら唇をなめた。

「しかし、ボス、屋根裏の窓からでしょう。もし見えたとしても、どうすればいい？　そこからどれぐらい距離があるんですか？」

シルヴィアがそばから言った。「撃てばいいじゃない」

プラットは手のひらを上げてみせた。「暗闇でですか？わたしは狙撃の名手じゃありませんよ」

「そっとおりてデ・ロードを起こせばいい」フォルツが提案した。

プラットは気乗りしない表情になった。「暗闇でこそこそ動きまわるなんて――」

「見失わないでよ」ドル・ボナーが言った。「見つけられるとしたら、犯人が入ってくる時だろうから、いくらか時間はあるわ。窓からおりられるようにロープを用意しておいて。懐中電灯と銃も。音を立てないようにできるだけ近づくこと。逃げようとしたら、撃っても法に触れることはないけれど、狙いを低くして」

「狙いを低くしたら、腹を撃ってしまう」

「とんでもない」ドル・ボナーの目がきらりと光った。「腹だろうとどこだろうと撃つ必要なんかないわ。脅しをかければいいだけ。あとは走ってつかまえて。犯人はきっと腰抜けよ、夜中にこそこそ忍び込んで、罪もない動物を絞め殺すような男なら――」彼女は身震いした。「つかまえられるわね?」

「やってみましょう」シルキーはため息をつくと立ち上がった。「一晩中、鳥の番はぞっとしませんがね。こんな仕事は初めてだ」歩きだして、すぐ立ち止まった。「このフォルツの地所というのは、バーチヘイヴンのそばじゃないですか、ストーズの屋敷のある。前にあのトランクを探しに行ったでしょう」

「ええ、バーチヘイヴンに隣接してる。でも、よけいな推理はしなくていいの」ドル・ボナーは立ち上がって彼のそばに行った。そして、彼の肩に手を置いた。「犯人をつかまえて。いいわね、プラット?」

「わかりましたよ、ボス。じゃあ」

「待って」ドルは振り向いた。「どうかしら、シルヴィア? お金がかかるけれど。経理担当としては?」

「そうだったわ」シルヴィアははっとして困った顔になった。「あの、ドル――そのことで話が――ドル、実は。いえ、いいの――銀行にお金はあるんでしょう?」

「もちろん。水曜日に一万ドル入金してもらったから」

「そう。じゃあ、いいわ。ただ――いいえ、いいの」

ドルは共同経営者を見つめて少しためらってから、シルキー・プラットのほうを向いて、出口に向かう彼にうなずいてみせた。そして、彼が部屋を出てドアを閉めると、またデスクの椅子に戻った。彼女のしぐさは、空気の中を進むというより空気といっしょに動いているような感じだった。彼女が動いたり話したりするのを見ていると、だれもが無意識のうちにゆったり座り直した。力が入ったり優雅さが損なわれたりすることなく、エネルギーがこんなふうに自然に流れるのを見ていると心がなごむのだ。背筋をのばして椅子に座ると、ドルは指先で頬の黒いほくろに軽く触れてから、デスクに手を置いた。

「それで？　あの三つの条件はうまくいかなかったのね？」

「そうなの」シルヴィアはだしぬけに手袋をつかんで床に投げつけると、オストリッチ革のハンドバッグを反対側にさらに強く投げた。フォルツはかがんで手袋を拾ってから、立ち上がってバッグを取り上げ、それを持ったまま立っていた。「ひどいったらないわ」シルヴィアはくやしそうに言った。

「ひょっとして――」ドルは当惑した顔で訊いた。「半年間、送金を絶つとか？　あなたのお金を？　そういうことじゃないの」

「まさか。いくらなんでもそんなことはしないでしょう。そうじゃないの」

「じゃあ――」ドルは手を振った。「それで、結局、どうなったの？」

「さんざん」

「というと？」

「今後、わたしはこの探偵事務所に、経済的なつながりにしろ、個人的なつながりにしろ、いっさいかかわりを持ってはいけないって」

「そう。そういうこと」ドルは口をすぼめて端然と座っていた。息をしていないのではないかと思うほど静かに。

「それなら、あなたはもう探偵じゃないわけね。ああしろこうしろと指図する男がいるのは、いいことなんでしょうね。あなたに出してもらったお金は返せないわ――少なくとも今は」

「ドルったら！」シルヴィアはみじめな顔になった。

フォルツが立ち上がった。「邪魔なようなら――」

シルヴィアは彼にいてほしいと言った。「邪魔なんかじゃないわ、マーティン」ドルも言った。「今後はあなたがあれこれ彼女に指図することになるから。服従の美徳をじっくり観賞してちょうだい」

「ドル・ボナー」シルヴィアの顔色が変わった。「あなたにそんなことを言う権利はないでしょう。わたしはどんな男にも服従する気なんかないわ」

「わたし、男は嫌い」

「わたしもよ。少なくとも——どの男でも好きなわけじゃない。でも、それとこれとは関係ないわ。P・Lはわたしに指図したわけじゃないの。ただわたしが彼の反対を無視してこのまま続けるとしても、彼はなにもする気はないし、それで——それでわたしに対する気持ちが変わるわけでもないって。そこが困ったところよ」シルヴィアは苦い口調になった。「そこが彼の頭のいいところ。わたしがたとえ彼からでも指図されるのに我慢できないのをよく知ってるの。感謝なんかしなくていいとも言ったわ。わたしが恩知らずなのはわかってるし、たとえ感謝されても、恩を売る気はないって。だけど」シルヴィアの口調がいらだってきた。「彼にはちゃんとわかってるのよ、自分が十五年間いかによくやってきたか、そして、わたしにはそれを理解するだけの分別があるし、公平な立場で判断できるし、心のやさしいところもあることを。とにかく、あの彼の写真——《ガゼット》のあの記事はひどかったもの」

ドル・ボナーが皮肉な声で訊いた。「公平な立場って？わたしに対してもそうだったというの？」そう言ってから、またすぐ言った。「いいえ、今の言葉は撤回するわ。あなたのせいじゃない。たとえ悔いがあったとしても——実際にはないけど——それは自分自身に対するものよ、あなたの話に乗ってしまった自分自身に。あなたも知ってるように、わたしはどこか家賃の安いビルに小さい部屋を借りて、ひとりで探偵事務所を開くつもりだったんだから」

フォルツがおずおずと訊いた。「ちょっといいかな——ぼくには関係のないことだが——ずっと不思議だったんだ、なぜ探偵になったのか。きみほど能力があって——それに、人脈もあったら——どんな仕事でも——」

「言いたいことはわかるわ、マーティン」ドルは辛抱強く言った。「スタイリストか重役秘書になってもよかったし、帽子屋とか、買い物代行業を始めるとか。ただ、したくなかったの。つけ加えるなら、男のボスの下で働くのはいやだったし、できることなら女のボスもごめんだったから、ひとりでできそうな仕事を書き出してみたの。どれも退屈でつまらなそうで、例外は二つか三つだけだった。それで、探偵になるか造園設計家になるか、コインを投げて決めたの。そして、プライドを捨ててある男に頼み込んで、免許を取った。わたしには身寄りがないし、父はお金が原因で亡くなったから、シルヴィアから当面の運転資金として千ドル借りる代わりに、主義には反するけれど、彼女に加わってもらうことにしたの」ドルは手を振って、黄色と青とクロムの銀色で統一された美しい室内を指すと、肩をすくめて元共同経営者を見た。「なにもかもだめになったわけ、シルヴィア？　妥協の余地なし？」

シルヴィアはまたみじめな顔になった。「それが、ドル——」

「わかった」ドルはきっぱり言った。「わたしのほうが四つも年上なんだから、もっと考えるべきだったわ」そう言うと、引き出しを開けて、タイプした紙を一枚取り出した。「意外じゃなかった。それに、わたしもストーズに負けないぐらい頭が働くし、これであなたに対する気持ちが変わるわけじゃないわ。今朝、数字を出しておいた。あなたの資本分担金一万五千ドルのうち、すでに九千ドル出してもらってるわ。それはわたしのサラリー、オフィスの家具、従業員の給料、家賃に消えてしまった——箇条書きにしておいたから、あとでコピーを渡すわ。現在の——」

「ドル、やめて！」シルヴィアの頬が赤くなった。「そんなことこまごま聞かせてもらわなくてもいいわ」

「こまごま聞かせてるんじゃなくて、社長として報告してるの。現在までの収益は七一二ドル八三セント。売掛金が九四九ドル一〇セント、どれも確実な売上だけど、支払いが遅れてるのは、あなたがお金に困ってないとみんな知ってるから。銀行の預金残高は一一六四ドル三五セント。事務所の純資産は七二一九ドル八八セントだけど、家具は購入価格になっているから、もちろん、売るとなると——」

「売るって！」シルヴィアは息を飲んだ。「ドル！　ここにあるみごとな家具を――」

「もちろん売るわ。シルヴィア、あなたにはお金がどこから来るかわかってないのよ。今でもコウノトリが運んできて、煙突から落としてくれると思ってるんでしょう――あなたの場合は、群れをなして飛んできてもらわないと困るだろうけど。わたしが現状を維持していけると思う？　家賃だけでも千八百ドルもかかるのよ。賃貸契約がどうなるかわからないけど、事務所を解散するとなると――そのための弁護士の費用もかかるわ――なによ！　出て行って！」

フォルツとシルヴィアは度肝を抜かれたが、すぐにそれは自分たちに向けられた言葉ではなく、部屋に入ってきた闖入者に向けられたものだとわかった。ドアが勢いよく開いて、オリンピック選手のような男がずかずか入ってきた。背が高く、がっしりした体格で、目は青、浜辺で肌を焼いたヌーディスト並みに日焼けしていた。男はほかの二人には目もくれず、まっすぐドル・ボナーのところに向かって行って、そばに立って感情を込めてささやいた。

「かぎ爪を持つ雌トラも恐れず、大きな口を開いた雌ライオンも恐れず！」

そして、手をのばしてドルの腕をつかむと、椅子から持ち上げてデスクの上に高々と上げ、しばらくその体勢を保ってから、また椅子に座らせた。

ドルは抵抗しなかった。そして、穏やかだが、きっぱりした口調で言った。「あなたって鈍感なサディストよ。わたしは触られるのが大嫌いなの。知ってるくせに」

若い男は彼女を見おろして首を振った。「このぼくがサディストだって？　どこからそんなことを考えついたかわかるよ。フォルツのところの絞め殺されたキジのせいだろう。確かに、ぼくはきみを絞め殺せる。できないなんて思わないでくれよ。それに、触られるのが大嫌いだとしても、それは隠さなくちゃ。それでなくてもそそられるのに、ますますそうしたくなるだけだからね。とにかく、ぼくの知ってるテクニックはこれだけなんだ。そして、いつの日かきみの中の女が花開いて、きっと夢中になるよ」彼はこのやりとりの聴衆に挨拶することにした。「やあ、フォルツ。

やあ、シルヴィア。面白いことを教えようか、ぼくが本気でだれかを絞め殺すことにした時は、第一の犠牲者は、きみのやさしい後見人のP・L・ストーズだよ。本気じゃないなんて思わないでくれよ。あの卑劣漢のおかげで馘になった」彼はドルに顔を向けた。「仕事がほしい。ここで働かせてほしいんだ」さっきまでシルキー・プラットが座っていた椅子をちらりと見ると、そばに行って腰をおろし、また言った。「殺人者よりは探偵になったほうがよさそうだ」

「出て行って、レン」ドルがきっぱり言った。「話をしてるの」

「ぼくのこと？」

「いいえ。サディストでエゴイストね、あなたって。出て行って」

「どこへ行けばいいんだ？　救世軍にでも？　馘になったと言っただろう？」

「どこを馘になったの？」

「《ガゼット》の仕事だ。きみのために書いたあの宣伝記事のせいで、ぼくはただ——」

「お金がほしかっただけでしょ。わかってるんだから。つまり、ストーズ氏の苦情のせいで——」

「あの男が大騒ぎしたせいだ。名誉毀損で訴えると脅して、ぼくがいけにえの山羊にされたんだ」彼はこぶしで胸を叩いた。「このレナード・チザムがいけにえの山羊に。ぼくは無一文同然だ。見かけよりずっと怒ってるんだから」

「そうね。それでは感情を隠すわけにいかないわね。吐き出さなくちゃ」ドルは髪をうしろに撫でつけた。「ストーズ氏はなかなか食えない人物ね。アル・スミスより執念深くて」

「そんなことないわ」シルヴィアが口を出した。「P・Lは執念深くなんかないわ、ドル。腹を立ててるだけ。わたしにはよくわかる。あなたも言ってたじゃない、レンは地下鉄で仕事を探したほうがいいって。それに、彼はレンに好意を持ってるわ」シルヴィアは顔をしかめた。「少なくとも持ってた」彼女はちょっと考えていた。「そうだわ、レン、今日の午後、マーティンのところでテニスすることになってるの。食事のあとでバーチヘイヴンにブリッジをしに行く予定。いっしょにいかが――あの、もしマーティンに――」

フォルツは熱心にうなずいた。「ああ。ぜひ、そうするといいよ、レン」

「バーチヘイヴンにもいっしょに行って、どうなるか様子をみましょう。文明人らしくふるまえるなら、心配いらないわ。P・Lは執念深くなんかないから」

チザムは納得できない顔でシルヴィアを見ていたが、やがて首を振った。「でも、雨になりそうだし」

「レンったら！　あの《ガゼット》の記事は確かにひどかったのよ」

「無一文なんだ。仕事着も質に入れてしまった」

「嘘ばっかり。そんなものいくらにもならないじゃないの。それに、みんなふだんのかっこうだから」シルヴィアは立ち上がって足早にレンに近づくと、彼の袖をつかんだ。「わたしのためだと思って、レン。わたし、あのことでは後ろめたい思いをしてるの」

「気をつけて。近寄らないで」そう言うと、チザムはドル・ボナーにいらだった顔を向けた。「やれやれ、きみに嫉妬させるにはどうしたらいいんだろうな？　彼女がこんなに熱心に勧めてくれるし、彼女の婚約者だって」彼はシルヴィアに向き直った。「とにかく、椅子に戻って。行きますよ。だが、ぼくはなにを考えてるかわからないからね。あの男を絞め殺してやりたいと言ったのを聞いてただろう。チャンスかもしれないな。ブリッジテーブルの下に転がして、クッション代わりにするかもしれないし」

「それより愛想よくしたほうがずっといいと思うけど」シルヴィアは椅子に戻って、かすかに眉をひそめた。「それに、気をつけないと、絞め殺されるのはあなたのほうかも。彼は人を殺しかねないから。今朝、そう言ってたもの」

「ぼくのことじゃない」チザムはきっぱり言った。「すでに死よりひどい立場に追い込まれている――文なしなんだから。はっきり言って、P・Lは血に飢えてるんじゃないかな？　相手は部下かな？　いや、彼らしくないな。そうだ、ドルを狙ってるのかもしれない。彼女はぼくが守る」

「だれのことかわからないけど」シルヴィアはまだ眉をひそめていた。「スティーヴ・ジマーマンじゃないとしたら」

フォルツがぎょっとした。「スティーヴ！　どうしてスティーヴなんだ？」

「あら、ちょっと言ってみただけよ。でも、P・Lがスティーヴを嫌ってるのは知ってるでしょう。たとえあなたの友達でも、どうしても好きになれないみたい。今朝、P・Lのオフィスの外の廊下でスティーヴに会ったの。彼はとても――」

「スティーヴに？　どうしてそこでスティーヴに？」フォルツはぎくりとした。

「どうしてって、不思議じゃないでしょ。彼がある場所にわたしと同じ時間にいれば、当然、出くわすわけで、避けられないことよ。といっても、わたしもあなたと同様、びっくりしたわ。あの人、妙なことを言ってた――確かに、よく変なことを言うけど。自分が天才だと思ってる科学者はああいうものなのかしら。でも、たわ言にしか聞こえなかったわ――致命的な傷だとか、犠牲だとか献身とか、そんなことを口走ってたかと思うと、突然、せかせか行ってしまって。わたし、しばらくぽかんと口を開けて突っ立ってた。気を取り直してP・Lの部屋に入ると、彼は気が抜けたみたいにぼんやりしていて、わたしに水も勧めなかったぐらい。しばらくすると、こぶしを固めて、この二つの手で殺してやりたいやつがいると言ったの」

レン・チザムはうなずいた。「きっと部下のだれかか、さもなければスティーヴ・ジマーマンだな。マーティンじゃない。彼はマーティンをシャンパンの泡だと思ってるから。ぼくでもない。ぼくが彼の首をへし折りかねないことを知ってるから。どうしたんだ、マーティン、そんな顔をして」

「別に」フォルツはチザムに顔を向けた。「ただ――スティーヴはぼくの古い友達だから。ときどきおかしくなることもあるが――不思議なのは――」

「不思議なところなんかないさ。スティーヴはストーズに致命的な傷を負わせるためにあそこへ行った。そして、ストーズは逆に彼をやっつけたいと思ってる。それだけのことだよ。こういうことは、遅かれ早かれ頂点に達するものだ。ぼくがやってた仕事のように。《ガゼット》に入るには一年もかかったんだ。まあ、それはそれとして」彼はドル・ボナーに顔を向けた。「ランチを食べに行こう」

ドルは首を振った。「文なしなんでしょ」

「いや、あれは一種の婉曲法だ。それに、〈ジョージとハリーの店〉ではつけがきくし、今夜、きみと組めたら、ブリッジでひと財産作れるかもしれないし」

ドルはまた首を振った。「忙しいの。みんな、もう帰ってもらっていいわ——コピーは郵送するから、シルヴィア」

「なにを言うの?」シルヴィアは立ち上がった。「意地を張らないで、ドル——こっちには列車で来たの、マーティン?——そう、よかった。わたしは車で来たから。みんなで軽く食事をしてから、いっしょにマーティンの家に行きましょう。ねえ、みんなで」

二人の男は立ち上がったが、ドル・ボナーは座ったままだった。「楽しんできて」そう言うと、手を振った。

シルヴィアが振り返った。「ドル——ドルったら——行かないの?」

「ええ」

「わたしを憎んでる?」

「とんでもない。大好きよ。心から。バーチヘイヴンに行けないのは、ディックをマチネーに連れて行くことになってるから。月曜にはグレシャムに戻るの。少なくとも——」ドルはためらった。「予定では」そう言うと、肩をすくめて苦笑した。「わたし、なにを言ってるのかしら。帰るに決まってるのに」

シルヴィアははっとした顔になって、唇を堅く結んで立ち上がった。「そうだったわ。わたしがどういうつもりかわかってもらえるわね。ディックのことをすっかり忘れてた。でも、ディックはこの探偵事務所と関係がないんだし、学校をやめなくちゃいけない理由は——」

「それはだめ、シルヴィア」ドルの目がきらりと光った。「それだけはだめよ——たとえあなたからでも」

「どうして？」シルヴィアは訊いた。「どうしてだめなの？　自分のことばかり考えないで。あなたには自慢の弟がいて、わたしにはきょうだいがないからって——授業料はあなたのお給料から払うつもりだったんでしょ？　グレシャムとそういう取り決めになってるなら、わたしにも責任があるから——」

「だめ」ドルの声が甲高くなった。「あの子はわたしの弟よ。確かに、自分のことばかり考えてたわ。あんなこと言わなければよかった。なんとかするから」

「お願い」シルヴィアは手のひらを上に向けて両手を差し出した。「考え直して」

ドルは首を振った。「たとえあなたにでも世話にはなれない。二年前にどれだけわたしのプライドが傷ついたか知ってるでしょう。いまだに立ち直れないの。たとえあなたでもだめ」

妥協の余地はなさそうだった。シルヴィアは突っ立ったままドルを見つめていた。しばらくすると、ドルがぶっきらぼうに言った。「みんな、もう行ったほうがいいわ。それから、シルヴィア——自分の部屋にお別れを言ったら？」

「いやよ！　見たくない！　だって——」シルヴィアはデスクに近づいて、元共同経営者のキャラメル色の目を見おろした。しばらくすると、彼女は言った。「ドル、わたしはそんなに頼りがいのない人間？」またしばらくして言った。「もういいわ！」そしてくるりと背を向けて、部屋を走り出た。フォルツが後を追った。

ドルは元新聞記者に目を向けた。「あなたも行ったら、レン。ここから出て行って」

チザムはむっとした顔で彼女を見た。「きみといっしょでなければいやだ。ランチに行こう」

「レン・チザム」ドルは辛辣な声で言った。「職を失うわけにいかないんでしょ。現実を見ることね。早く行って」

レンはドアに向かったが、そこで振り返って懇願するように長い腕をのばした。「悪いけど、少し金を貸してもらえないかな？」それから、ドアを勢いよく開けて出て行った。

ドアが音を立てて閉まると、ドルはわずかにそれとわかるぐらいたじろいだ。背筋をのばして座ったまま、彼が四歩で待合室を横切り、廊下側のドアを開けて閉める気配に耳を澄ませてから、青い漆塗りのデスクの上で腕を組んで、その上につっぷした。泣いているわけではないようだった。黄褐色の薄手のウールのドレスにつつまれた細い肩も、柔らかそうな明るい茶色の髪も、腕にのせた頭も、震えてはいなかった。

十分ほどたってドアに軽いノックが聞こえた時も、まだそのかっこうだった。ドアが静かに開きかけた。

ドルはさっと体を起こした。「どうぞ」

受付の女性だった。「なに？」ドルは訊いた。「一時にここにいますかと男の人が訊いてきたんです。今、一時二十分前ですけど」

「男の人って？」

「名前を言わないんです。声の感じだと――大事な話みたいです」

「本人にとってはね。かまわないわ。ずっといるから」

受付係は出ていった。ドアがまた閉まると、ドルは立ち上がって窓際に行って、ビルの谷間に見える無数の屋根を見おろした。やがて、腕をぐっとあげて大きく伸びをして、ウールのドレスを引っ張ったり軽く叩いたりした。それから部屋を歩きまわって、置いてある家具を眺めたり、手を触れたりして、最後に窓と窓のあいだの壁にかけた絵の前で立ち止まった。どっしりとした建物の精巧な版画で、絵の下にニュー・スコットランド・ヤードと刻まれていた。実際にはその版画を見てはいなかった。気に入っていたわけでもなく、ここにこんなものを飾るのは仰々しいか、ばかばかしいか、あるいはその両方だと思っていた。理想を掲げるために飾るべきだと主張したのはシルヴィアだった。ドル・ボナーが考えていたのはほかのことだった。彼女の現実的で短気で孤独な精神には、目標だろうがインテリアだろうが、理想にかける時間はなかった。くるりと背を向けてドアに向かうと、彼女は待合室に入って、隅のデスクに近づいた。

「マーサ」受付係に呼びかけた。「話があるの。一週間の解雇予告をしなくちゃいけなくなったわ。二週間の約束だったかしら?」

「えっ――」マーサが息を飲んだ。「ということは――ボナー嬢――」頬に血がのぼった。「わたしはこれでも――」

「事務所を閉めることになったの。やめるの。事務所は解散。二週間前に予告するはずだったのなら、その分のお給料は払うわ。あなたは優秀だから、どこへ行っても今よりいいお給料をとれるはずよ。わたしには知り合いが多いから、なんならだれかにあなたを雇ってくれるように頼んでもいいわ」

「いいえ――仕事なら探せます」ということは、マーサの目に浮かんだ涙はそのせいではなかったのだ。「でも、ここであなたやラフレー嬢と働くのはとても楽しかったから――ほんとなんですか――ほんとに解散しなくちゃいけないんですか」

「泣くことはないわ――いいえ、そのほうがいいのかも。わたしにはできないことだけど――感情を吐き出して、パイプをきれいにしたほうがいいのかもしれない――ほんとうに、あなたはよくやってくれて――」

ドルは身を翻して自分の部屋に駆け込むと、デスクについた。気持ちがひどく動揺して落ち着かなかったが、自分では落ち込んではいないと思った。今回の出来事には救いもあった。シルヴィアを敬愛していたから、彼女を失いたくはなかったけれど、ひとりでやれるのはうれしかった。家賃の安いみすぼらしい事務所をかまえるのはあまりうれしいことではないが――ドルは生まれてからずっと素晴らしいエレガントなものに囲まれてきたから――なにも探偵事務所は美容室のようでなくてもかまわないのだ。独り立ちするには、シルヴィア以外のだれかにお金を借りなければならないが、利息つきで返済していけば借金をしているという負い目も消えるだろう。なにがあってもディックにはグレシャムで勉強させなければならない――弟には立派な教育を受ける資格があるし、断念させるのはわたしのプライドが許さない。そういうことをあれこれ考えているうちに、ボナー&ラフレーが引き受けた仕事にもっと本腰を入れておけばよかったと後悔した。エリザベス・ホーズのサロンからパーク街にあるアニタ・ギフォードのアパートメントまでの間に不可解にも消えてしまった四百ドルのドレス探し、フェザーシー大佐から依頼された、品評会で優勝したシーリアムテリア犬探し、マーティン・フォルツの絞め殺されたキジの事件も未解決のままだ。リリー・ロンバードというショーガールがハロルド・アイヴズ・ビートンという若者をどう思っているのか、そして、彼のほうはどうなのか確かめる仕事もあった。だが、ドルの心はこういう問題からも現在の状況からも離れたところにあったので、待合室にだれかが入ってきた気配には気がつかなかった。

軽いノックの音がして、ドアが開いて閉じた。マーサが入ってきた。目が赤くなっている。

「面会です、さっき電話があった男の人です」

「そう。それで、自分の名前は思い出した?」

「あの――訊き忘れました。訊いてきましょうか?」

ドルは首を振った。「お通しして」

マーサは部屋を出たが、ドアは開けたままにしておいた。しばらくすると、男が入ってきた。マーサがその後ろからついてきて、ノブのそばで控えていた。入ってきた男を見て、ドルの黒いまつげに縁どられた目にはっとした表情が浮かんだ。それでも、声からは動揺は感じられなかった。

「ようこそ、ストーズさん――マーサ、帰っていいわ。今日はもういいから」

「なんなら残ってますが」

「いいえ。だいじょうぶ。言ったとおりにしてちょうだい。じゃあ、月曜日に」

マーサはドアを閉めて離れて行った。P・L・ストーズがデスクに近づいてきた。高級そうなコートを椅子にのせ、その上に帽子を置いて、別の椅子に座ると、低い声で話しだした。

「わたしが来たので驚いただろうな。電話で名乗らなかったのは、気性の激しいきみのことだから、逃げられるんじゃないかと思って」

「逃げるって?」ドルの眉が上がった。「あなたから?」

ストーズはうなずいた。「むかっ腹を立てて、恨んでいるだろうから。今朝、シルヴィアがわたしのオフィスからここに直行しただろう。だから、きみは癇癪を起こしているはずだ」

ドルはちょっと笑った。「別に癇癪なんか起こしてないわ。確かに、あなたは自分に関係のないことに干渉したけれど、それはまあ——」

「あの《ガゼット》の記事がわたしに関係がないというのか？」ストーズは気色ばんだ。「あの言語道断な——」そこで急に言いやめた。「いや、今はやめておこう。時間の無駄だ。そのことで来たんじゃない」

ドルは愛想よく言った。「あなたが言い始めたことだわ。気性が激しいとか、むかっ腹とか、癇癪とか——」

「忘れてくれ。わたしは喧嘩しに来たわけじゃないし、謝りに来たわけでもない。だが、わたしがシルヴィアのことを、そして、あの悪名高い新聞記事のことをどう考えているとしても、それはきみの能力に対する賞賛に影響するわけではない。ずっときみを見てきて、きわめて有能な人間だとわかった。その有能さを利用したい。仕事を頼みたいんだ」

「仕事？」ドルは驚いた声を出した。「わたしは探偵です」

「探偵に依頼する仕事だ。内密の、簡単ではない依頼だ」

ドルは疑わしそうに彼を見た。「そうじゃないでしょう」そう言うと、首を振った。「見え透いてるわ、ストーズさん。ご親切はありがたいけれど、ひとりでやっていこうとがんばってる健気な娘につらく当たりすぎたと思って、その埋め合わせをするつもりなら、ご辞退します。そんな必要はないわ。慈善を頭から軽蔑してるわけじゃないけど、自分が対象になるのはまっぴら」ストーズにほほ笑みかけながらきっぱり言った。「お気持ちには感謝します」

「感謝することなどない」ストーズは彼女の笑顔にしかめっ面を返した。「それに、そんなふうに短絡的に考えるのはやめたほうがいい。思考力を訓練する必要があるな。わたしはきみに埋め合わせなどする気けない。たとえあったとしても、今は自分の身のまわりだけで精いっぱいだ。これまで私事をだれかに相談したことなどない。すればよかったのかもしれない。ショックをいくらかやわらげられたかもしれないし——思いつめずにすんだだろう。このへんで少々打ち明けてもいいんじゃないかと思ったんだ——それに、たいした秘密でもないんだし。たとえば、きみはわたしの妻が救いがたい愚か者だと知ってるんじゃないか？」

ドルは平然とうなずいた。「ええ。世間ではみんな知っています」

「おやおや」ストーズは堅く口を結んだ。そして、また開いた。「そうだろうと思ってたよ。きみの率直さが好きだ。きみには分別もあると思っている。慈善ではなく、きみに仕事をしてもらいたいんだ。少し質問してもいいかね？」

ドルはうなずいた。彼が訊いた。「シャクティ西欧連盟のことはどれぐらい知ってる？」

「いくらか」ドルは記憶をたどった。「シャクティ崇拝は、シヴァの妻のひとりである女神シャクティの旺盛な生産力を崇めるものですね。シヴァの妻たちは魅力的な名前だわ。ドゥルガー、カーリー、パールヴァティー。シヴァは三つ組の至上の力を持つ神で、破壊の神ですが、同時に再生と回復力の神でもある。破壊は結果として再生を伴うからです。芸術の神でもあって、特に踊る神として有名です。言うまでもなく、これは古い東洋の宗教で、シャクティ西欧連盟は、ジョージ・レオ・ランスという男が大幅に刷新したものです。ランスをご存じですか？」

「ああ」ストーズは苦々しく答えた。「あの男は知ってる。きみがこの仕事を引き受けてくれるかどうかわからないが、今の感じでは、きみも入信しているらしいな」

「とんでもない。ランス氏にはお宅で一度会っただけで、その時に生命だの宇宙だのと説明するのを聞いただけです」

「ほんとうに彼の影響は受けていないんだね？」

「もちろんです」ドルはかすかに身震いした。

「仕事を頼みたいと言ったのは、きみの下で働いている役立たずどものことではなく、きみ自身にやってもらいたいという意味だ。自分でやってくれるかね？」

「もし引き受けるとしたら、そして報酬が妥当なものなら」

「それはだいじょうぶだ。きみは依頼人の秘密を、犯すべからざるものと心得ているかな？」

ドルの眉が上がった。「ストーズさん――なにを言いだすんですか」彼女は肩をすくめた。「当然でしょう」

「そうか。話しておいたほうがいいだろう、今日、わたしの目の前で起こったことを。信じられないようなことなんだ。それでなんとかしようという気になった。そして、けりをつけるなら徹底的にやろうと思った。少なからずショックを受けたんだ。こっちもショッキングなことをしてやろうと。そこで、きみの出番だ。去年一年で、あのジョージ・レオ・ランスは、わたしの妻の口座から三万ドル近くをあの連盟に振り込ませた。妻はあの男の釣針を飲み込んでしまったから、はずすには切り裂くしかない。一週間前に彼女の銀行口座は閉鎖したから、もう金を引き出すことはできない、必要な金はわたしが払うと宣言した。しかし、夫婦というのはそういうふうにはいかないものでね――世の中にはもっとたちの悪い女もいくらでもいるし、妻も秩序正しい宇宙とやらに首を突っ込まなかったら、それほどひどい女じゃないんだ。ランスに出入りするなとは言わなかった。そんなことをしたら、妻は彼の話を聞きによそに行くだけだからだ。あの男はほかにも信者を持っていて、あちこちで集会を開いている。妻は昨日、連盟に金を出せないのなら、巡礼になって粗末な麻布のショールをはおって、何百マイルも歩いて巡拝しなければならないと言ってた。そのショールをバーグドーフ・グッドマンで特注して、請求書を回してきても驚かないがね。妻がそれぐらいやりかねないと知っていたか？」

ドルはうなずいた。「ええ、想像はつきます」

「そうか。だが、話はまだこれからで――」ストーズは急に黙り込んだ。そして、顎を突き出し、刺すような目でドルを見つめてから、これまでより慎重な口調で話しだした。「きみの分別を信頼しているよ、ボナー嬢。ランスはわたしの娘のジャネットと結婚する気でいる。昨日、妻がそう言ってわたしを脅したんだ。このわたしを！」

「それで？」

「ああ、わたしは自分がばかだと思っていたが、そこまでだとは思ってなかった。今でも泥沼なのに——そんなことになったら、完全にお手上げだ」

「ジャネットとそのことを話し合ったんですか？」

「妻がその話をした時、娘もそばにいた——ほとんどずっと。話は聞いてた。妻が遠回しに言ったところでは、結婚式は来月でも来週でも明日行なわれても不思議はないらしい。ジャネットは二十六歳だ。おとなしく座って、ひたむきな表情で母親を見つめていた——きみもそういう彼女を見たことがあるだろう。わたしがなにを言っても無駄だ。わたしは父親としては失格なんだ。娘が言ったことを一言でも理解できたためしがないし、虚栄心がなかったら、彼女が正気だと信じることはできなかっただろう。といっても、娘は雑誌に詩を発表したことがあるし、大学も卒業した——だが、それだけのことなんだ。それはわかってる。しかし、わたしの娘であることに変わりはないし、娘を育てて教育を受けさせたのは、ランスみたいな悪党と結婚させるためではない。明日にでもそうなるかもしれない。いや、あり得ない話じゃない。妻を知っているだろう。まさか二人を地下室に閉じ込めて、はねあげ戸から食事を差し入れるわけにもいかない。わたしにそんなことができると思うかね？」

ストーズは両手を差し出した。「お手上げなんだ。考えられることは全部考えた。そして、きみのところに来た。あのランスを始末してもらいたい」そう言うと、彼は椅子にもたれかかった。

ドルは目に見えないぐらいの笑みを浮かべた。「つまり、彼をドライブに誘い出せと？　そして、どこかで始末しろと？　このわたしが？」

ストーズは笑わなかった。それでも、いくぶん緊張を緩めたようだった。「あの男を殺す必要があるとしたら、わたしが自分でやる」彼は真剣な顔で言った。「あの男が寄りつかないようにしてほしいという意味だ。方法は任せる。妻は雲に乗ってふわふわ漂っているような女だが、あれで世間的なモラルにはこだわるほうでね。ランスは過去に後ろ暗いことをさんざんしているだろうから、それを暴いて信用を失わせるといい。刑務所にいたこともあるかもしれないから、調べるといい。ギリシャ人らしいところがあるから、それがきくかもしれないな。妻はギリシャ人はひどいやつらだと思い込んでるんだ。ペルシャ人をやっつけて寺院を破壊したから。ばかばかしい話だが、彼女は信じ込んでる。わたしはずっと前にばかばかしいと思わないことにしたよ。ほかにもなにかあるかもしれないが、驚かないでほしい。これだけは言っておこう。彼の過去を調べて、だれか役に立ちそうな人間を見つけてから、本人にぶつかるといい。きみならできる。あのシャクティとやらに興味があると持ちかけるといい。彼の関心をできるだけ早くジャネットからそらせてほしい。百万ドル相続したと言って、だが、彼を寄せつけないようにしてじらすんだ――いや、きみにこんなことを言う必要はないな――きみが利口な女性だということはわかっている。彼の過去など調べなくても、破滅させられるかもしれない。今日の午後、わたしの家に来て、とりかかってもらいたい。あの男は土曜日には必ずやって来るから。六時頃ならきっとつかまえられる。次に会う約束をしたらいい――わたしがきみを招待したということにしよう。それとも、五時半に――」

ストーズは急に言葉を切って、苦い顔でドルを見た。

彼女は無言で見つめ返した。ストーズは彼にしては珍しいほど黙り込んでいたが、しばらくすると沈黙を破った。

「それで――そうそう、いくらか渡しておいたほうがいいかな？　依頼料を」

「いえ、けっこうです」ドルはまっすぐ伸びた背筋をさらに伸ばした。「つまり、ランスはやりすぎたわけですね。それだけでも彼の弱みをつかんだことになります。言うまでもなく、これはきれいな仕事ではありませんが、探偵をしている以上、聖人や美食家だけとつきあうわけにいきませんから。お引き受けしますが、高額の請求書を送りますよ」

「ああ、かまわない」

「あなたがお金を惜しまないのは知っています。それで、さっそくですが――」ドルは少しためらってから続けた。

「依頼料をいただくなら、わたしの知っていることを伝えておくべきだと思うんです。奥さんははったり屋です」

「はったり屋?」ストーズは驚いた。「幸先のいいスタートとは思えないな、ボナー嬢」彼は不機嫌な顔で言った。「クレオ・オードリー・ストーズがはったり屋だって? 彼女が現実離れした性格だからといって、それはないだろう」

「あなたにはわからないんです」ドルは首を振った。「あなたが必要のない妥協をするたびに五ドルもらう約束をしておけばよかった。家庭生活は不要な妥協の連続だったんでしょう。娘さんのことが理解できないように、奥さんのこともあなたにはわかっていない。もちろん、ストーズ夫人にはたくさんいいところがあって、それはご存じのはずです。雲に乗ってふわふわ漂っていて、その雲を動かす風のためにあなたのお金を使ってはいても——でも、彼女がとんでもないはったり屋なのはほんとうです。わたしはずっと前から気づいていました。二度目にお宅にシルヴィアを訪ねて行った時から」


ストーズはドルを見つめた。「信じられない」

「信じたほうがいいです。ずっと楽になるから。たとえば、ランスをジャネットと結婚させるという脅しです。脅すつもりでなければそんなことを言うはずがないし、彼女はちゃんと知ってるんです。少なくとも、シルヴィアが結婚するまではそうならないことを。なぜなら、ジャネットはマーティン・フォルツを心から愛していて、彼女は最後の最後まで諦めるような性格ではないからです」

ストーズは驚きのあまり声も出ないようだった。ぽかんと口を開けてドルを見つめていた。やがて、口ごもりながらやっとこう言った。「マ、マ、マーティンを? ジャネットが?」

ドルはうなずいた。「これも信じないでしょうね」

「あたりまえだ!」彼は椅子から身を乗り出した。「しかし、そうなると——それにシルヴィアが——ランスよりもっとひどいことに——」

「まあまあ、ストーズさん」ドルは低い落ち着いた声でなだめた。「いっぺんになにもかも考えないで。心配はいりません。ジャネットは不幸から最善の結果を引き出せるタイプです。希望がないとわかったら、報われない恋をテーマにたくさん詩を書くことでしょう。あなたはもちろんシルヴィアの幸福を願ってらっしゃるでしょう——だからこそマーティンを認めたのでしょうし、わたしも同じです。たとえ彼があんな男でも——そのことには立ち入ってはいけないから。マーティンとシルヴィアは結婚して末永く幸せに暮らすでしょう。そして、ジャネットはちゃんと一日に三度食事をして、詩集の編纂に取り組むことでしょう。彼女の情熱が本物ではなかったわけではなくて、情熱にもいろいろな種類があるということです」

ストーズは口ごもった。「情熱。ジャネットが」彼は険しい表情で訊いた。「なぜそうだと言えるんだ？　マーティンが娘に目をつけたというのか？」

「違います。マーティンはなにも知りません。シルヴィア以外のニューヨーク中の女性が病気になっても、マーティンは花一輪贈らないでしょう。なぜわたしが知っているか説明してもなんの役にも立ちません。わたしが言いたいのは、ランスを始末する必要は、あなたが考えていらっしゃるほどせっぱつまったものではないということです。それでも、今日から始めたほうがいいですか？」

「そうだな。やはり、そうしてほしい」ストーズはだしぬけに立ち上がった。「あまりにもいろんなことが——次から次へと——」彼は一瞬ドルを見つめたが、自分ではそれを意識していない様子だった。それから、帽子とコートを取り上げた。今度はドルが彼をまじまじと見た。信じられないことだが、彼がみじめな声で言ったからだ。「今日は午後ゴルフをするつもりだった。できそうにないな。いったいなんの因果でこんな——こんなひどいことが——」そこで言葉を切って、また話しだした。「悪かったね、ボナー嬢。わたしはふだんはこんなことはないんだが。今夜バーチヘイヴンに来てくれるね？　着いたらすぐ知らせてほしい」

ドルはうなずいた。「六時頃うかがいます」

ストーズは帰って行った。廊下側のドアが閉まる音がすると、ドルは部屋を横切って、ニュー・スコットランド・

ヤードの版画の前に立つと、それに向かって言った。「今度の件でわたしを見守ってくれるつもりなら、言っておくわ。きっとこれを成功させるって」

3 死の舞踏

バーチヘイヴンはかつて一九〇エーカーあったが、現在は八五エーカー。一九三二年に化学業界が不況のどん底にあった時、P・L・ストーズがシルヴィア・ラフレーに会社の株を買ってもらうだけでは切り抜けられず、思い切った手段をとらざるを得なくなって、そのひとつとして広大な地所の半分以上を大手開発会社に売却したのだった。幸い、開発はまだ始まっておらず、現在では買い戻す交渉が進んでいる。今、残っているのは、敷地の中で最高の場所で、先代から受け継いだ屋敷や付属建物のほか、遠くの小川まで続く緑豊かな丘陵地、うねうねと長いドライブウェイに駐車場、庭園、灌木や常緑樹の森、そして、彼の代につくったプール、淡水魚と睡蓮の池、厩舎、犬舎、芝生、テニスコートがあった。

屋敷の屋上からは——のぼれればだが——二方にはるか遠くの山並みが、東には地平線、そして、南にぼんやりとニューヨークの街とその向こうに海が遠景に臨め、近景は主としてバーチヘイヴンの木立や草地だが、厩舎の先の丘陵地と反対の方向に、ここよりは狭いマーティン・フォルツの地所が見えた。そこまでは木々の間の小道を歩いて十分ほどの距離だった。

ドル・ボナーがその土曜日の午後六時に、クーペを運転して（これもまもなく解散するボナー&ラフレー事務所の資産のひとつだった）、うねうねと続くドライブウエイからテラスを囲む植え込みの先の砂利を敷きつめた駐車場に入れると、意外なことに、テニスコートの方角から声が聞こえてきた。黙っているとあとでいろいろ言われるだろうから、ドルはとりあえず顔を出すことにし、出迎えてくれた執事のベルデンに会釈だけして、車のドアを閉め、丘陵地につづく小道を歩きだした。昼間着ていた黄褐色のウールのドレスの上にゆったりした赤い上着をはおり、チロル地方の住人が親しみを感じそうな小さな茶色い帽子をかぶっていた。

椅子とテーブルのところまで来て立ち止まったが、だれも気づかなかった。シルヴィアとレン・チザムは試合中だったが、ボールを追うことより、ふざけ合うのにもっぱらエネルギーを費やしていた。ジャネット・ストーズがネットの端に立って、アキノキリンソウを一本持って手の中でゆっくりまわしていた。マーティン・フォルツは椅子に座って、むっつりした表情で物思いに沈んでいる。手にした丈の高いグラスに酒が残っていた。スティーヴ・ジマーマンも椅子に座って、シェリー・デカンターを夕日にすかして眺めていた。色をほれぼれ見ているのか、さもなければ、ワインの質を確かめているのだろう。

ドルはまっすぐフォルツのそばに行った。「こんにちは、マーティン。それはなに？　アイリッシュウイスキー？」

フォルツはドルを見たが、驚きも歓迎も示さなかった。なにか考え事をしていて、それが世間との間で絶縁体の役を果たしているようだ。彼は首を振った。「バーボンだ。アイリッシュウイスキーもあったんじゃないかな。飲み物は向こうの、スティーヴのそばにある」

ドルは愛想よく言った。「浮かない顔をしてるわね」

そのとき大声がした。「あら、シオドリンダじゃないの！」

突然、テニスの試合が中断されて、ボールがコートの向こう側に転がった。シルヴィアが境界線の向こうから駆け寄り、レン・チザムもその後ろから近づいてきた。「ドル！　やっぱり寂しくなった？　今、レンをこてんぱんにやっつけてたところ」

レンがやって来た。足どりがおぼつかない。「シオドリンダ、来てくれたんだね。遅かったじゃないか。二時間前に来てたら、ぼくは酔っ払わなかったのに。おかげでさんざんだ」

「酔っ払ってなんかいないわ」シルヴィアが軽蔑したように言った。「ただの言いわけ」

ドルはうなずいた。「いつもそうよ、彼は。喉が渇いたわ――アイリッシュウイスキーの水割りをいただける？」

三人でボトルやグラスをのせたテーブルに近づいた。ドルは座っているジマーマンに話しかけた。「こんにちは、スティーヴ。なにか新しい発見でもあった？」そう言うと、飲み物を作っているシルヴィアのそばに行った。「みんなマーティンのところにいると思ってたわ。そういう予定じゃなかった？　ちょっと顔を見に来てみたの。一時頃、P・L・ストーズがなぜか寛大になって、オフィスに電話をくれて、ここに招待されて――」

「ドル！　ほんとに？」シルヴィアがグラスを差し出した。「それでどうだった――今朝、わたしに言ったことは撤回するって？」

「いいえ、そこまでは。撤回するとは言わなかったけれど、気が大きくなったみたいね、わたしをバーチヘイヴンに招待してくれたぐらいだから。あとでマーティンのところで会う前に声をかけておいたほうがいいと思って。ディックをマチネーに連れて行って、タクシーでファーガソン家まで送ってから、車を飛ばしてきたの」ドルは喉を鳴らしてウイスキーを二口飲むと、満足そうにうなずいて、また一口飲んだ。「ストーズ夫人を探して、ご挨拶しなくちゃ。

ウイスキーをごちそうになったことだし。結局、マーティンの家には行かなかったの？」

「いいえ、わたしたち――」シルヴィアは唇を噛んで手を振った。「行くには行ったの。男ってばかね。あなたがいつもそう思ってるのは知ってるけど、わたしはたまにそれを忘れることがあるの。レンが聞きわけのないことを言いだして、マーティンまで同調するんだもの。わたしたちが先にここに来て、マーティンもあとから来たの。今のところ彼とは口をきかないけど、そのうちまた話すようになると思うわ」

　レンがみんなに聞こえるぐらいの大きな声で言った。

「彼はほんとにばかだよ。シルヴィアはぼくを慰めようとしただけなんだ、きみは来ないし、職は失ったし。ぼくは彼女を避けようとしたのに、マーティンが勘ぐってむくれてしまって。ぼくがここに来たのはただ――」

「レン、それはないでしょ！」シルヴィアがにらんだ。

「マーティンは勘ぐってむくれたりしないわ。気に入らないだけで――」

　レンはいっそう声を張り上げた。「――ぼくがここに来たのは、P・L・ストーズに頭を下げるためだから、まっすぐここに来た。だが、彼は家にもいなかったし、外を探したが見つからなかった。あちこち探していると、シルヴィアが来たんだ。テニスで彼女に勝つチャンスをくれると言って、飲み物も取り寄せてくれた」彼は満面に笑みを浮かべてドルを見た。「きみにこんなことを説明するのは、ぼくに対する幻想を失ってほしくないからだ。きみが幻想を失ったら、ぼくたちのロマンスは破れてしまうからね。ぼくは考えたことも――どうですか、ストーズ嬢？　あなたは三十分以上前からそこにいたでしょう。なにか気づきましたか、ぼくが飲み物を受け取るたびに――」

「もうたくさん、レン」ドルは話題を変えた。「お元気、ジャネット？　彼のことは気にしないで。すてきなドレスね――そのスカーフも――コーラ・レイン？」

　ジャネット・ストーズはそうだと答えた。ドルやシルヴィアより背が高く、決して不器量ではなかったが、顔にくらべて鼻が少し大きすぎるのは、アデノイドでなければ、貴族の血を引いているせいだろうか。灰色の目は眠そう、というか、曇った感じで、顎は少しとがっていて、肩から首筋にかけては気品が漂っていたが、いくぶんこわばった感じで、物腰はゆったりと優雅だった。謎めいた印象の女性で、短いつきあいでは、聖女なのか悪女なのか、それともただ朝寝坊の無職の若い女性なのかよくわからなかった。声は細いソプラノ、特にきれいな声ではなかったが、独特の抑揚が印象的だった。

三人の若い女性たちは雑談を始めた。レン・チザムはテーブルに近づいて、ハイボールを作ると、グラスを持って、スティーヴ・ジマーマンの顔をのぞき込んだ。人相学に興味を持っているジマーマンは、いつもなら興味深そうに観察するのに、今日は関心を示さなかった。レンはゆっくりと注意を引きながらウインクすると、広い肩をすくめて、ハイボールを半分ほど飲んでから、もう一度ウインクした。ジマーマンは表情を変えずに、はっきりした口調で言った。

「パラノイアだな」

レンが言い返した。「メランコリア。早発性痴呆症。分裂性なんとか。二重人格。三重、四重、五重、あとはいくらでも。ぼくだって言葉ぐらい知ってる。ばかにしないでくれ」彼は背を向けると、突っ立ったままグラスを素早くまわして氷を動かした。

マーティン・フォルツは離れた椅子に座ったまま相変わらず物思いに沈んでいて、動こうとも口を開こうともしなかった。だが、そうしているわけにいかなくなった。砂利を踏む足音と人の声がして、男と女が姿を見せ、しかも女性のほうはバーチヘイヴンの女主人だったからだ。フォルツはやむなく立ち上がった。歩み寄って挨拶しながら、ストーズ夫人の手を取って身をかがめたが、男のほうにはそっけなく声をかけただけだった。「やあ、ランス」二人がほかの人のほうに移ると、彼はまた腰をおろした。

ストーズ夫人は全員と挨拶を交わし、チザムとランスを引き合わせようとさえした。社交的で洗練された女性だったが、その声を聞いていると、だれもがなんとなく落ち着かない気分になった。全体に力が入りすぎている感じで、声も例外ではなかったからだ。息を切らせているわけではないが、横隔膜が加圧室になっていて、彼女の喉は弁の役割をするには細すぎるようだった。目つきも力んだ感じで、打ち解けた印象を与えたためしがなかった。彼女が見るものすべて、目にする人間すべてに、ユニークで忘れ難いものがあるとでもいうようだ。それでも、ドル・ボナーはストーズ夫人の声もまなざしもいつも以上に緊張しているように思えた、帰宅したストーズが妻を心配させないようにふるまえばよかったのに。

しかし、今はそんなことより、彼女の関心はジョージ・レオ・ランスにあった。この男を「始末」するのが彼女の仕事だったから。卑劣な男という印象は受けなかった。実際、劇場や街で見かけたら、アーモンドかオリーブオイルの輸入業者、あるいは五番街の靴屋のセールスマンのような無害な人間だと思っただろう。体格は並みよりやや上、年齢は四十から五十の間、肌は浅黒く、女性には慇懃だが、男性には尊大な態度をとっていた。ドルは一度、バーチへイヴンの晩餐会に出た時、P・L・ストーズが彼に礼儀正しいとは言いがたい応対をしたのを見たことがあったが、ランスはしたたかに高慢な態度を押し通していた。今こうして、彼がレン・チザムを無視し（それだけでもなかなかできない芸当だが）、ストーズ夫人のために飲み物を用意し、シルヴィアやジャネットやジマーマンと言葉を交わすのをそれとなく観察していると、ドルはスコットランド・ヤードの版画の前で豪語した誓いを守らなければと改めて思った。この仕事はなんとしてでも成功させなければ。

その時、はっと気づいた。もしジョージ・レオ・ランスが、ドルがここに来た目的を知ったら、彼女の仕事は不可能とはいわないまでも相当やりにくくなる。彼女がバーチヘイヴンを訪れたのはこれが初めてではないが、今日はいったんシルヴィアの招待を断わってから思い直して来ただけに、ふと口にした言葉が彼に疑惑を抱かせないともかぎらなかった。ドルもストーズも、あまり深く考えていなかった。ドルはシルヴィアにはストーズから電話があったと説明したが、ひょっとしたら、彼は妻や娘に別の説明をしてしまったかもしれない。それに、彼はドルが着いたらすぐ会いたいと言っていた。もうすぐみんなのところへやってくるかもしれない。その前に彼に会って、少しだけでも二人きりで話しておきたい。そう思いながら、ドルは頭をそらせて、ウイスキーの残りを喉に流し込んだ。それから、グラスをテーブルに置いて、さりげなくシルヴィアを振り返った。

「すぐ戻るわ。ちょっと用足しに」

シルヴィアはうなずき、ドルは足早にその場を離れた。マーティン・フォルツの前を通り過ぎて小道を戻り、クーペを止めた砂利の敷いてある駐車場を通って屋敷に入った。応接間では、グラジオラスの大きな花瓶を運んでいたメイドが道を開けてくれた。食堂で執事を見つけたが、ドルはテーブルを見て眉をひそめた。執事も何人分席を用意すればいいか見当がつかない様子で、いつ知らされるのかもわからないようだった。

「どこに行けばストーズ氏を見つけられるか知らない、ベルデン？」ドルは訊いた。

「いいえ、存じません」ベルデンは顔を向けた。「お屋敷の中ではないでしょう。二時間以上も前にお出になりました」

「出かけたって？　車で？」

「いいえ、お見かけした時は歩いておられました――テニスコートにはいらっしゃいませんでしたか？」

「ええ」

執事は首を振った。「確かなことは言えませんが、もしかしたら犬舎か――さもなければ庭園か――」

ドルは執事に礼を言うと、来た時とは別のドアを通って、屋敷の裏側の狭いテラスに出た。そこから茂みや高い樹木やプールに通じる木々に囲まれた小道を見渡した。面倒でも、彼を見つけなければ。のんびり散歩に出たのなら、そろそろ戻ってくるだろう。もうすぐ七時になる。この方向からだと、テニスコートから見られずに犬舎や厩舎に向かうことができた。ドルは歩きだした。

犬舎には犬しかいなかった。厩舎では乳搾りが終わり、男が馬たちにおやすみを言っていたが、それはストーズではなく、彼の姿はあたりになかった。ドルは早足で厩舎を出た。地所をくまなく探すことはできないから、戻って彼が帰るのを待つことにしようと思った。だが、帰り道でもう少しだけ探してみることにした。ストーズがとりわけ菜園を自慢しているのを知っていたから、イチイの生垣の隙間をくぐって菜園を見まわしてみたが、そこにあるのはトマトとインゲンとセロリと時期はずれのトウモロコシ、霜に怯えている丸々としたカボチャだけだった。また生垣の隙間をくぐって戻ろうとした時、ストーズがひとりで静かに過ごすお気に入りの場所があったのを思い出した。養魚池の奥の静かな一角で、ハナミズキの木立に囲まれ、近くには道具小屋と藁や腐葉土をしまってある物置があるが、どちらも木立に遮られて見えなかった。ドルはまた小道からはずれて、坂をくだりはじめた。池のそばを通り、シャクナゲの植え込みを避けて進むと、彼の安息所に出て、そこでP・L・ストーズを見つけた。そのとたん、はっと足を止めて棒立ちになった。叫び出したいのをこらえて唇をぎゅっと噛みしめた。最初、彼は宙でグロテスクなダンスを踊っているように見えた。足は地面から三インチ上にあって、爪先が下を向いている。細いワイヤーが首に巻かれ、その先がぴんとのびてハナミズキの枝に結んであるのは、すぐにはわからなかった。

ドルは動いた。一歩踏み出し、また一歩前に出た。落ち着かなくては。必死になって自分に言い聞かせた。落ち着かなくては。立ったまま固く目を閉じて、衝撃がおさまるまで開けないことにした。その場に座って自制心などかなぐり捨てたくなったが、へたり込むのだけはやめようと決心した。それに、手の届く範囲に腰かけるものはなかった——あったのかもしれないが、気がつかなかった——やがて、目を開けた。おそるおそる動いてみると、足はちゃんと動いたし、震えてもいないようだった。ゆっくりと五歩前に出て、宙で踊っているP・L・ストーズに近づき、まともに彼を見た。

死んでいるのは間違いなかった。もしまだ生きているなら、おろして蘇生させるのが先決だが、すでに絶命しているのは明らかだった。口はなかば開いて、濃い紫色の舌の先が歯の間からのぞいていた。目もなかば開いていた。顔は膨れ上がって、黒みがかった紫色になっていた。間違いなく死亡している。ドルはまた三歩進むと、そこで止まって腕をのばした——彼からはまだ五フィートは離れていたから、これはほとんど意味のないジェスチャーだった。ドルは小声で自分を励ました。「わたしは潔癖すぎるのよ。昔からそうだった。看護師さんはしょっちゅう死んだ人に触れているんだから」意外にも、その声はしっかりしていて震えてもいなかった。そのことに勇気を得て、もう少し進み出て、ストーズの体のわきに垂れ下がっている手を取ると、握って脈を調べた。やはり脈はなかった。ドルは少しあとずさりして、また声に出して言った。「さあ、どうしよう。ここにいるのはわたしだけ。逃げ出すつもりはないわ、少なくともしばらくの間は」

動悸がおさまってくると、体中がもぞもぞしてきた。ドルはあたりを見まわした。まず目についたのはワイヤーだ。ストーズの首をひと巻きして、地上八フィートほどのハナミズキの枝にのび、枝の先端を通って、同じ木のもっと低い枝の叉まで斜めに張られ、幹に何重にも螺旋状に巻いてから、先端が螺旋のなかに巻き込んであった。ドルは地面を見た。道具小屋に続くコンクリートの小道がとぎれたところから草地になっていて、ここは一面草に覆われている。ドルの鋭いが経験の乏しい目から見ると、ただの草地だ。

だが、そこに目を引くものが二つあった。ぶらさがったストーズの足元の少し奥に、ベンチが、どっしりした幅のある長いベンチがひっくり返っていて、その一端の近くの草の上に白いものがあった。ドルは近づいてみた——くしゃくしゃになった紙切れだった。拾い上げようとしてかがんだが、とっさに手を止めた。目を凝らして見つめた。だが、くしゃくしゃに丸められているので手に取ってみないかぎり、なにかはわからなかった。ドルは背筋をのばして眉をひそめた。もうすぐベテランの捜査官がやってくるだろう。でも、わたしも探偵なのだ。そう考えている自分に気づいてちょっと驚いた。もう一度紙切れを眺めたが、結局、触れないことにした。最後にもう一度あたりを見まわしたが、新しいものはなにも見当たらなかった。見られるだけのものは見たと判断すると、背を向けて薄暗い一角を離れた。来た時と同じように養魚池の縁をまわって、屋敷に向かう丘に向かった。

屋敷に着く前に決めていたことがあった。まっすぐ屋敷には入らず、裏手の、常緑樹の木立に遮られた一角まで行って、バッグを開け、鏡を取り出して、自分の顔を見た。上り坂を早足で歩いてきたにもかかわらず、血色はよくなっていなかったが、ひどく青ざめているというわけでもなかった。ドルはそのまま進んでテニスコートまでいって、高ぶった気持ちを鎮め、動揺をどこまで顔に出さずにいられるか確かめてみたかった。

どうやら、だいじょうぶそうだった。だれも彼女がいなくなったことを気にしている様子はなかった。レン・チザムもコートの端にジャネット・ストーズといっしょに立って、彼女になにか教えようとしていた。シルヴィアはマーティン・フォルツが座っている椅子の肘掛けに腰かけていた。彼女が予言したように、二人はまた口をきくようになっていた。少なくとも、シルヴィアは彼に話しかけていた。ジマーマンは相変わらずだった。ストーズ夫人はジョージ・レオ・ランスと話していたが、ドルが近づいてくるのに気づいて顔をあげた。

「ちょうどよかった、ランスさんとあなたの噂をしていたところよ。ランスさんがおっしゃるには、本質は呼び込むことはできないんですって。それ自身が居場所を探して、曲がりくねった小枝に宿ることもあれば、まっすぐな若い枝に宿ることもあるそうよ。もしあなたが、わたしのように選ばれるとしたら！　ランスさんはそう思ってらっしゃらないけれど。みんな、どこで夕食をとるか相談しているわ。シルヴィアはマーティンを納得させなくちゃいけないから、とても気をつかってるの。シヴァ神は儀式が始まらないうちから、夫婦の一方を破滅させるのよ。ランスさんがおっしゃるには、あなたには洞察力がない、孤独すぎて意思の疎通がはかれないんですって」

「でも、こちらから呼び込めなくても、待つことならできるわ」ドルは抗議した。「ランスさんは、待つことの楽しさをご存じないんじゃないかしら」

「確かに、無駄になることはないでしょうな、ボナー嬢」ランスははっきりと、だが、礼儀正しい口調で言った。

「そういう定めなら無駄にはならない。水滴は触れ合うと、結合しようとするが、その前に強硬に抵抗するものなのです」彼は非難するように手を上げた。「ストーズ夫人の熱意は、ときとしてわたしの上を行くものです。わたしとしては、無知の喜びにひたっているあなたをかき乱すのは気がすすまない」

「無知の喜び以上の喜びが見つかれば、問題はないでしょう」ドルは我ながらくだらないことを、やけに甲高い声で言っていると思った。そして、その場を離れようとした。

「飲み物をいただこうかしら——いえ、けっこうです——おかまいなく——自分でやりますから」

アイリッシュウイスキーをグラスに注ぎながら、ドルはそばの椅子に座っているスティーヴ・ジマーマンが、顔は向けずにそれとなく観察しているのに気づいた。ドルはまともに彼を見つめてから、背を向けて、ランスとストーズ夫人に視線を戻し、その向こうにいる四人を見た。結局、さっきの思いつきはうまくいかなかった。もしもP・L・ストーズがここにいるだれかに殺害されたのなら、犯人は極度に緊張しているはずだが、といって、傍目にもわかるほど良心の呵責を顔に表わすとは思えなかった。「ここにいるだれか」とは、言うまでもなく、主としてジョージ・レオ・ランスのことだった。だが、彼は外見上はふだんとまったく変わりはなかった。レン・チザムもごく普通に、大きな声でジャネット・ストーズをからかっているし、当惑した顔のジャネットにも不自然な様子はなかった。スティーヴ・ジマーマンもそうだ。彼はふだんからむっつり黙り込んでいるか、やたらに饒舌で詮索好きかのどちらかだ。マーティン・フォルツにも特に変わったところはなかった。レンに焼もちを焼いてシルヴィアに叱られ、子供のようにすねているだけだろう。ドルはウイスキーをストレートでぐっとあおると、小刻みに震えながら、もう一度全員を見まわした。ランスから始まり、ランスに終わった。しかし、これといった徴候は見つからなかった。

ドルはグラスをおいた。ここにいるだれかのはずがない。「ぜったいにシルヴィアじゃない。レン・チザムでもないはず」ドルは口元を引き締めた。だれもが遠くに感じられた。頼りになるのは自分の力だけだったが、今はその力を些細なことにも、このショッキングな事件にも使いたくなかった。彼女はここを離れることにした。突然、また屋敷のほうに戻りはじめた。ストーズ夫人が声をかけ、シルヴィアが後ろから呼びかけたが、ドルは返事もせずに足早に進み、テラスのところまで戻った時は走りだしていた。

執事は客間にも食堂にもいなかった。ドルは呼び鈴を見つけて押した。すぐにスイングドアの向こうから執事がやってきた。ドルは彼をまっすぐ見た。

「ベルデン、とんでもないことになったわ。あなたに話すのは、この屋敷に残っている男はあなただけで、これは男の仕事だから。警察に電話して――州警察がいいでしょう――ストーズ氏が殺害されたと知らせて」

ベルデンは体をこわばらせて、まじまじと見つめた。

「まさか、ボナー嬢――」

「事実よ。男なら、しっかりして――わかるでしょう？警察が到着したら、養魚池の向こうの奥まった一角に行くように言ってちょうだい。そこで殺害されたの。あの一角は知ってるわね？」

「しかし、これはいったい――」

「がたがた震えないで、ベルデン！　しっかりして。すぐ警察に通報して、現場に行かせて。ストーズ夫人やほかの人たちに知らせるのは、そのあとよ。気絶したりしないわね？」

「は、はい、だいじょうぶです」

「じゃあ、お願い。わたしは現場に行くわ。そこで待ってる」

ドルは彼のそばを離れると、また裏側のテラスに出る入口を探した。夕日が沈みかけていて、なだらかに起伏した芝生の上に幻想的な影が長くのびていた。ドルは走りだした。あの草の上に落ちていた紙切れを調べなかったのが、途方もなく愚かなことに思えたのだった。

4 螺旋状のワイヤー

奥まった一角はさっきより薄暗くなっていた。木陰は遮るもののない丘陵地より夜が早い。ドルは身震いしながら陰に入ると、努めてP・L・ストーズを見ないようにしたが、彼がそこにいるのはいやでも意識しないわけにいかなかった。ぎりぎりまでコンクリートの小道を通って、倒れたベンチに近づくと、そこでやっと草地に足を踏み入れた。しばらく立ったまま、紙に残った指紋という捜査上の問題を考慮したが、結局、丸めた紙切れが落ちているところまで行って、かがんで拾い上げた。用心深く紙を広げて、眉をひそめながら見つめた。約束手形だった。印刷した書式にインクで記入してある。筆跡はきちょうめんで、とても読みやすかった。コネチカット州オゴウォック、八月十一日と日付があり、こう書いてあった。「請求があり次第、ジョージ・レオ・ランスもしくは教団に五万ドルを無利息で支払うことを約束する。対価領収済み。クレオ・オードリー・ストーズ」

ドルは数回読んでから、ひっくり返して裏を見たが、白紙だった。また元通りに丸めてから、それを落ちていた草の上に戻した。物音がしてぎくりとしたが、池の魚がはねた水音だとわかって苦笑する。コンクリートの小道に戻ると、ちょっとためらってから、一五ヤードほど離れたところにある物置小屋に向かった。戸が細く開いていたので、押して中に入った。きちんと整頓されていたが、雑多なものが置いてあった。手押し車、芝刈り機、さまざまな種類や大きさの園芸用具、肥料の入ったバケツ、園芸用の紐や撚り糸、球根の入った容器、籠、棚にはハンマーやペンチや大きな植木バサミが並んでいる。ドルは奥へ進んで、あるものに目を止めた。ワイヤーを巻いた大きなリールが壁に留めてあったのだ。細いワイヤーは縒りあわされてケーブルのようになっている。ドルはそれを見上げて、うなずいた。心の中でひらめくものがあって、いくばくかの興奮と満足感がこみあげてきた。物置小屋に入ったのはなにか目的があったわけではなかったが、こんなにすぐはっきりした重要な事実を発見できたとは。同じワイヤーだ。間違いない。犯人は物置小屋に入った。ここにワイヤーがあることを知っていて、必要な長さを繰り出して、ペンチで切り、ペンチを戻して——あの棚に戻してから、現場に向かったのだ。そこまで考えてから、ドルの思考は一気にとんだ。あのワイヤーはどうやってストーズの首に巻きつけられたのだろう？　彼自身が巻いたのか？　そう自問して、ドルははっとした。自殺という可能性はまったく考えていなかった。なぜだろう？　P・L・ストーズはどう見ても自殺するようなタイプではなかったからだ。その可能性は思いつかなかった。だが、考えてみれば、まったくないとは言い切れない。ひょっとしたら、とんでもない間違いを犯したのではないだろうか、ベルデンにはああ言ったけれど——。

物置を出て現場に戻ったが、コンクリートの小道から離れなかった。自分のうかつさに腹が立って、険しい目で、今度はためらわずに、ぶらさがったストーズの遺体を眺めた。硬直が始まったようだったが、薄闇のせいでそう見えただけかもしれない。いずれにしても、いくら眺めても答えは出なかった。視線を草地に戻した。さっき紙切れを拾いに行った時に踏みしめた草がまだそのまま倒れていた。ひっくり返ったベンチに目を向けて、距離を目測した——ストーズの足元から二ヤード、それに少したりないぐらいだろうか。ドルは距離を計算して可能性を検討しようとしたが、それには知識と経験が不足していた。それで、ワイヤーに注意を戻すことにした。彼女の立っている場所からは、ストーズのうなじは見えなかったが、近づこうとはしなかった。そのかわりに、ワイヤーを目で追って、枝から木の幹に斜めにのび、木の叉を通って幹に螺旋状に巻いてある様子を眺めた。螺旋に巻き込まれた先端は、さっきは明るかったからはっきり見えたが、今では想像するしかなかった。眉をひそめて、長いあいだ螺旋を見つめていたが、

突然、物音がしてはっと振り返った。草を踏むかすかな足音が次第におおきくなって、ハナミズキの枝の下をくぐっ

て、男が現われた。男は近づいてきた。

「ボナー嬢！　いったい――これは！」彼は鋭い声でドルの知らない言葉を二言叫ぶと、びっくりした動物のように頭をぶるぶると振って、その場に突っ立った。P・L・ストーズの死の舞踏を見つめている。ドルはそんな彼を見つめた。しばらくすると、ジョージ・レオ・ランスはその場に立ったままゆっくり言った。

「破壊と再生。輪廻だ。しかし、霊魂は――ボナー嬢！　どうして彼が死んだとわかるんです？」

「見てごらんなさい」

そう言われて、ランスが動きだすと、彼女は止めた。

「近づかないで！　もちろん、死んでるわ！　見ればわかるから――」

そこでやめた。ドルの名前を呼ぶ声がしたのだ。木々のカーテンをかきわけて飛び込んできたのは、レン・チザムだった。「いったい、なにが、ドル、どういう――」

「そこよ」ドルは言った。

レンが顔を向けた。進み出て、じっと見つめた。「なんということだ」彼は棒立ちになった。「まさか、彼が。きみが発見したのか？　それにしては冷静じゃないか。ぼくもだが。ベルデンがぼくたちに教えてくれた。酔っ払って聞き違えたかと思った。警察に電話したと言ってた。そんなばかなと笑ったよ。シルヴィアを抱きとめて、ここに駆けつけようとするのを止めたんだが、フォルツが口から泡を吹いて、彼女をぼくから引き離した。きみがいなかったら――」レンは急に口をつぐんで、そのあとはドルに言ってもらいたいというかのように彼女を見つめた。それから、視線をはずして、ぶらさがった遺体に戻した。

「度胸があるな、ドル。ぼくより度胸が据わってるじゃないか。屋敷に帰って、シルヴィアのそばにいてやったほうがいい。ぼくがここで警察が来るのを待ってる」

ドルは首を振った。「シルヴィアはだいじょうぶよ。それに、わたしも」

「そうか、ぼくはだめだ。いや、ぼくも平気だ」彼はどんどん濃くなる夕闇の中で眉をひそめてストーズを見つめた。

「それで、どうだろう？　よくわからないが――彼は自分であんなことを？　どうやってあそこへ？　足が地面から離れているし――それに――」

レンが顔を向けると、ドルは彼に背を向けていた。そして、冷静な低い声で言った。「ランスさん、それを元あった場所に戻して」

ランスはコンクリートの小道に立っていた。彼も冷静な声で訊いた。「なにを戻すんです、ボナー嬢？　どういうことかな？」

「あの紙のこと。拾うのを見たわ。わたしが背中を向けていると思ったんでしょうけど。それを元の場所に――いえ、わたしにください」

「だから、なにを――」ランスはドルのほうに一歩進み出た。ドルは彼と出口との間に立っていた。「わけがわかりませんな――暗がりのせいで見間違えたんでしょう。わたしはなにも拾ったりしていない」彼はまた一歩前に出た。

「チザム氏が来てくれたことだし、わたしはストーズ夫人の様子を――」

「ランスさん！」ドルは彼の行く手を遮った。「ばかなまねをしないで。あの紙を渡してください」

彼はゆっくり首を振った。「勘違いですよ」彼は進もうとしたが、ドルが立ちふさがると躊躇した。ドルは彼に目を向けたまま、そっけない声で言った。「レン、この人にあの紙を渡すようにさせて。できる？」

「ああ」レンはドルのそばに来た。「どういうことなんだ？」

「あそこのベンチのそばの草の上に紙が一枚落ちていたの。わたしはそれを見てから元に戻しておいた。さっきランスがそれを拾ってポケットに入れた。それがほしいの」

「わかった」六フィート二インチの長身のレンは、ランスを見おろした。「それを渡してほしい。彼女がほしいそうだ」

ランスは動ずる様子もなかった。「ボナー嬢は勘違いしてるか、さもなければ、わたしがなにか拾ったと嘘をついてるんだ。そんな事実はない」

「事実なんだね、ドル？」

「そう。ちゃんと見たわ」

「それじゃあ、事実だ。渡してもらおう、ランス、さあ。ばかなまねはしないほうがいい。四秒たったら、取り上げる」

「渡すものなんかない」ランスの声は落ち着き払っていた。

「暴力を試みるつもりなら――」

「試みるつもりではなく、行使するつもりだ。まず、てっとり早くすませるために殴り倒す。渡してもらおう。四つ数える」レンはこぶしを握った。「いや、待てよ。もっと穏便な手段をとろう。どのポケットに入れた、ドル?」

「コートの右ポケット」

「よし。ちょっと離れててくれ。動くんじゃない、ランス」右手をこぶしに握ったまま、レンは左手をのばして教えられたコートのポケットに入れた。ランスは身じろぎもせずに立っていた。レンはポケットを探っていたが、やがて指先で紙をつまんで手を出した。目はランスに向けたたま、その手をのばして訊いた。「これか?」

ドルはそれを受け取った。ちらりと目をやっただけで充分だった。「そう。ありがとう、レン。よかった、とても――手際よくやってくれて」

「それはわたしのものだ、ボナー嬢」ランスが言った。さすがに声の調子が変わっていた。「わたしが持っていたのに取り上げられたんだ。だから、わたしのものだ。ここでわたしが拾ったなんて嘘だ」

「なるほど」レンが鋭い声で言った。「じゃあ、ぼくたち二人が嘘をついていたらどうなるかな? ボナー嬢に嘘がつけるなら、ぼくにだってつける。ぼくもあなたがそれを拾うのを見た。これでどうだ?」

ドルは首を振った。「そこまでしなくていいわ、レン。でも、助かった。だいじょうぶだから――あら、来たみたい」

ドルは耳を澄ませた。ランスは二、三歩進んだが、そこで立ち止まった。レンが口を開きかけて、また閉じた。男たちの話し声が近づいてきた。聞きなれない声にまじって、ベルデンの声がした。近づくにつれて、ベルデンが息を切らせ、憤慨しているのがわかった。男たちは低く垂れさがったハナミズキの細い枝にはおかまいなしに葉をかきわけて入ってきた。三人は州警察の制服を着て、大きな帽子をかぶり、カートリッジベルトを締めて銃を携帯していた。先頭にいたベルデンはぎょっとして声をあげたが、この三十年間で彼が人前でこんな声を出したのはこれが初めてだった。警官のひとりが彼の腕をとった。

「さがって。近づくんじゃない」そう命じると、彼は同僚に言った。「ちくしょう、ここは真っ暗じゃないか」

「あそこに女性がいます」

「いや、これは失礼、お嬢さん」

三人組はぶらさがっている遺体に目を凝らした。しばらく、だれもなにも言わなかった。やがてひとりが訊いた。

「殺人事件だって？　だれがこれを殺人だと言ったんだ？」

別のひとりが言った。「近づくな。殺人事件だとしたら、われわれの仕事じゃない。命令を出すだけだ。足跡が残っているかもしれんが、草地だからな。とにかく、明かりがないとどうしようもない。取ってきてくれ、ジェーク、急げよ」警官のひとりが駆け出した。指示を出した警官がレンに顔を向けた。「名前は？」

レンが名乗った。

「なにか知ってることは？」

「ぜんぜん。テニスをして酒を飲んでいた」

警官がランスに顔を向けた。「名前は？」

「ジョージ・レオ・ランス。聞いてもらいたいことがある。なんとかしていただきたい。この男がわたしの所有物を取り上げた。わたしの私物である紙を一枚、無理やり奪った。わたしのポケットに入っていたものを――」

「なんだって？　どの男が？」

「レナード・チザムです。彼がわたしの――」

「まあまあ。その話はあとで聞こう」

「しかし、彼がわたしから奪ったうえ、この女性は嘘を――」

州警察官はレンに訊いた。「彼のものを奪ったのか？」

「いいえ。彼が拾ったものを――」

「もういい」警官はうんざりした顔をした。「死人がぶらさがっているというのに、紙一枚のことで争ってるのか？

さあ、みんな屋敷に戻って、そこで待機していてくれ。どれぐらいかかるかわからないが、そんなに長くはないだろう。ベルデン、きみもいっしょに」

「しかし――」ランスが言いかけた。

「いいですか。乱暴なまねはしたくないが、やむをえない場合もある」

ランスは躊躇していたが、やがて背を向けて、ドルとレンには目もくれずに歩きだした。離れた場所にさがっていたベルデンが、ランスに続いて出て行った。レンがドルの腕を取ったが、ドルは彼の手をふりほどいて先に立った。彼はそのあとに続いた。ハナミズキの木立を出て、いくらか明るい場所まで来ると、ドルが急に立ち止まって振り返った。

「先に行って、レン。あの人にこの紙を渡してくるわ」

レンは渋い顔で彼女を見おろした。「いっしょに行こう。あとで渡せばいいじゃないか。さあ」

「いいえ、今、渡す」

「わかった。それなら、ぼくも行く」

「いいの。わたしは話したいことがあるから。それに――あなたは新聞記者じゃなかった？　屋敷には何台も電話があるわ――厩舎に寄っていけば、あそこにも一台あるはずよ。《ガゼット》は喜ぶんじゃないかしら、この殺人事件をスクープしたら」

「きみはたいした女性だよ」レンはドルを見つめた。「ぼくはそんなきみに夢中なんだ。きみの骨はなんでできてる？　きみの血は冷蔵庫のパイプを流れてるんじゃないか？　なんのかんの言っても、ここで歓待を受けたのに――」

「くだらない」ドルはいらだたしげに手を振った。「だれに歓待されたというの、ストーズ氏に？　彼は死んだのよ。ストーズ夫人？　それともジャネット？　違うの。確かにストーズはわたしを自宅に呼んだ――でも、仕事のためだった。それだけのことよ。《ガゼット》に電話したらと言ったのは、どっちにしても一時間とたたないうちに、どこの新聞社も事件をかぎつけるだろうから――あなたのしたいようにすればいいわ。まさか、P・L・ストーズが殺されたことを世間に隠し通せると思ってるわけじゃないでしょう？　いくらシルヴィアのためだとしても。少しでもシルヴィアのためを思うなら——」

「だれがシルヴィアのことを言った？」レンが眉をひそめた。「ぼくがシルヴィアのことをなにか言ったか？」

「いいえ。言ったのはわたし」

「きみは彼女の友達だろう？」

「そうよ」

「きみが友達なら、ぼくだってそうだ。ああ、きみが《ガゼット》に電話しろと言うなら、電話するさ。きみと同様、ぼくはこの家の人たちに恩義があるわけじゃない。だが、だんだん頭がはっきりしてきたんだが、ぼくにはストーズが殺されたとは思えない。そんなことは無理じゃないかな。自殺のように思えるが、それなら《ガゼット》に殺人事件だと売り込むのは——」

「なにも売り込む必要はないわ。彼がどこで死んでいたか知らせればいいだけ。記事を書くように言われたら、できないと断わればいい。容疑者のひとりにあがっているから無理だと言えば——」

「ぼくが？　ぼくが容疑者だって？　いったい、どこからそんな——」

「当然でしょう。わたしたち全員がそうよ。ここにいたんだから。今日の午後、あなたはP・L・ストーズを探しにこのあたりに来た。彼に謝るためだと言ってたわね。それに、今日、わたしのオフィスで、ここに来て彼を絞め殺してやりたいと言ったでしょう。冗談だったのはわかるけれど、あなたは短気なところがあるし、マーティン・フォルツも聞いていた。マーティンはとても礼儀正しい人だけれど、極度に嫉妬深くて、特に今はあなたを警戒してる。シルヴィアがあなたにやさしくしようと決めたからよ。マーティンの想像力は並みはずれているわ。シルヴィアもあなたがああ言ったのを聞いていたし、彼女はストーズを愛していた。あなたは危うい立場にあるのよ。あなただけじゃなく、わたしたちみんな。ただ——ひとつだけ方法があるかもしれない。《ガゼット》に電話するつもりなら、厩舎に行って、そこからかけたほうがいいわ。戻ったらチャンスがないだろうから。電話したら、屋敷に戻って、おとなしくしていることね。わたしもすぐ行くわ──わたしのほうが早いかもしれない。あの警官がわたしの話を聞く暇もなかったらね」そう言うと、ドルは歩きだした。

レンは彼女の腕を取った。「きみは頭の回転が速いんだね。すばらしい。想像力もたいしたものだ。ぼくの助けはいらないんだね？」

「ええ、今のところは。でも、レン──ランスからあの紙を取り戻してくれてありがとう。助かったわ。わたしにはとてもできなかった。じゃあ、あとで」

ドルは背を向けて、ハナミズキの木立に向かった。レンは彼女が枝をくぐるのを見届けてから、丘陵地を足早にくだり、右に折れて厩舎に向かった。夕闇が迫って、木々に遮られていない草地も闇につつまれていた。太陽が沈んでしまうと、空気がひんやりしてきた。

ドルはまっすぐ現場には向かわなかった。少し左に回って、養魚池のそばの湿った土に根を下ろしているヤナギの下で立ち止まった。枝越しに、薄闇のなかで動きまわっている三人の警察官がぼんやりと見えた。ジェークと呼ばれていた警官は、懐中電灯を持って戻ってきて、小道にしゃがんで煙草を吸っていた。平べったい鼻をした男は責任者らしいが、やたらに懐中電灯であたりを照らし出していた。もうひとりは、なにもしないで木の葉を噛んでいるようだった。平べったい鼻の男がしゃべっていた。

「──だが、手を出すわけにはいかんな、ドクター・フラナーと写真班が到着するまで。それに、シャーウッドも見たがるだろう。動かせるものなら、動かすところだが。あのベンチはもっと近くにあったのを、彼がぶらさがったとき蹴飛ばしたのかもしれんが、重そうだから、よくあんな遠くまで蹴飛ばせたもんだな。あの上に立って飛び上がった時にひっくり返したのだとしたら、もっと遠くに転がるだろうし、草の上にへこんだ跡が残ったはずだし、あの高さからなら、枝が折れてるんじゃないかな、あの男は百六十ポンド以上ありそうだから」彼は懐中電灯を動かした。「見てみろ、あの枝の太さは手首ぐらいしかないじゃないか。六フィートの高さからぶらさがって、どうして折れなかったんだ？　ちくしょう、早く来ないかなあ。シャーウッドは二〇マイル飛ばしてくれればすむし、ドクター・フラナーが夕食をすませてから来る気なら、だれか尻に火をつけてやれ」

煙草を噛んでいた男が首を振った。「おれに言わせたら、あの男の首をあんなふうにワイヤーで締め上げようと思ったら、その前に気絶させるしかない。外傷はないし、争った形跡もない。クラウダーの『犯罪捜査の手引』はおれも読んだし、あんたがたも読んだろうが、こう書いてあった。仮説が事実と一致しない場合は、それを受け入れてはいけないって。バッファローの事件がそうだったよ。部屋の同じ側の壁に銃痕が二つ残っていて、容疑者は撃ち返す前に撃たれたと言うし、女も同じ証言をして、嘘をついてるみたいには見えなかったが、弾道学にもとづいて科学的な捜査をしたら——なんだ、あんたはだれだ？」

ドルは中断させて悪いような話ではないと判断すると、待ちきれなくなって隠れていた場所から出て来たのだ。現場の端に立って警官たちと向かい合ったが、懐中電灯の光をまともに当てられて、むっとした顔でまばたきした。目の上に手をかざしながら言った。

「それをどけて」

光がすっとそれて、懐中電灯を持っている平べったい顔が訊いた。「どうした、屋敷に戻るように言っただろう。なんの用だ？」

ドルは笑顔を向けたほうがいいと思ったが、笑う気にはなれなかった。声も愛想のいい声とはいえなかった。「話があるの。みなさんがここに座って検死官と写真班を待ってるだけとは知らなかったわ。わたしはボナー。探偵です」

煙草を吸っていた男が、ばかにしたような声をあげた。平べったい鼻の男は、それほど露骨に驚きを表わさなかった。

「あんたが？　探偵だって？　専門は？」

「ニューヨークで私立探偵事務所を開いてます。認可を受けて」

「あんたが——探偵事務所を？　それはまた——いや——

そうですか。ボナーと言ったね。あんたが発見者だね。あとで話を聞かせてもらうことになるな。執事に殺人事件だと言ったそうだが。どうしてわかった？」

ドルは近づいた。「そのことも話そうと思ったの。あなたに言ったほうがいい？　なんらかの行動をとるつもり？」

「領分というものがあるんでね。第一にすべきことは、これが自殺かどうか判断することだ。こういう田舎では、準備に少々手間取るんだよ。先を聞こうじゃないか」

「わかったわ。まず、あのワイヤーのことよ。この道の五〇フィートほど先に、物置小屋があって、壁にこのワイヤーと同じワイヤーのリールがかかっていて、棚には針金を切るペンチや植木バサミがおいてある。ワイヤーの出所はそこよ」

「なるほど」警官が皮肉な口調で言った。「捜査を始めればすぐわかることだ。それで殺人事件だと判断したのか？」

「ペンチか植木バサミに指紋が残っているかもしれない」

「はいはい。それで？」

ドルはいっそう背筋をのばした。「捜査しても発見できないことがあるわ。殺人事件と関係があるかどうかはわからないけど。最初、七時十五分ほど前にここに来て遺体を発見したの。あたりを調べたけれど、なににも手は触れなかった。ベンチの端の草の上に丸めた紙きれが落ちていた。そのあと七時ちょっとすぎにまた来た時、あとからすぐランスが来て、そのあとレナード・チザムも来た。ランスが紙きれを拾ってポケットに入れるのを見たわ。元通りにするように言っても、拾ったことを認めようとしなかった。チザムに取り返すように頼んで、ランスがどうしても返さないので、取り上げてもらった。ランスはあの紙は自分のもので、草の上に落ちていたことも彼が拾ったことも証明できないはずだと主張した。とんでもない話よ」ドルはバッグを開けて紙を取り出した。「これよ、見たいのなら」

警官はそれを受け取ってひろげると、懐中電灯の光を当てた。ジェークが近づいて肩越しにのぞき込んだ。二人は時間をかけて読んだ。やがて警官が顔をあげて、薄暗い光のなかでドルを見つめた。

「クレオ・オードリー・ストーズというのは？」

「ストーズ夫人、未亡人です」

警官は鼻を鳴らすと、上着のボタンをはずして、紙を内ポケットにしまった。「なぜこれが殺人事件と関係がないと思うんだ？」

「そうは言ってないわ。関係があるかどうかわからないと言っただけ」

「そうだったかな。じゃあ、この紙が殺人事件と判断した決め手じゃないわけだ。そうだね？」

「ええ。あの――」ドルはためらってから、また続けた。「わたしは知っていることは話すつもり。でも、あなたの態度や口調からすると――あなたのほうではわたしになにも教えるつもりはなさそうね。それでは困るわ」

「なるほど。わかった。続けて。執事に殺人事件だと言った理由を教えてもらおう」

「だから、それを言おうとしてるの。殺人事件だと彼に言ったのは、ストーズが考え得るいかなる状況でも自殺するような人間ではないし、わたしに想定できる状況下ではぜったいそれはあり得ないと確信しているから。彼のことはかなりよく知っていました」

「それだけ？」

「それだけです」

「それでは充分とは言えんな」州警察官はそっけなく言った。「いずれにせよ、人がひとり殺されたというのは由々しい問題だ。それに、あんたは探偵だろう。あんたに想定できない状況だってあるかもしれない」

ドルはうなずいた。「ええ。ベルデンに警察に電話するように言ってからここに戻ってきた時、わたしも結論を早まったことに気づいて、周辺をよく調べた。物置小屋でワイヤーのリールを見つけたのはその時よ。そして、ここに戻ってきて調べた結果、本物の証拠を見つけた」

「殺人の証拠を？」

「ええ」

「ここで？」警官は疑わしげな声で訊いた。

「そう」ドルは断言した。「そのひとつは、さっきあなたがたの話を聞いて思いついたんです――ベンチから飛びおりたとき蹴飛ばしたとしても、あそこまで転がらないはずだとかなんとか。実際にやってみないかぎり確かなことは言えないけど。でも、それ以外にきわめて確実なことがある。懐中電灯を貸してもらえます？」

警官が懐中電灯を渡すと、ドルは四ヤードほど離れた木の幹にむけ、光線をゆっくり上下に動かした。「螺旋状になってるでしょう――幹に巻きつけたワイヤーが。あれを見た？」

「ああ、見た」

「わたしが思うに、あれはワイヤーを結びつける方法じゃない。一度も結んだ経験のない人でも、あんな結び方はしない。わたしがいい例だと思ったの。生まれてから一度もワイヤーを木に結びつけたことはないから。それで、わたしならどうするか考えてみた。ワイヤーを手にして、これで首を吊るつもりだとしたら、一方の端を枝にかけて適当な高さまで垂らしておいて、もう一方の端を取って幹に結びつけようとするでしょう。ところが、ワイヤーが必要な長さよりずっと長かった。さて、どうしよう？　あの木の叉に通して何回か巻きつけてから、先をねじり込んでほどけないようにする。あるいは、あの少し低い枝に――あれよ――縛りつけるか、あるいは、幹に巻きつけて先をねじり込むか。でも、そうするとしても、わたしならまっすぐ巻きつけるし、だれだってそうするでしょう」

「そうしなかったやつがいたんだ」警官がつぶやいた。

ドルはもどかしそうにうなずいた。「でも、それは首吊り自殺をしようとした人じゃない。ワイヤーを手にして、じっくり時間をかけて気に入った方法で結びつけた人じゃない。よく見て！　ワイヤーを両手で持って、あの木の幹のそばに立っていると想像してみて。ワイヤーを木の叉に通して枝にかけ、ワイヤーのもう一方の端を輪にして殺そうとしている男の首に巻いたところを想像してみて。男は立ち上がって必死になって抵抗している。あなたに跳びかかろうとしたかもしれない。あなたはどうするかしら？　力いっぱいワイヤーを引っ張るはずよ。男は死に物狂いで愚かにも飛び上がって枝をつかもうとしたかもしれない。

あなたはワイヤーを引いて、その状態で男を宙吊りにする。ついに仕留めた。でも、男の体重がかかっているから、ワイヤーはものすごい力で引っ張られている、少しでも手を緩めるわけにはいかない。それでも、なんとかワイヤーを結びつけなければいけない。どうするかしら？　ワイヤーを木の幹に押しつけるようにして引っ張りながら、幹のまわりを回る。ぴんと張りながら、四回幹のまわりを回ると、ワイヤーは螺旋状に幹に巻きつけられて、かかる力が分散されるから、ワイヤーの端を引っ張って、難なく最後の螺旋の下にねじり込むことができる」

ドルは懐中電灯を警官に差し出した。そして、震えを帯びた声で言った。「これがなによりの証拠だと思う。ワイヤーの反対側に重い力がかかっている場合、ワイヤーを木に結びつけるには、そうするしかないだろうし、力がかかっていなかったら、そうはしないでしょう。どんな男でも。女だとしても同じ」

煙草を吸っていた男——ドルが探偵だと言うと冷笑した警官が、いつのまにか熱心に聞いていた。そして、なかば感心したような不機嫌な声でつぶやいた。「こりゃ驚いた！」ジェークはなにも言わなかった。平べったい鼻の男は、ドルから懐中電灯を受け取ると、木のまわりを回って、幹に巻きつけられた螺旋状のワイヤーを調べた。ほかの二人はじっとその様子を見守っていた。四回木のまわりを回り、幹に懐中電灯の光を当ててから、最後に螺旋にねじ込んだワイヤーの先を調べた。やがて懐中電灯をぱちんと消すと、戻ってきて、薄闇のなかでドルを見つめた。

「たいした説明だったよ。まるでその場にいて見ていたようだ——いや、また気を悪くしないでほしいんだが。性分なんだよ、こんな口のきき方をするのは。悪気はないんだ。あんたの説明をたいしたものだと思っただけで。樹皮に三カ所こすれたところがあるのにも気づいてたんだろうな。犯人は端を巻きいれて結ぶのに苦労したらしい」

「そこまで近寄らなかったから」

「ああ、そうだろうとも」警官はしばらく黙っていた。ドルは彼を見たが、よく見えなかった。やがて彼がまた話しだした。「ボナーといったね。ダン・シャーウッドを知ってますか、この郡の検察官の？」

「いいえ」

「知ってるんじゃないかと思ったんだ。もうじき来る。たぶん。ほかにまだなにかの証拠を見つけなかったか？」

「いいえ」ドルはさっきから腹部が妙に頼りない感じがするのに気づいていた。一時間以上前、P・L・ストーズがワイヤーからぶらさがっているのを最初に見つけた時、なにか腰かけるものを見つけなければと思ったのに、あれ以来ずっと立ちっぱなしだった。胃がむかむかして、これ以上持ちこたえられそうになかった。「あの——もう行きます——屋敷に」背を向けて一歩踏み出すと、足が言うことをきいてくれたのにほっとした。あの警官がなにか言ったのが聞こえたが、返事をするほどのことでもないようだったので、そのまま進んだ。木々に遮られない場所に出て、養魚池を通りすぎると、しばらく立ち止まってから、丘をのぼり始めた。

人の声が聞こえたが、今はだれにも会いたくなかったので、大きく右にそれた。男が数人、丘をくだってきた。その後ろからまた二、三人近づいてきたが、薄闇の中でよく見えなかった。男たちは足早に通りすぎ、ドルには注意を払わなかった。ドルはまた屋敷に向かって歩きだした。窓にも横手のテラスにも明かりがついていた。

テラスの左端の装飾をほどこしたベンチに制服の警官が座っていた。ドルはちらりと目を向けて通りすぎた。居間にはだれもいなかった。応接間もからっぽで、家の中はしんとしていた。ドルは引き返して食堂に入った。明かりがついていて、ベルデンが立っていた。テーブルには八人分の席が用意されていたが、席についているのは二人だけだった。奥の席にレン・チザムが座って、苦い顔でポテトにミートソースをかけていた。彼と向き合う席にスティーブ・ジマーマンが座って、口をいっぱいにして、せかせか食べていた。

ベルデンが進み出て頭を下げ、二人の男は立ち上がった。

ドルはまた胃がむかむかしてきた。「ストーズ夫人は？」彼女は訊いた。

「さあ」レンが不機嫌な声で言った。「二階じゃないか。

こっちに来て、なにか食べるといい」

「そんな気には——今はいいわ。シルヴィアはどこ？」

「それも知らない」

ジマーマンが言った。「玄関側の部屋にマーティンといる。植物のある部屋だ」

「暖かいうちに食べたほうがいい」レンが言った。「体力をつけておかなくちゃ」

ドルは首を振ると食堂を出た。ホールの広い階段の下で立ち止まって耳を澄ませたが、二階はひっそりしていた。もうひとつ部屋を通って、屋敷の玄関側に出た。サンルームの奥まった一角で、ヤシの鉢植えのそばのソファにシルヴィアとマーティン・フォルツが座っていた。

シルヴィアがはじかれたように立ち上がって駆け寄ってきた。「ドル！　ドル、いったいどういうこと？　どこに行ってたの？　ドル、どうなってるの？」シルヴィアはドルの腕をつかんだ。

マーティンも近づいてきた。困惑してぐったりした様子で、ドルに訴えた。「どうして彼女のそばにいてやらなかったんだ？　きみの口から話してやらなかったんだ？　彼女はあそこへ行こうとしたんだ。ぼくがそんなことをさせるわけがないだろう？　ドル、いったいなにがあったんだ？」

ドルはシルヴィアをソファに引き戻した。ようやく、腰をおろすことができた。ドルはいつになくきつい声で言った。「シルヴィア、しっかりしなくちゃだめよ。あなたもよ、マーティン。大変なことになって、しばらく続きそう。なにもできることはないわ、受け入れるしか」

5　北風のような人

ダニエル・O・シャーウッドは優秀な政治家で、赤ら顔の肉付きのいい男だった。検察官としてもなかなか有能だったが、地域の名士や著名人に対するきわめて好意的な態度が災いして、正義を貫こうとする努力が阻まれることもあった。性格的に厳格な措置を好まず、どうしても必要があると判断した時しかそうしなかったが、彼の分別と経験からすれば、使用人が何人もいて自家用車を三台も持っているような人間がそれに該当するとは思えなかった。シャーウッドはまだ四十歳になっていなかったが、いずれは州知事の座を狙っていた。

日曜日の朝九時に彼はバーチヘイヴンのカードルームに座っていた。広い部屋で、一角にピアノがあり、棚にずらりと本が並んでいたが、音楽室もしくは読書室ではなくカードルームと呼ばれていたのは、ピアノはめったに演奏されず、本も頻繁に読まれるわけではないのに、ブリッジはたびたびここで行なわれていたからだ。シャーウッドはテーブルの前で背もたれのまっすぐな椅子に腰かけ、隣には眼鏡をかけた、耳の大きな中年の男が座っていた。優秀な弁護士らしいが、いずれ州知事になりそうなタイプではなかった。その前に州警察のブリッセンデン大佐。日焼けした、いかつい男だが、軍人らしい端整さがないわけでもなかった。州警察官がひとり、ドアのそばの安楽椅子に座っていた。

「それはわかりますがね、ボナー嬢」シャーウッドが言った。「確かにそうでしょう。あなたの言うことを信じます。ランスがなにも拾わなかったと言ったのは嘘だと思う。あなたが言うとおり、彼がその紙をコートの右ポケットにしまうのを見ていなかったら、そこに入っているのを知っているはずはないんだから。しかし、覚えておいてほしいのは、殺人事件の捜査で事実を発見した場合、発見するだけではなく、それを証明しなければならないということだ。

陪審はランスよりあなたを信じて、彼がなにか拾うのを見たと納得するだろうが、弁護士は彼が拾ったものとあとで彼のポケットから奪われたものが同一であると証明できない点を突いてくるでしょう。もちろん、関連はあるが、疑いの余地もあるんです」

ドルは生気がなかった。キャラメル色の目の白目の部分が濁り、全体に潑剌としたところが感じられなかった。三人の男と向かい合う形でテーブルの端の席について、シャーウッドに言われたことを考えているようだった。やがて、彼女は力のない声で言った。

「わかりました。その点に気づいていませんでした。彼のポケットから奪った紙が彼が拾ったものだというのは事実です。ちゃんとこの目で見ましたから。その前にわたしが拾って、紙をひろげて読んで、また丸めて元通りにしておいたんです」

ブリッセンデン大佐が不満の声をあげた。「そんなことは言わなかったじゃないか」

「警察官に言ったと思いますけど」

「聞いてない」

「言ったはずです。言わなかったとしても、たいした違いはないでしょう？　事実なんだから。だから、同じ紙と断定できるんです」

「誓ってそう言えますか？」シャーウッドが訊いた。

「もちろん」

「草の上に落ちていたのは、ジョージ・レオ・ランスに振り出された約束手形でしたか、ストーズ夫人の署名のある？」

「はい」

「わかりました。だが、あなたがそう言っても、それを見ていた人間はいないんです」シャーウッドは目の前のテーブルに置いてあったマニラ紙のフォルダーを開いて、書類の束を繰った。真ん中あたりにあった書類にざっと目を通すと、椅子の背もたれに寄りかかった。「あなたはとても聡明な女性のようですね、ボナー嬢。昨夜はあなたにずいぶん助けられたことを認めますよ。あの紙をランスから取り上げて、クイル巡査部長に渡している。さらに、ワイヤーが木に結びつけられた方法についてクイル巡査部長の注意を喚起しているが、きわめて鋭い観察力だ。たいしたものですよ。その点については感謝しています。昨夜はあなたとは少し話しただけで、ほかの人に移ったが、それはあなたがここに来たのが六時すぎで、犯行が行なわれたと推定される時間にはいなかったからです。その後、あなたのことを二、三質問したところ、弁明の余地のない立場にあることがわかった。それで、今朝いちばんに話を訊くことにしたんです。昨日あなたはストーズ氏の要請で、仕事のことを話し合うためにここに来たと言ったが、仕事の内容は言おうとしなかった。事件と関連があったかもしれないと認めている。守秘義務による証言拒否は通用しません、あなたは弁護士じゃないんだから」

ドルはうんざりした顔で言った。「わかっています。反論するつもりはありません。話します」

ブリッセンデン大佐が鼻を鳴らした。「なるほど」シャーウッドが言った。「気が変わったんですね」

「ええ。あれからよく考えました。説明します――ストーズを殺した犯人の心当たりはまったくありません。あの紙を――あの約束手形をあそこで見つけて、ランスが隠そうとしたのを阻止したけれど、だからといって、彼がストーズを殺したことにならないのはわかっていました。ランスには好意を抱いていませんが、ああいうことをしたあとで、ストーズがわたしをここに呼んだ理由を言ったら、彼を不当に扱うことになるんじゃないかと思ったんです」

「われわれは不当な扱いはしない」ブリッセンデンが不満そうに言った。

シャーウッドが訊いた。「それで?」

「それで――ご承知のように、わたしは探偵です。認可を受けて探偵事務所を経営しています。ストーズは昨日の午後一時頃わたしの事務所に来て、ランスが彼の妻から多額のお金を引き出していて、それをやめさせたいと言いました。わたしにランスの過去を調べ、可能なら彼の信用を落とすようにと依頼しました。わたし自身がその仕事に当たって、方法を考えるように、と。ランスを追い払い、ストーズ夫人から遠ざけるためなら、殺人以外のどんな方法でもかまわないと言いました。殺すことになったら、自分でそうするとも言いました。もちろん、言っただけでしょうが」ドルは検察官から大佐に視線を移し、また戻した。

「それから、おわかりでしょうが、彼がランスに反感を抱いていたのは経済的な理由と——その、宗教的なものなんです。ランスはシャクティ西欧連盟という教団の創設者で、教団の運営費を——」

シャーウッドはもどかしげにうなずいて、手をあげた。

「そのことは知っています。ランスに話を聞いた。彼の経歴は一部判明していて、残りは今調べているところです」彼は目を細めてドルを見た。「つまり、ストーズはランスを追い払うためにあなたを雇ったんですね？」

「そのとおりです」

「それで、あなたは昨日ここに来た。なにをするつもりだったんですか？」

「わかりません。特にこれといっては」ドルは肩をあげて、またさげた。「彼を観察するつもりでした」

「以前に会ったことがあるんでしょう？」

「ええ、数回」

「なのに、観察したかったんですか」シャーウッドはふくよかな頰をゆっくり撫でた。「もちろん知っているだろうが、ボナー嬢、いかなる陳述も、だれが言ったにしても、補強証拠の裏づけがあれば、それにこしたことはない。おわかりですね。たとえば、ストーズはあなたと契約したのだから、依頼料を払ったんでしょう？　現金か小切手で」

「いいえ。払おうかと言われて断わったんです」

ブリッセンデンが声をあげたので、ドルが顔を向けると、彼は疑わしそうな顔で見つめていた。「それは残念だ」シャーウッドが言った。「あなたとストーズの話をだれか聞いていましたか？」

「いいえ。わたしのオフィスで二人だけで話しました。秘書は帰したあとでした」

「そうですか。あなたとストーズはほかになにか話しませんでしたか？　ランスを追い払うためにあなたに仕事を依頼する以外の話を」

「いいえ」

「まったく？」

「ええ」

「よく思い出してください」シャーウッドは身を乗り出した。「これが殺人事件の捜査で、最初に殺人の証拠を提供したのがあなただということを忘れないで。あなたは大半の女性のように怯えたり尻込みしたりしなかった。ランスに不利な二つの強力な事実を提供してくれた。昨日のあの紙と、ストーズがランスに敵意を抱いていたという今の話です。ランスが犯人だとしたら、彼を逮捕します。できることはすでにやっている。だが、なにひとつ見過ごすわけにいかないし、見過ごすつもりもない。知っているでしょうが、昨夜五時間かけて、関係者全員から話を聞いたが、何点か説明の必要なことがあり、あなたにも協力していただきたい。よく思い出してください。昨日、ストーズは午前中にスティーヴ・ジマーマンがオフィスを訪ねてきたことをなにか言っていませんでしたか？」

「いいえ。なにも」

「話題にのぼらなかったんですか？」

「ええ」

「彼の命をもらうというレナード・チザムの脅迫についてもなにも言わなかったんですね？」

「脅迫だなんて――」ドルはびっくりした顔になった。それから、話にならないという顔をした。「くだらない」

「確かに」シャーウッドは穏やかに同意した。「男というのは殺してやると簡単に口にしますからね。万国共通の安全弁ですよ。わたしだって言うことがある。しかし、問題はストーズが実際に殺されたということです。そうなると、くだらないではすまされない。チザムはストーズを絞め殺してやるとはっきり言ったそうじゃないですか。あなたも聞いていた。そうですね？」

「ええ。それも事件とは無関係だと思います」

「あるいはそうかもしれない。ストーズは昨日あなたのオフィスで、チザムの脅迫を話題にしませんでしたか？」

「いいえ」ドルはじりじりしてきた。「するわけがないでしょう。彼が知っているはずはないから――マーティン・フォルツが、チザムやラフレーといっしょにわたしのオフィスで――」

ィスを出てすぐ彼に電話しないかぎり。電話したとは思えないわ。人にはぜったいにしないことがあるものよ。マーティン・フォルツはそんなことをする人じゃありません」

「だが、チザムが以前に直接ストーズを脅したのかもしれない。電話するなり訪ねていくなりして。その可能性がないわけじゃないでしょう？」

「まさか――いえ、可能性がなくはないけど。彼がそんなことをしたんですか？」

「本人は否定している。もし彼が実際に脅迫していて、聞いていた人間がいるとしたら、突き止めてみせます。ニューヨーク市警察が協力してくれることになった。あなたに訊きたいのは、ストーズがその種の脅迫や、あるいはチザムについてなにか言わなかったかということです」

「いいえ。チザムのことは話題になりませんでした」

「そうですか。わたしがあなたの話を信じると思ってるんですね」

ドルはぽかんと口を開けたが、すぐに固く閉ざした。しばらくすると、落ち着き払った声で言った。「ええ、シャーウッドさん。全面的に信じてもらえると思っています」

ブリッセンデンが突然、たまりかねたように言った。

「締め上げてやれ。時間を無駄にしてるだけだ、ダン。ほかの連中に対してもそうだ。もっと圧力をかけろ」中年の男がびっくりして顔をあげたひょうしに鼻から眼鏡がずり落ちた。そのとき邪魔が入った。ドアをノックする音が聞こえて、警官がドアを開けると、紺の背広を着た大柄な男が入ってきた。いかにも田舎刑事といった感じの男だ。テーブルに近づくと、大佐と検察官にそれぞれ会釈した。

「なんだ？」シャーウッドが訊いた。

男は抑揚のない低い声で、駄目でもともと言わんばかりの口調で言った。「思いついたことがあって、報告しておいたほうがいいと思ったんです」

「なにか見つけたのか？」

「見つけたわけじゃないです。現場の北と東側を、言われたとおりに、マリンズとずっと調べてます。掘り返すところまではやってないが。サマックノルズの近くに小屋を持ってる男がいて、いかれたやつだが、昨日は一日まともだったんです。わたしが言いたいのは、マリンズとわたしとで、北側の丘の向こうのフォルツのとこで働いてる男二人から聞いた話です。フォルツはキジとウサギをたくさん飼ってて、この夏中おかしなことがあったそうです。最初は五月半ばに――」

シャーウッドは身振りで制した。「そのことなら知ってる。キジが絞め殺されたんだろ。それがどうした？」

「男たちが言うには、偶然にしてはできすぎてるって。夏中、断続的にキジが絞め殺されたと思ったら、今度は突然、人間が絞め殺された。なにか変だ、関連があるんじゃないか――調べてみたほうがいい」刑事はそこで黙り込んで、話しはじめる前よりもっと鬱屈した表情になった。「なんなら、マリンズと二人でそっちの線を――」彼は陰気な声で言った。

「思いついたことというのはそれか？」

「はい、そうです」

これは明らかに厳格に対処すべき事態だったから、シャーウッドは迷わずそうした。深刻な殺人事件の捜査に当たっていて時間は貴重だったから、手短に、しかし、きっぱりと言い渡した。刑事は予想していたほどではなかったというように受け止めると、指示された仕事を続けるようにという検察官の命令に表情も変えずにうなずいてから、部屋を出て行った。

シャーウッドが話しだした。「きみはよく資質を問題にするな、大佐。軍隊式の団結心も。しかし、この事件は解決してみせる。まあ、見ていてくれ」彼はドルに顔を向けた。「ブリッセンデン大佐のことは気にしないでください。軍人で、気が短いんです。短気を起こしたのは、あなたが信じられないようなことを言うからで――正直なところ、わたしも彼と同じ意見です」シャーウッドはまた身を乗り出して、ドルの目をまっすぐ見たが、キャラメル色の瞳と真っ黒なまつげという際立った組み合わせに心を動かされたり、動揺したりすることはなかった。「あなたがストーズ氏を立腹させたというのは本当ですか？」

ドルは彼を見つめ返した。「ああ、シルヴィアね――彼女にすれば言わないわけにはいかない。当然よ。かわいそうに、今ごろ罪の意識に苦しんでいるでしょう」

「そうでしょうな。質問に答えてもらえますか、ボナー嬢」

「ええ、ストーズ氏は腹を立てていました——わたしと、そして被後見人のラフレー嬢と、わたしたち両方に——でも、それだけのことです」

「それだけのことじゃないでしょう」シャーウッドの声が鋭くなった。「昨日の朝、ストーズとラフレー嬢は激しくやり合っているんです。彼女から聞きました。ストーズはジマーマンがその少し前に来たことや、チザムを解雇させたことを話題にして、あなたに対する深い恨みも——」

「嘘です」ドルは言い返した。「ラフレー嬢がそんなことを言うはずないわ。二階にいるから、呼んでください」

シャーウッドはいらだたしげな身振りをした。「『深い恨み』という言葉が気に入らないなら、反感でも、不満でもいい。要するに、ストーズはラフレー嬢にあなたとつきあうのをやめるように強硬に主張して、彼女は——」

「それも嘘。シルヴィアがそんなことを言ったはずないわ。彼が主張したのは、探偵事務所とのかかわりを断つことです」

「わかりました、そういうことにしておきましょう。彼が激怒したのは、彼と被後見人の名前が探偵業との関連で新聞に出たからだ。彼はただちにあなたと仕事上のつきあいをやめるように要求した。きわめて強い言葉で断じ、考え直す余地のないことをきっぱりと示した。そういうことがあったあとで」シャーウッドは指を立ててドルの目の前で振ってみせた。「ラフレー嬢とやり合ってから二時間とたたないうちに、ストーズがあなたの事務所を訪ねて、内密の仕事を依頼したというあなたの話が信じられると思いますか？　しかも、彼は自分がこうむった被害はまったく問題にしなかった。ストーズはランスを遠ざけてほしいと依頼しただけだと言いましたね」シャーウッドは両手をあげた。「ブリッセンデン大佐があなたを締め上げるべきだと主張したのはおかしいと思いますか？」

「なんてこと」ドルは吐き捨てるように言った。実際、うんざりだった。「そんなことを考えてたんですか、シャーウッドさん。恥を知るべきだわ」

ブリッセンデンがうなった。「言わせといていいのか」

「そういうことを考えてたんです」シャーウッドが繰り返した。「否定はできないはずだ。ストーズは経済的支援と貴重なコネを持つ共同経営者を奪うことで、あなたを破滅に追いやった。わたしは短絡的な発想をするつもりはない。あなたが復讐のために、彼の反対を排除するために、ここに来て彼を殺したとは言っていない。だが、あなたと彼がその仕事のことしか話さなかったとは信じられない。ほんとうのことが知りたい」

「わかりました」ドルは彼を見つめて考えた。「恥を知るべきだという思いは変わらないけれど、あなたが考えていることはわかったわ。わたしが仕事のことしか話さなかったと言ったから、ラフレーとの口論が話題にのぼらなかったのは不自然だから、わたしが嘘をついたと思っている。無理のないことかもしれないけれど、事実は事実なんです。天気の話ぐらいはしたかもしれない。確かに、あの新聞記事のことが話題になったけれど、ごくあっさりと。わたしが癇癪持ちだと彼が言って、わたしは癇癪を起こしたことなんかないと反論したわ。彼はそれを無視して、ラフレーが探偵事務所にかかわりを持つのは反対だが、それとわたしの能力や有能さに対する賞賛とは関係がないと言って、わたしに仕事を依頼したんです。そのあと仕事の話をしました」ドルは真剣な顔で彼のほうに身を乗り出した。「はっきり言って、シャーウッドさん、こんなことで時間を無駄にしないほうがいいわ。ほかにいくらでもすることがあるでしょう。ストーズを殺した犯人は、軽はずみなことはしないし、悪運も強そう。犯人を見つけるつもりなら、彼に不利な証拠を見つけなければ。それで手一杯のはずだけど」

シャーウッドはドルを見つめながら考え込んでいた。やがて、ブリッセンデン大佐に顔を向けると、問いかけるように眉をあげた。ブリッセンデンがすかさず言った。「追いつめられた女の言うことなんか信じるな」

ドルは精いっぱい冷ややかな声を出した。「あなたは愚かな人ね、大佐。わたしは男はみんな嫌いだけど、特に制服を着て軍の階級章をつけた男は大嫌い。わたしは追いつめられてなんかいない。以前、ある男に追いつめられてから、二度とそんな目には遭わされないと決めたの」ドルは冷静なまなざしをシャーウッドに移しながら、とぎれることなく話しつづけた。「今回この場に居合わせたわたしたち全員の過去を徹底的に調べるつもりでしょう。まだ調べていないなら、いずれわかることだけど、わたしの過去は哀れで陳腐。昔からよくある話よ。ある男がわたしを愛《いと》しく思って伴侶に望み、わたしも彼を愛していた。わたしは彼にもらった指輪をはめて、誇らしく幸せな気持ちで、つつましくその日を待っていた。でも、その日はついに来なかったわ。父が破産して自殺し、わたしが金持ちの娘ではなくなったから。彼は指輪を取り戻した。ありふれた話だからといって苦しみが軽くなるわけじゃない、もしそう思ってるようなら。こんなことを言うのは、世間ではみんな知っていることで、いずれどこかから耳に入るだろうし、わたしはまだそのショックから立ち直りつつあるところで、二度と追いつめられるつもりがないことをはっきりさせておきたかったから。どんな状況でも、わたしは二度と追いつめられない。だから、追いつめようとしても時間の無駄よ――ブリッセンデンさん、あなたは大嫌い。あなたは北風のような人で、やみくもに突っ走る以外なんのとりえもない。洞察力や緻密さを要求される仕事では、迷惑以外のなにものでもない――あなたとはやれると思うわ、シャーウッドさん、わたしに出番をくれるならね。わたしはこれでもやり手だと自負してるの。まだ若いから、うぬぼれているだけで、プライドをずたずたにされることになるかもしれないけれど。自分の能力を信じているし、それを証明したいと思っている」

ブリッセンデンが息巻いたとしても不思議はなかったが、彼は黙っていた。突っ走るだけでなく、ブレーキをかけることも知っていたのだ。彼は険しい顔を、ドルではなくシャーウッドに向けた。検察官はなかば挑むような、なかば詫びるような目で見つめ返した。大佐は無言のうちに検察官にこう言っていた。あの「北風みたいな人」をどこかで口にしたら、ただではおかないからな。そして、検察官はになっていた。

「ここの責任者はどなた？　あなた？――あなたなの？　今度のことでお話ししたいの」

無言のうちに答えていた。口にするとしたら、冗談としてだし、結局のところ、当たってるじゃないか。

シャーウッドが衝突を避けたのは、進行中の捜査のため、そして、ドルのためだった。彼は眉をひそめながら、心を決めかねて、値踏みするようにドルを見つめた。しかし、ドルの能力を評価するかどうかという問題は、宙に浮いたままになった。警官が見張っていたドアが、突然大きく開いていくつかの足音と声がしたからだ。警官はさっと立ち上がったが、先頭に立っているのがこの家の女主人のストーズ夫人とわかると、押しとどめるのをためらった。夫人は決然とした様子で堂々とカードルームに入ってきた。その後ろから娘のジャネット、シルヴィア・ラフレー、レナード・チザム、マーティン・フォルツ、スティーヴ・ジマーマン、そしてジョージ・レオ・ランスが続いた。夫人は部屋の中央で立ち止まると、落ちくぼんだ目で、なにか珍しい忘れがたいものでも見るように、テーブルについている四人を見た。彼女の声にはふだんから切迫した感じがあったが、それが強調されてヒステリックと言えそうな口調

6　シヴァの代理人

テーブルについていた男たちは立ち上がった。シャーウッドは歩み出てストーズ夫人に挨拶すると、助手とブリッセンデン大佐を紹介した。フォルツとジマーマンがみんなのために椅子を引いた。ランスはやや青ざめた顔で、両手をズボンのポケットに突っ込んで、強い自制を働かせているようだった。ジャネット・ストーズはチザムが勧めた椅子には座らず、部屋を横切って隅にある椅子に腰かけた。ドルは立ち上がってシルヴィアを出迎え、二人の元共同経営者は無言で手を握り合った。ブリッセンデンは仏頂面で席に戻って腰をおろした。シャーウッドが話していた。

「――どうしても、その椅子がいいようなら、ストーズ夫人――かまいませんとも。ただ――いや、今度のことでなにかお話があると――」

ストーズ夫人は、シャーウッドの向かい側に座って、うなずいた。服装はふだんと変わりはなかった。ジャージーの上着を浅黄色のブラウスの上にはおり、ジャージーのスカートに足元はカントリーシューズ。だが、特徴のある目はもちろんのこと、ふだんから個性的な顔は、内面の強い信念を反映してか、青ざめて厳かにこわばっていた。両手の指を堅く組み合わせて膝に置き、かすかに身震いしていたが、震えが止まると訊いた。「あなたが責任者とおっしゃったわね？」

シャーウッドはそうだと言った。「この郡の検察官です。捜査の法的責任を負っています。こちらのブリッセンデン大佐の全面的な協力を得て――」

「それはうかがいました」ストーズ夫人は射るような目でシャーウッドを見た。「ゆうべはお話しできなくて申しわけありませんでした。気を失ってしまったのか、あるいは、霊魂が献身的な帰依者を認めてくれずに離れてしまったのか、それはわかりませんが。もしそうだとしたら」声に力がこもった。「やはりそうなのですね。夫が破滅させられたとあなたに啓示があったとか」

夫人はそこで言葉を切った。質問をしたつもりらしい。シャーウッドは口ごもった。「あの――啓示というのは？　おそらく――ご主人は殺害されたものと思われます。現時点では、われわれはそう確信しています。火曜日に検死審問が行なわれる予定です、ドクター・フラナーが日程を変えなければ。暴行が加えられた形跡、つまり、自殺ではないという形跡が――」

夫人がいらだたしげに首を振った。「いいえ、そのことならわかっています」

「おや、ご存じでしたか？」

「夫が自殺したのではないことはわかっています。命を絶ち、再生をはかるには――いいえ、あなたには関心がないでしょうし、あなたの理解のおよぶところではありませんわね。わたしは言いたいことがあって来たのです。こちらのみなさんをお連れしたのは、みなさんも屋敷にいらしたし、理解できないとしても、少なくとも神がなにを望んでおられるか、お聞きになったほうがいいと思ったからです。みなさん、おわかりでしょうが、夫の死はわたし自身の死を意味します。夫はわたしと違って低次元の理解しかできませんでしたが、夫が到達できる世界では、わたしのたったひとりの伴侶、たったひとりの夫でした。そして、その世界においてのみ、わたしは彼より長生きできるのです。その点に限定すれば、わたしは死んだのですが、それは夫のおかげです。というのは、わたしは夫の破滅を望んだことなどなく――」

ジョージ・レオ・ランスが座ったまま鋭い声で言った。「ストーズ夫人！　そんなことを言うと誤解を招くだけです――みなさん、わたしは黙って聞いているわけには――」

「口をはさまないで！」シャーウッドが言った。「印象を訂正するのはあとでいいでしょう――それで、マダム？」

ストーズ夫人は首を振った。「たいしたことではありません。謝罪しようとしていたのですが。ほんとうの意味の謝罪はまだできません――わたしの娘――夫の娘にさえ」

夫人は部屋の隅に座っているジャネットを見て、また首を振った。「それよりも、わたしがしたかったのは、まったく別の、あなたがたの次元の話です。わたしにはそれができるんです。夫もそのことを知っていて、その点では感心していました」夫人はそこで黙り込んだ。長い間、表情も変えず、落ち着こうと努力するでもなく、ただ黙ってじっと座っていた。だれも身じろぎもしなかった。やがて、夫人はまた話しだした。「まず最初に、過ちはなにひとつ犯されていないし、今後もそうであることをはっきりさせておかなければなりません。なぜ敷地のあちこちに侵入し、植え込みを荒らし、庭園をだいなしにしなければならないのか教えていただきたいのです」

「それはご理解願わないと、ストーズ夫人――」シャーウッドは咳払いして、いったん言葉を切った。そして、簡単に説明した。「あるものを探しているんです」

「なにを?」

「いろいろ。とりわけ手袋を」

「だれの手袋? わたしは抗議しているのではなく、うかがっているのです。現実的な段階を踏んで、事実を説明していただきたいのです。わたしにはその権利があるでしょう?」

シャーウッドはうなずいた。「もちろん。権利というより、あなたにはその特権があることを認めましょう。もしほんとうに詳細を知りたい――聞きたいとお思いなら――」

「もちろんですわ」

「それならお話ししましょう。昨夜、われわれは何者かがご主人を殺害したと断定しました。首にワイヤーを巻いて引き上げ、ワイヤーの端を高い枝にかけて、宙吊りにして。ワイヤーを首に巻いたのは、ご主人に襲いかかって気絶させたあとと推定したのですが、検死官によると、強打された跡はないそうです。それで、もうひとつの推理として、ご主人はベンチで眠っていた時に首にワイヤーを巻きつけられたのではないかと考えました。使用人たちやほかの方々に訊いたところ、実際、ご主人は夏場は好んであそこで昼寝をされたとか。眠っている人を起こさずに首にワイヤーを巻くことができるか確かめてみましたが、寝ている体勢によっては難しいことではありませんでした。眠っている人には触れずにワイヤーの一端を首の下に通し、そっと引いて手元に引き寄せ、よじって引き結びを作れば、大きな輪になる。ワイヤーの反対の端を結びつけた木まで走って、端をつかんで引っ張り、緩んだワイヤーをぴんと張らせるのは一分とかからない。ワイヤーで首を締めつけられて目をさますと、当然、起き上がろうとするでしょう。それで、ますますワイヤーが締まって身動きできなくなってしまう。そのあと、ベンチに足をつけようともがいたはずみに、ベンチを倒したのかもしれない。犯人にとびかかろうとしても、ワイヤーを巻かれているから近づけない。木の枝にとび移ろうとしたら、そのはずみで——」

「なんてこと！」悲痛な叫び声があがった。「なぜそんな目に——いったい、どうして——」ドル・ボナーがシルヴィア・ラフレーの肩を抱き締めた。「ねえ、落ち着いて」マーティン・フォルツも駆け寄った。「シルヴィア、かわいそうに、お願いだから——」

ストーズ夫人の視線はシャーウッドの顔からまったく動かなかった。そして、教義を唱える女司祭のような口調で言った。「夫はワイヤーを引っ張っている男に手をのばしたはずです。届いたでしょう」

シャーウッドは首を振った。「いや、マダム。ちゃんと実験してみたんです——さっき手袋のことを訊かれたでしょう。それだけの力でワイヤーを引くと、どうしても手を痛めつけることになる。当然、跡が残ります。ゆうべ、みなさんに——あなた以外の全員に手を見せていただいたのはそのためです。この近隣の住人の手はすべて調べました。しかし、ここで申し上げておきますが、そして、言葉どおりに受け取っていただきたいんですが」シャーウッドは集まった人々を見まわした。「昨日、ここに部外者が入った形跡は今のところ見つけられませんでした。あの現場に東側から近づくのは明らかに不可能です。ほかの事実を考慮しても——場所を知らない人間があそこに近づいたとは考えられないこと、部外者がだれにも見られずに侵入するのは難しいこと、さらには、ストーズの財布には三百ドル以上入っていたのにそれがそっくり残っていること、そして、殺害方法を考慮すると、部外者による犯行という可能性はまず考えられません」

さっと緊張が走り、ざわめきが起こった。ストーズ夫人が言った。「生命を奪うことができるのはシヴァだけです。つまり、ここにシヴァの代理人がいるわけね。信じます。それで、その手袋は？」

「きっとどこかにあるはずです。手に傷跡のある人はいないし、手袋をはめていなければ必ず傷が残るはずです。見つけられるかぎりの手袋も調べました。昨夜、部下が厚いバックスキンの手袋をはめて、ワイヤーを木の枝にかけて百七十ポンドのおもりを引き上げる実験をしたところ、手袋にくっきりと跡が残りました」シャーウッドはもう一度全員を見まわした。「どこかにそれと同じような跡のついた手袋があるはずです。必ずある。それを探しているんです。これほど広い場所をくまなく探すのは不可能に近いのはわかっていますが、見つけられないともかぎらない――それで、ストーズ夫人、お願いがあります。あとでお願いするつもりだったが、ここにみなさんを連れてきてくださったから、時間が省ける。わたしたちがここにいるあいだに、部下に屋敷を捜索する指示を出したいのです。よろしいでしょうか？」

ストーズ夫人は即座に答えた。「その必要があるとは思えません」

シャーウッドは眉をひそめた。「それなら、理由を説明していただかないと。その手袋がどこにあるか知っているわけではないでしょう？」

「知っているわけがありません。わたしが言いたいのは――つまり、あなたは証拠が欲しいわけね。あなたの世界では――証拠が必要なのでしょう？」

「証拠？　そのとおりです」

「わかりました。捜索してかまいません」

シャーウッドはブリッセンデンを見た。大佐はうなずくと呼んだ。「ピーターソン！」戸口に控えていた警官が近づいてきて敬礼した。「クイルに部下を五人連れて屋敷をくまなく捜索するように言ってくれ。なにひとつ見逃すなと伝えろ」ブリッセンデンが警官に指示した。「この部屋と玄関側の部屋はもう探したんだな？　それなら、クイルには残りの部屋をすべて徹底的に調べるように言え。手袋を見つけたら必ずわたしのところへ持ってくるように。どこで見つけたか標識をつけて。今すぐ伝えてこい」

警官は出て行った。ストーズ夫人がだれにともなく話しだした。

「シヴァやその掟に対して出しゃばったまねをするのは、愚か者の証拠です。わたしは節を屈して妥協しました。もしその代償を払わなければならないなら、喜んでそうしましょう。シヴァでさえ、いったんした約束は守るでしょうし、夫の破滅は意図されたものではなかったからです。わたしはそのことで苦しんでいます」夫人の声が突然高くなって、締めつけられた喉からふり絞るようなヒステリックな調子になった。「言っておきます、わたしは苦しんでるわ！」

両手を固く握り締めて座っていたジャネット・ストーズが、低い声で呼びかけた。「お母さま！　お母さま！」

「ジャネット、あなたもそうでしょう」ストーズ夫人は娘に向かってうなずいた。それから、シャーウッドに視線を戻すと、いつもの落ち着いた一途な口調で言った。「ここにシヴァの代理人がいるとおっしゃったわね？　確かなんですね？　その人間を知っているの？　あなたが知っていることをうかがいたいわ」

検察官は夫人を見つめた。「それよりも、マダム、あなたが知っていることをわたしに教えてくださったほうがよさそうですね。あなたにはまだなにも質問していないから――」

「お訊きになればいいわ。でも、わたしには特権があるとおっしゃったでしょう。だれが夫を殺したかご存じ？」

「いや。そのことであなたの助けが借りたいんです」

「わかりました。でも、その前に知っておきたいの――わたしはあなたの知っている事実を破壊するつもりはありません。創造し、破壊できるのは、シヴァだけですが、わたしは夫のためにそのシヴァを裏切ろうとしているのです。だから、あなたの知っている事実をわたしも知る必要があります。破壊の代理人はここに、この人たちの中にいるというのね？　なにがわかったんですか？」

シャーウッドはちらりとブリッセンデンに目を向け、大佐の険しい表情を見て、この時点で彼の助けは期待できないと悟った。そして、クレオ・オードリー・ストーズが振り出した五万ドルの約束手形が手元にあるのを思い出したが、たとえ相手が狡猾な罪人だろうと、良心の呵責に駆られた犯人だろうと、あるいは、異常な精神の持ち主であろうと、あえてそのことを質問する気にはなれなかった。シャーウッドはしばらく考えてから、同情に堪えないという様子で夫人に顔を向けた。

「説明しましょう、ストーズ夫人。ご主人を殺害した男は、今この部屋にいるとしか考えられません」彼はシルヴィア・ラフレーがあげた小さな悲鳴も、ほかの人間の不満の声も無視して話を続けた。「十五人ほどに絞りました。いずれも昨日だれにも見られずにあの現場に行くことができた人です。ここの使用人は、外働きの男たちも含めて、容疑を裏づける事実はなく、動機もまったくありませんでした。フォルツの使用人が、森を抜けて現場に行ったとも考えられなくはないが、それを裏づける事実はなく、使用人同士でアリバイを証明している。例外は、執事のウルフラム・デ・ロードで、彼については調査中です。残る八人のうち、あなたを含めた四人が女性です。無条件に除外することはできないが、女性にあのワイヤーが引けたとは考えにくい。四人の男性のうち、チャンスがなかったと証明できる人はいません」

検察官は書類の束を繰って一枚抜き出した。「お嬢さんの話では、昨日の午後三時十五分頃、ストーズ氏は横手のテラスから出て行ったそうです。若い庭師見習いのビッセルが、ほぼ同じ時刻に丘のふもとの小道を養魚池のほうに歩いているのを見かけています。その後、ボナー嬢が七時ちょっと前に遺体を発見するまで、ご主人を見かけたという人間は今のところいない。しかし、さっき言ったように、ぜったいにチャンスがなかったと言い切れる人もいない。ランス氏は四時頃に屋敷を出て、二十分ほどして戻ってきて——そして、彼によると、あなたの部屋に行ったそうです。お嬢さんのジャネットさんは、客が到着する前に二時間以上家をあけていた。レナード・チザム氏はひとりでフォルツの屋敷から森を抜けて、四時半頃、あるいは、もう少し前にここに来ています。ストーズ氏を探したが、見つからなかったと言っている。シルヴィア・ラフレー嬢もやはりひとりで、その十五分か二十分ほどあとに森を抜けて来て、その一時間ほどあとにフォルツ氏が来ています。ジマーマン氏は四時前にフォルツの屋敷でみんなと別れて、森に散策に出かけたが、五時半頃ひょっこり厩舎に現われて、馬丁と言葉を交わすまで、だれも彼を見かけた者はおらず、その後テニスコートに行っている。これがみなさんから聞いた話です。昨日の午後三時十五分から六時四十五分までの詳細な時間割を作ってみましたが、なにも証明できず、だれも除外することはできなかった」

シャーウッドは書類を押しやると、ゆっくりと周囲を見まわして、一人ひとりの顔を見てから、ストーズ夫人に視線を戻した。「言うまでもないが、われわれの捜査は妨害されています。妨害は取り除かなければならない。われわれは信じることのできない話を聞かされ、知る権利のある情報を提供されていない。ボナー嬢の奇妙な行動——遺体を発見したあとテニスコートに行って、そこで十分ほどみんなとすごしてから、屋敷に戻ってベルデンに警察に通報するように言ったという説明は納得できない。ストーズ氏を探したが見つからなかったというチザム氏の話も、彼を探した目的も、納得できない。フォルツの屋敷で昨日の午後なにがあったかというウルフラム・デ・ロードの説明には矛盾したところがある。フォルツ氏のウールの上着が応接間の椅子の背にかかっているのを執事が見つけ、その後フォルツ氏が食堂で酒を注いで飲んでいるところを見かけているが、それについてのフォルツ氏の説明には引っかかるものがある——最初に話を聞いた時、彼はサンルームを通って屋敷に入ったと言ったのに。ジマーマン氏が昨日の朝、ストーズ氏のオフィスで彼となにを話したか頑として言おうとしないのも——ジマーマン氏は喧嘩したわけではないと言っているが——納得できない。さらには、ランス氏が現場の倒れたベンチのそばの草の上に落ちていた紙を拾ったことを認めようとしないことも。ボナー嬢は彼が拾ったときっぱりと——」

ストーズ夫人が鋭い口調で訊いた。「その紙というのは?」

シャーウッドは一瞬彼女を見つめながらためらっていたが、やがてテーブルの上の書類の束のあいだから例の約束手形を見つけ出した。そして、身を乗り出して、それを差し出した。「これです、マダム」

夫人はそれを受け取り、ちらりと見てうなずくと、シャーウッドに返した。それから、まっすぐ彼を見つめた。

「ランスさんがこれを草の上から拾い上げたんですって?」

「そうです。ボナー嬢が目撃しています。彼はそれをポケットに入れたが、あとでチザム氏が取り上げたんです」

ストーズ夫人はランスを見た。ランスはこうなることを予期していたかのように、ずっと突っ立ったままだった。落ち着きはらって夫人の視線を受け止めたが、なにも言わなかった。「またですか、ランスさん?」夫人が性急な口調で訊いたが、それでも彼はなにも言わなかった。夫人はシャーウッドに視線を戻した。

「昨日、二度もランスさんはあの紙を取り上げられたのです——そのことになんらかの意味があるとすれば。あれはシヴァからお借りしているもので、わたしには支払う義務があるのです。そのことで話し合いましたが——夫とランスさんとわたしとで——合意に達しませんでした。夫が屋敷を出たのはそのあとです。出て行くのを娘が見たとおっしゃったわね。ランスさんはシヴァからお告げを受けて——あなたがたにはわからないでしょうが——そして、屋敷を出ました。夫を探して、支払う義務があると説得するために。わたしもそれに同意しました。ところが、すぐに戻ってきて、わたしに怒りをぶつけるのです。わたしはそれを受け止めました。夫がシヴァへの奉納をいっさい拒絶して、あの紙を渡そうとせず、またしてもシヴァの教義を侮辱したというのですからね。でも、ランスさんはシヴァが破壊の輪廻を閉じ、夫が亡くなったとは言いませんでした」

「確かに言いませんでしたよ、ストーズ夫人」ランスが氷のような声で言った。「なぜなら、それは事実ではなかったからです。ご主人は生きておられたし、危害も加えられていなかった」

シャーウッドがランスに向き直った。「しかし、ストーズ氏があの手形を取り上げたと夫人に言ったんでしょう？」

「言いました」

「遺体が発見された場所でストーズ氏に会って口論になったんですね？」

「そうです」

「あそこには行かなかったし、彼に会ってもいないと嘘をついたんですね？　あの紙はあなたのもので、草の上から拾ったわけではなく、隠すつもりもなかったと言ったのは、全部嘘ですね？」

「嘘です」

ブリッセンデン大佐が唇をなめた。部屋にざわめきが起こり、シルヴィアがテニスで鍛えた握力の強い手でドルの腕をつかんだので、ドルは指を一本一本ふりほどかなければならなかった。レン・チザムは立ち上がったが、また腰をおろした。シャーウッドはうつむいたままランスに言った。「さしつかえなかったら、なにがあったかくわしく話してください」

ランスはストーズ夫人に向かって言った。「昨日あなたに言ったことは事実です。ご主人をあそこで見つけて、わたしたちの決断を伝えた。ご主人はなにひとつ認めようとしなかった。わたしはあなたの署名のある手形を見せた。するとそれを取り上げて返そうとしなかった。わたしが強く要求しても、ご主人は——ストーズ氏は聞く耳を持たなかった。それで、わたしはひとりで屋敷に戻ってきた。わたしが暴力を断固認めないのはご存じでしょう」

ストーズ夫人はランスを見つめた。「シヴァには破壊のための使者がいるはずだわ。あなたはシヴァの代理人でしょう」

ランスは両手をあげて、ゆっくりと手のひらを胸に押しつけた。「違います。わたしはシヴァの分身で、シヴァにはたくさんの分身がいる。あなたがわたしを裏切ったのは気持ちが弱くなっているからで、責めるつもりはありませんよ」彼はシャーウッドに顔を向けた。「確かに、わたしは教義を守るために嘘をついた。異教徒たちの間にあって、いかに危険な立場にいるかわかっていたからです。わたしがストーズ夫人から献金を受けていることや、ストーズ氏がそれを阻止しようとしていることは調べればすぐにわかる。ストーズ氏の死によって夫人が財産を相続すれば、わたしが有利な立場になることも。昨日、ベルデンからストーズが殺害されたと聞いて、あそこで彼の遺体を見た時、とっさにこういうことが頭に浮かんだんです。わたしは自分が愚か者ではないと思っていたが、二度も愚かなことをしてしまった。第一は、あの手形をこっそり始末しようとしたこと。第二は、ストーズ夫人がショックのあまり、わたしが授けたすべての希望とわたしが教えた真実をあっさり捨ててしまうのを予測できなかったこと。この愚かさゆえ、わたしはあなたに嘘をついた。しかし、わたしは暴力の代理人ではない。そんなことができるはずがない」

シャーウッドはブリッセンデンから、その隣の助手に視線を移した。大佐がうなるように言った。「この男を告発しよう」眼鏡の助手が唇をすぼめて眉をあげると、決断しかねてゆっくり首を振った。ストーズ夫人はさっきからわけのわからないことを口走っていた。

「——だから、わたしも罪を分かち合います。それがわたしの罪で、分かち合う義務があるのなら。でも、罪は本人が感じなければならないもので、わたしには感じられるとしても、シヴァが感じられるはずはないのです。シャクティの儀式のカマクシャのことは知っているし、パンカマカラのことも、人身御供のことも知ってるわ。シヴァは破壊の神さまで、その務めを果たさなければならないけれど、わたしはドゥルガーでもパールヴァティーでもなく、修行も充分ではない。シヴァの配偶神たちは世界を生み出し生命をつかさどるけれど、わたしはただの人間の女。シヴァもそのことはご存じのはずだわ。ランスさんも。破壊と再生の輪廻は、わたしの魂の中にあって、そのために多くの犠牲を払うつもりではいるけれど、わたしの背後にはまだ現世が——」

シャーウッドはろくろく聞かずに頭の中で素早く計算していた。彼女は証人として最高だ。あの破壊の輪廻とやらが決め手になるだろう。ランスが彼女から金を引き出していたことと関連づければ、彼の動機も申し分ない——陪審は納得するだろう。きっと飛びつくにちがいない——告発しよう——だいじょうぶだ。

ブリッセンデン大佐が立ち上がった。確かに、突っ走るタイプだ。彼はさっとテーブルをまわって、まだ良心の呵責だの宇宙の摂理だのと、とりとめのない話をしているストーズ夫人のそばを通って、ジョージ・レオ・ランスの前に立つと、紅潮した顔で顎を突き出した。

「白状しろ。さっさとすませたほうがいい。観念するんだな。使った手袋はどこにある?」

ランスが一歩しりぞいた。ブリッセンデンが一歩踏み出し、二人は胸を突き合わせて、にらみあった。「さあ、聞かせてもらおうか。手袋はどこだ? もう逃げられないぞ。わかるだろう? さっさとすませて——」

「待ってくれ!」

みんなが振り向いた。ブリッセンデンが話をやめてにらみつけた。レン・チザムが、急ぐ様子もなく、だが、決然とした顔で、椅子から立ち上がって、ぶっきらぼうな声で繰り返した。「待ってください」ブリッセンデンではなくシャーウッドに言った。

「ランスは四時頃に屋敷を出て、その二十分後に戻ってきたと言いましたね。それは確かですか?」

大佐がむっとした顔で言い返した。「おとなしく座ってろ。用があるときはこっちから訊く。こんな茶番はさっさと——」

「わかった」チザムが手を振った。「それなら、さっさとすませたらいい。強引に進めるつもりなら、それでもいい。ぼくはただ教えようとしただけだから」

シャーウッドが口を出した。「大佐、ちょっと待ってくれないか」そして、チザムに言った。「聞きましょう」

レンはシャーウッドに言った。「黙っていればいいのかもしれない。わかってるんだ。だが、ぼくの思い違いでなければ、ランスが屋敷に戻ったのは四時二十分で、それより前にストーズを殺したことになっているが、それは無理だ。ストーズは四時四十分にあの場所で生きていた。見たんだ、ベンチで寝ているのを」

ブリッセンデンがにらみつけた。あちこちでざわめきが起こった。「昨夜はストーズを探したが見つからなかったと言ったじゃないか」シャーウッドがきつい口調で言った。

「ああ、わかってますよ」レンは渋い顔をした。「ぼくも嘘をついた。そのことを問題にしたいんだろうが、ぼくが言いたいのは、ストーズが五時二十分前にあのベンチで眠っているのを見たということだ」

7 レン、証言を翻す

ジョージ・ランスは強力な容疑をかけられても動じなかったように、今度も安堵の表情はまったく見せなかった。ただ、部屋に入ってきて初めて腰をおろした。レン・チザムの挑むように決然とした顔をしばらく見つめてから、フォルツとジマーマンの後ろの椅子に静かに座った。ドル・ボナーが驚きの声をあげたが、それ以外はみんな、びっくりした顔で押し黙っていた。ブリッセンデンは藪に逃げ込んだウサギを見るタカのような目で、目立たない場所に引っ込んだランスをにらみつけてから、視線を検察官に向けた。

「みんなにいったん出てもらって、このチザムだけ残したらどうですか。彼ひとりのほうがやりやすそうだ」

シャーウッドは首を振った。「それはあとでいい」そう言うと、チザムに友好的とは言い難い口調で話しかけた。「先手を打つつもりかな?」

レンは検察官に近づいた。「どういうことですか? ぼくはただ――」

「わかってるんだ。まあ、座って――座ってください」

レンは肩をすくめて、ドル・ボナーが最初に座っていた椅子に腰をおろした。シャーウッドは全員に向かって話し始めた。

「みなさんに言っておきたいことがある。全員にです。わたしは率直なやり方が好きだ。捜査もそのやり方で進めたい。罠をかけるようなことはしない。この件に関してだれかが探り出した情報は進んで提供します。ここにいるだれかが犯人だとしたら、それ以外の人にとっても、事実を歪曲するのは、結局のところ、犯人の益にも、わたしの益にもならないということを明らかにしておきましょう。そんなことをしても無駄だ」彼はチザムにすっと向き直った。「どういうことかな? 昨夜はストーズ氏を探したが、見つからなかったと言った。そのあとで庭師見習いに四時半から五時の間に養魚池の方角から歩いてきたところを見られたのを思い出した。そして、わたしが庭師見習いに話を聞くはずだから、先手を打って、平然とした顔で実は嘘だったと言った。そうすれば、わたしが信じるだろうと思って。そうじゃありませんか」

「違う」レンはむっとした声で言った。「庭師見習いのことなんか知りませんよ。ぼくが話す気になったのは、あなたがランスに不当な容疑をかけているからだ。別にランスに義理があるわけじゃないが」

「昨日、庭師見習いに見られていたのは知らなかったと?」

「ああ」

「気づかなかったのか?」

「ぼくが探してたのは庭師じゃありませんからね。それに、頭にきていたから、それどころじゃなかった」

「頭にきていた? だれに? ストーズ氏にか?」

「いいえ。いや、彼に対してもかな。だれもかれもですよ。昨日の午後四時四十分には、世界中の人間に腹を立てていた」

「だが、とりわけストーズ氏に腹を立てていたんだろう。昨日の朝、三人の人間の前で脅したぐらいだから、ここに来て絞め殺してやると」

「ぼくが？」レンの眉が上がった。「いや、言ったかもしれないな。しかし、殺してやると脅して、実際に殺す確率は百万分の一ぐらいでしょう。それを根拠にされても困る。確かに、ぼくにも非はあります。ゆうべ嘘をついたんだから。あんなことを言うべきじゃなかった。だから、今になって説明するはめになったんですよ。その説明もまずいのはわかってる。つまり、信憑性に欠けるが、かといって信用できないわけでもないでしょう。ほんとうのことを言うのが面倒くさかっただけなんだ」

ブリッセンデンが憤懣とも軽蔑ともつかない声を出した。

シャーウッドが訊いた。「なにかごまかしてるだろう、チザム。正直に答えてもらおう」

「ごまかしてなんかいない。昨日、ラフレー嬢にテニスコートで会って、ストーズ氏と話したかと訊かれた時、彼がベンチでぐっすり眠ってると思ったと説明するのも面倒だったから、見つからなかったと言っておいたんです。そのあとで、ボナー嬢にも同じことを訊かれたから、当然、同じように答えて、ほかの人もそれを聞いていた。だから、ゆうべ、あなたに訊かれた時も、矛盾したことを言って、長々説明するほどのこともないと思ったんです。ごまかしたわけじゃない。要するに、ぼくがばかだったんです。だから、今、信じてもらうためにこんなに苦労してる」

「それだけか、理由は？　こんな重要な点に関して嘘をついておいて。殺すと脅した人物がその日のうちに殺され、その捜査にあたっている当局に申し開きをするには、あまりにも薄弱な理由じゃないか？」

レンはうなずいた。「これだけです。あなたは問題をどんどん膨らませている。うまく説明できなかったと言ったでしょう」

「なにかつけ加えることは？」

「ありません。これでもう変えませんよ」

「つまり、ストーズ氏が遺体で発見された場所で彼を見たわけだな。その時、彼はベンチで眠っていた、と」

「そうです。昨夜言ったことは事実です、ストーズを見かけたという以外は。フォルツの家を四時半ちょっと前に出て、森を抜けてここに来た。ストーズを探して、彼の機嫌をとり、できれば、彼のせいで馘になった仕事を取り戻したいと思ってました。執事に彼が庭に出たと聞いて、屋敷の前の庭を探しているうちに、ラフレー嬢から養魚池のそばに彼がよく昼寝をするお気に入りの場所があると聞いたのを思い出して、行ってみた。彼はベンチで死んだように眠ってた——いや、これは言葉のあやです。近づいてみたが、結局、起こさないことに決めました。機嫌を損ねられると困るので。その時、腕時計を見たのは、だれかにオゴウォックまで車で送ってもらって、そこから列車でニューヨークに帰ろうとなんとなく考えていたからでしょう。五時二十分前でした。丘をのぼって、屋敷の前をまわったところでラフレー嬢に会って——彼女はフォルツのところから来たところで——テニスに誘われたんです」

シャーウッドは彼を見つめた。「ストーズ氏はあそこで横になって眠っていた——その体勢なら、目を覚まさせずに首の下にワイヤーを巻けるんじゃないか？」

「さあ。試してないので」

「手袋は持ってますか？」

「いいえ」

「あの近くにある物置小屋に行きましたか？」

「いいえ」

「物置小屋に蔓棚用のワイヤーが置いてあるのを知ってますか？」

「物置小屋のことは知らなかったし、知っていたとしても、頭にありませんでした。ここはよく知らないんです。二、三回来ただけで」

「ストーズ氏の頭はどっちに向いてましたか？」

「右です——ベンチに向かって立っていたぼくから見て」

「近くの草の上に紙が落ちていたのを見ましたか？」

「まさか罠じゃないでしょうね？　どっちにしても、ぼくは見てません」

「罠なんかじゃない。紙は彼が握ってましたか？」

「見なかった」

「ほかになにか見ませんでしたか——なにか気づいたことでも？　今回はこれだけですか？」

「そうです。全部話しました。今回だけではなく、これで全部です」

「昨夜はそうじゃなかった」

「わかりましたよ。そのことはもう説明したでしょう」

シャーウッドはしばらく黙っていた。耳たぶを引っ張りながら、視線はチザムからそらさずに。やがて、また話し始めた。「昨日の朝、ストーズ氏を殺すと脅した件だが。あなたは短気なほうですか？」

レンはそっけなく言った。「ああ、感情的な人間です。興奮しやすいほうでしょうね。ぼくがかっとなって人を殺したんじゃないかというんですか？　眠っている男は殺せませんよ。まず目を覚ましてもらわないと」

「覚ましたかもしれない。だが、今、訊いているのは、あの脅しのことだ。確かに、ああいう脅しを口にするのは珍しいことじゃないが、今回は妙な偶然の一致があるんですよ。あなたはストーズ氏を、ただ殺すとも、撃ち殺すとも、毒殺するとも言わなかった。絞め殺すと言ったんです。この点を説明してもらえますか？」

「できればしたいですがね」レンは眉をひそめた。「それは、ひょっとしたら、前に一度人を絞め殺したからかもしれないな——劇の中でですよ、大学時代に。ただし、ワイヤーは使わなかった。この手でやった。シャーウッドさんでしたね？　こんなことを続けたあげくにぼくを怒らせてなんの得があるんです？　ぼくがストーズを脅したとかなんとか。ぼくが頭にきたら、どうするんです？　頭にきて出て行ったら？」

検察官は意地の悪い口調になった。「出て行くわけにいかないな、チザム。だれもこの敷地から出ることは許されない。これは決定事項だ。あなたを怒らせたとしても、これは殺人事件の捜査で、あなたは現に脅し文句を口にし、昨夜はわたしに嘘をついたうえ、あなた自身の証言によって、生きているストーズ氏を最後に見た人間であることが明らかになった。この段階で殺人罪で告発するつもりはないが、わたしがあなたの立場なら、弁護士に相談するでしょうね。しかし、あなたが質問に答えるのを拒否するとは思わない。どうですか？」

「質問には答えますよ。ぼくがストーズを絞め殺すと言ったと何度も繰り返すのはやめてください。言ったことはちゃんと覚えているし、それを実行してはいない。いったい、なにが知りたいんですか？」

「すべてを」シャーウッドは部屋を見まわして、一人ひとりの顔を見た。「ひとつ、みなさんに覚えておいてほしいことがあります。犯人がこの中にいるとしたら、彼――あるいは、彼女に、わたしはなにも期待していない。しかし、それ以外の人が昨日の午後三時三十分から六時十五分の間になにを考え、なにをしたか、わたしは正確に把握しておく必要がある。そして、それが犯人の特定につながることを理解していただきたい。六時十五分と言ったのは、その時刻にはみなさん全員がテニスコートに集まっていたからです。その後、ボナー嬢が姿を消すまでは。三時三十分と言ったのは、その時刻に執事がストーズ氏を見ており、数分後には庭師見習いも彼を見かけているからです。チザムの話をそのまま受け取るなら、ストーズ氏は四時四十分には生きていたことになり、三時三十分をこの時刻に置き換えることになるでしょう。そうすると、ストーズ氏が殺害されたのは、四時四十分から六時十五分までの九十五分間ということになる。では、次になにを調べたらいいか？この九十五分間に犯人以外のみなさんがなにをし、なにを考えていたかだ」

シャーウッドは突然手をのばして、スティーヴン・ジマーマンを指さした。「まず、あなた！あなたは五時四十五分にテニスコートに現われた。それまでなにをしていたんです？あなたは森を散歩していたと言っているし、それに対する反証をあげることはできない。では、昨日の朝、ストーズのオフィスでなにをしていたんです？その時は森を散歩していたわけじゃないでしょう？あなたは証言を拒否している。あなたが犯人なら、話してもらえるとは思わないが、頭から拒絶するかわりに、なんらかの説明をしてもいいんじゃありませんか？　あなたが無実なら、沈黙の説明となる正当な理由を明らかにできるはずだ、わたしに、あなた自身に、社会に――そして、神の前で。わたしはこの郡の検察官です。法の代理人だが、P・L・ストーズ氏及び生命を保持し死の責任を追及する彼の法的権利の代理人でもある。みなさんのうちのだれか」シャーウッドは指さした手をまわした。「犯人は別として、ストーズ氏が自分を殺した人間に法の裁きを受けさせる権利がないと思う人はいますか？」検察官はそこで言葉を切った。

そして、椅子の背にもたれかかった。「みなさんのだれかが昨日ここで起こったことに関して、あるいは、それに先立ってほかの場所で起こったことに関して、情報を隠匿したり、歪曲したり、嘘をついたりすると、たとえそのつもりがなくても、犯人に法の裁きを受けさせないことになる。そのことを理解いただけましたか？」また周囲を見まわして、一人ひとりの目を見つめたが、目をそらす者はいなかった。彼は突然、チザムに視線を戻した。「さっき質問に答えると言いましたね。昨日の午後、あなたはストーズ氏にも、ほかの人にも腹を立てていたそうだが、それはどうしてですか？」

レンは顔をゆがめた。「理由はいろいろですよ。いちいち言ったほうがいいですか？　そんなことをしてもしようがないが、お望みとあらば。ストーズに腹を立てていたのは、彼のおかげで誠になったから。上司に腹を立てていたのは、二週間分の給料を払ってくれなかったから。ラフレー嬢に腹を立てていたのは、ストーズの言いなりになってボナー嬢を見捨てたから、そして、フォルッに当てつけるためにぼくを利用しながら、ぼくが鈍感で気づかないだろうと高《たか》をくくっていたから。フォルッに腹を立てていたのは、婚約者にそんなことをさせるほど不甲斐ないからだが、彼とはもともと馬が合わないんです。彼は人生は美しいと考えているが、ぼくは悲観主義者ですから。ボナー嬢に腹を立てていたのは、ニューヨークに残っていたから。自分に腹を立てていたのは、ボナー嬢が来ないのにここに来たから。この人たちとつきあってるのは、彼女の友人というだけの理由からですよ」レンは挑むような目でまわりを見まわした。「だれかの役に立つかどうかわからないが、もしほかの人のことも思いついていたら、その人にも腹を立てていたでしょう」

シャーウッドはうなずいた。「だれもかれもに腹を立てていたと言っていたが、そのとおりのようだな。なぜ列車でニューヨークに帰ろうと思ったんですか、六時にはボナー嬢が来ることになっていたのに」

「知らなかったんです。彼女は行かないと言ってたから」

「ここで会った時、彼女はなぜ気が変わったか言いましたか？」

レンはまばたきした。「彼女はここにいるじゃありませんか。本人に訊いたらどうです」

「なにをためらってるの、レン」ドルの声がした。「言えばいいでしょ」

「ああ。彼女はストーズ氏から電話があって、招待されたと言ってた」

「ストーズ氏がオフィスに訪ねてきたと言っていませんでしたか？」

「いえ、ぼくが覚えているかぎりでは。手帳は持っていませんでしたからね、もう記者じゃないんで」

「ああ、馘になったんでしたな。ボナー嬢が来ないのにここに来た自分に腹が立ったと言いましたね。彼女とは昔からの知り合いですか？」

「かなり前から」レンはシルヴィアの手を握って座っているドルに目を向けて、背後の窓から差す日光に目を細めた。それから、まぶしそうな目で検察官を見た。「ぼくはボナー嬢を愛してるんです。そして、彼女にもぼくと同じ気持ちになってもらいたいんです」いったん言葉を切ると、また怒ったような声で一気に言った。「これまで愛した女性は彼女だけだ。来年同じことを訊かれたら、同じ答えをするでしょう」

「来年またあなたに質問することはなさそうだが。いや、ないことを願いましょう。だれもかれもに腹を立てていたのなら、なぜボナー嬢が来ないのにここに来たんですか？」

「そのことはもう言いましたよ。ラフレー嬢に勧められたんです、ここに来てストーズの歓心を買ったらどうかと。仕事を取り戻したかったんだ」

「歓心を買うという意図は表明しなかったんですね？　表明したのは――」

「まいったな」レンはお手上げというしぐさをした。「ストーズを絞め殺すと脅したと繰り返さないでほしいと言ったでしょう。これも言っておきますが、こんな調子でぼくをいたぶり続けたら、ろくなことになりませんよ。ぼくが我慢してるのは、ゆうべ嘘をついてしまったから、埋め合わせをしようと思っているからです」

シャーウッドが答える前にブリッセンデン大佐が口を出した。テーブルから検察官のほうに身を乗り出して言ったのだ。「この男をしばらく貸してほしい。試してみたいことがある」

シャーウッドの返事はまたしても遮られた。今度はドアをノックする音がして、警察官が――昨夜、ドルが木の幹に螺旋状にめぐらされたワイヤーの重要性を説明した、あの獅子鼻の警察官が入ってきた。シャーウッドが無言でうなずくと、近づいてきて、如才なく検察官と直属の上司のちょうど中間のテーブルの上に驚くべき戦利品を置いた。平たい買い物籠にさまざまな色や素材の手袋が、紳士用も婦人用もいっしょに山のように入っている。ブリッセンデンはじろりとみてつぶやいた。「やれやれ！」

「ごらんのとおりです。その端のほうのは使用人の部屋から持ってきました。ほかはみんなこの家の家族のものです。標識をつけてありますが、二つだけ――ホールのクローゼットで見つけたんですが――執事もメイドもだれのものかわからないと言うんです。どれもワイヤーを引っ張るのに使われた形跡はありません。跡のついた乗馬用手袋がいくつかありましたが、ワイヤーの跡じゃなかった。まだ二階で探してます。鞄や収納箱がいくつか残ってるんですが、執事に言っても鍵が開けられないんです。どうしましょう、そのままにしておきますか？」

ブリッセンデンが苦い口調で言った。「責任者はシャーウッド氏だ」検察官が言った。「ああ」彼はそっと手袋の山に触れた。「ここにあるのを全部調べたら――大佐も見てみたいだろうから——元に戻してかまわない」彼は顔をあげてストーズ夫人を見た。「申しわけありませんが、マダム、その鞄や収納箱の鍵を開けて、立ち会っていただいたあとで、また鍵をかけていただけませんか？　なんなら、お嬢さんにしていただいても。捜査をできるかぎり完璧なものにするのが、われわれの義務なので」

「無駄です」ストーズ夫人は言った。「言ったでしょう、愚か者のあかしだと。おっしゃるとおりにしてもいいけれど、どうせ無駄ですよ。手袋一組でシヴァを騙そうというんですか？　シヴァの叡智に対抗しようなんて思いつくのは愚か者だけ。時計の針がなんでしょう？　愚かな若者の目がいったいなんなんでしょう？　わたしには輪廻の輪が閉じたことがわかるのです」

シャーウッドはいらだたしげにうなずいた。「わかりました。この件はわれわれにお任せを。われわれのような愚か者にでも、輪が閉じたのが昨日の午後四時四十分前後だということはわかります。巡査部長といっしょに行って、鍵を開けてもらえますか？　クイル！　デ・ロードは来たか？　フォルツの執事の——そうか。ここに呼んでくれ。そのあとで、あの庭師見習いの話も聞きたい。そうだ」彼はレンに目を向けた。「ブリッセンデン大佐がきみと話したいそうだ。彼と隣の部屋に移ってもらえるかな？」

レンは肩をあげて、また落とした。「どうせどなるだけですよ。ぼくもどなり返すが」

「いいかな？」

「わかりましたよ。ぼくは自制できますから」

シャーウッドは振り向いた。「あなたに話を聞かせてもらいたいですな、ジマーマンさん、三十分ほどしたら。近くで待機していてください。呼びに行かせますから」そう言うと、また顔の向きを変えた。「あなたは帰っていいですよ、フォルツさん、そうしたければ。しかし、当分遠くには行かないでください。あなたからもあとで話が聞きたい。ほかのみなさんもここから出ないでください。いつまでか、それはわからない——そうだ、クイル！　報道関係者に伝えてくれ。ここの敷地は立入禁止にすることにしたから、わたしのオフィスで待つように、と——では、お願いできますか、ストーズ夫人？」

8　ドル・ボナー探偵

ドル・ボナーはゆうべあまり眠れなかったせいか、今朝は頭痛がした。さわやかに晴れた九月の朝、東の丘陵地の頂上近くの小道に散歩に出たのは、外の空気に触れたら頭痛が治るかもしれないと思ったからだ。ゆうべは食事をしなかったから、今朝はとても空腹で、朝食にはバーチヘイヴンの果樹園でとれた大きな桃を二つ、シリアル、タラの《フィナンハ》燻製《ディー》、ロールパンを食べて、コーヒーを飲んだ。コーヒーを飲んでいる最中にシャーウッドからカードルームに呼び出されたので、テラスに出て朝日を眺める暇もなかった。それで、今こうして朝日を浴びて散歩しているのだが、まぶしいだけで、頭痛はかえってひどくなった。

ずっと、わたしは探偵なのだと、心の中で思いつづけていた。実際、このバーチヘイヴンに来たのも探偵としてP

・L・ストーズに雇われたからで、今以上にその役割を放棄したくなったとしても、それは彼女の頑固さが許しそうになかった。外見から受ける意外性はドル自身意識していた。魅力的な若い女性が――あの不運なできごとで完全に自信を喪失したわけではなかったから、鏡に映る明白な事実までは否定しなかった――こんな仕事をしているなんて。それでも、ボナー&ラフレー探偵事務所を開いた時から、そのことはあまり考えていなかった。いっぱしのリアリストだったから、一心に努力して自分が選んだ職業で身を立てるか、それができないなら、看板倒れだったと認めるしかないのはわかっていた。ドル・ボナーにとって、後者は考えられないことだった。だから、依頼された事件には真剣に精力的に取り組んできた。リリー・ロンバードとハロルド・アイヴズ・ビートンの面倒な事件にも。

そして、今は殺人事件に深くかかわっている。依頼された事件ではないけれど、関係者のひとりとして。

小道沿いにコトネアスターのこんもりした茂みがあって、その前を通った時、目を引くものを見つけた。鈍い茶色――枯れた木の葉や枝のような茶色ではなくて、たとえば、茶色い革のような色。小道からはずれ、コトネアスターの茂みを押し分けて、よく見てみた。からになった鳥の巣だった。これぐらいのことで胸がどきどきするなんてとドルは自嘲した。やっぱりそうだった！　無意識のうちに手袋を探していたのだ。これだけ広大な敷地で、一組の手袋を探すのは至難の業だ。たとえ警察が何十人がかりで捜索しても、ましてや、女ひとりでやろうなんて。といっても、職業的見地から、その努力を評価しないわけではなかった。たとえ無謀な試みでも、やってみる価値はある。

ドルはあの奥まった一角に行くことにした。明るい日差しの中で現場を、そして、あの木をもう一度確かめようと思って、丘をくだりはじめた。しかし、結局、あの一角には入らなかった。第一に、垂れ下がったハナミズキの枝のそばに警官がいて、ガムを嚙みながら地獄の番犬役をつとめていたこと。第二に、ドルの注意がほかに向けられたからだった。養魚池のほうから声がして、男たちが立ち働いている気配がした。それで、方向を変えて水際まで近づいたが、だれも注意を払わなかった。作業に熱中していたからだが、これがなかなか見ものだった。池の水が全部抜かれて底が見えた。無数の魚が――大半がブルーギルやパーチ――狂ったように跳ねているそばで、熊手を持った男たちが大汗かいて、ぼやいたり、皮肉な励ましの声をかけあったりしながら、底の泥を浚っていた。向こう岸で、色あせた青いつなぎの作業服をきた胡麻塩頭の男が、憤然とした面持ちでパイプを吹かしている。バーチヘイヴンの庭師頭ワトラウスだ。

ドルはその場を離れて、また丘をのぼりながら考えた。わたし以外にも、犯人が手袋の片方に石を一個ずつ入れて池に投げ込むのが簡単なことだと思いついた人間がいたのだ。それにしても、池を浚うのは大変なことだ。それに、バーチヘイヴンは管理がゆきとどいて、あたりには小石ひとつ転がっていなかった。人を絞め殺して一刻も早く現場から逃げたがっている犯人には、うろうろあたりを探す余裕はないはずだ。あらかじめ石かおもりになるものを用意していたなら別だが、それはちょっと考えにくい。

丹念に手入れされた広大なバラ園の前を通りかかると、紺の背広にダービー帽をかぶった男が二人、鋤を持って、うつむいたままごそごそしているのが見えた。最近、土を掘り返した跡がないか調べているのだろう。ドルは厩舎に行って、そこにいた男におはようと声をかけ、許可を得てから、ここで何度か乗ったことのある馬を軽く叩いた。頭上の屋根裏から、不機嫌なしゃがれ声が聞こえてきた。ドルは耳を澄ませた。干草の山をひっくり返して捜しているらしい。「文字通り干草の中から針一本見つけるようなものね」ドルはつぶやくと、また日光を浴びに戸外に出た。来た道を引き返し、イチイの生垣の隙間をくぐって菜園に入ると、芝土の真ん中の小道を歩いた。ここもすでに捜索が行なわれていた。セロリの茎はねじまげられ、スイカの蔓は踏みつけられ、コショウの木もナスも無残にたわんでいた。あたりにはだれもいなかった。ずっと奥まで進むと、レンガで低く囲われた堆肥置き場に出た。最近捨てられたいろいろなものが、まだ腐らずに残っていた。トウモロコシの皮、傷んだトマト、キャベツの葉や芯、セロリの茎、ニンジンの葉、小さな山になったスイカの果肉は淡い桃色で、まだ熟しきっていなかった。

やっとここまで育ったのに、もう捨てられてしまって、あとは腐るのを待つだけだなんて。ドルは両手をこめかみに当てて、ぎゅっと押した。日光は頭痛にはなんの効き目もなかったようだ。屋敷に戻ることにした。

応接間に入ると、クイル巡査部長がどこからともなく現われて、行く手をふさいだ。「ああ、ボナー嬢、探してたんですよ。車のトランクをロックしてますね。さしつかえなかったら――」

「えっ？」頭痛のせいで頭の回転が遅くなっていた。「ああ。キーはダッシュボードの小物入れに入ってるわ」

「知ってます。見てきました。立ち会ってもらうと助かるんですが」

ドルは肩をすくめて、あとについて外に出ると、メインテラスを横切って、砂利を敷きつめた駐車場に出た。巡査部長はクーペのドアを開けると後退し、ドルがダッシュボードの小物入れを開けてキーを取り出して渡した。そして、車の後ろにまわって、警官がトランクのロックをはずして蓋を上げ、なかのものを取り出すのを見守っていた。セーター、コダックのカメラ、テニスボールが二つ、シルヴィアの革のコート、オグデン・ナッシュの本、ギボンの『ローマ帝国衰亡史』第三巻、それから、警官は革鞄を取り出した。大きくはないが、上質の頑丈そうな鞄で、素材は軽い豚革、ちょうつがいと金具はクロムで、取っ手の下に金文字でT・Bとイニシャルが入っていた。砂利の上に置いて傷つけると大変なので、警官はセーターの上に置いて鞄を開いた。それを見て、ドルは顔が赤くなるのを感じたが、もうどうすることもできなかった。すぐ目に入ったのは、蓋の内側にとめた青い金属製のホルコムのオートマチックと弾薬の箱だった。

警官はにこりともせずに言った。「そりゃあ、探偵だからな」

「ちゃんと免許は持ってるわ」ドルは言い返した。「その銃の、という意味よ」

警官はうなずいて、さらに調べはじめた。鞄の中身がどんなものかわかると、感心したようにつぶやいた。「こりゃまたたいしたもんだ」あと一分これが続いたら、この男を蹴飛ばすことになるにちがいないとドルは確信した。この鞄はボナー&ラフレーの資産ではなく、彼女の私物で、シルヴィアからのプレゼントだった。シルヴィアはわざわざニューヨーク市警察の警部二人に相談して、なにを入れておくべきか考えたのだ。たぶん、シルヴィアはやりすぎたのだろうが、それはいつものことだった。

警官は調べながら言った。「タンニン――塩酸――拡大鏡が三つもある――指紋採取用のパウダー、スポイト、メモ帳――いや、リトマス試験紙か――封筒、これは手がかりになりそうなものを保管しておくんだな――からの壜、いつ必要になるかわからないものな――ガーゼに接着テープ――おや、懐中電灯はすごいしろものじゃないか――」

彼はドルを見上げた。「しかし、あの銃は――もちろん、ここに入れておいてもかまわないが、身につけておいたほうがいいんじゃないですか、こういう殺人事件にかかわるんだったら――」

「すんだらキーを戻しておいて」ドルはそう言うと、その場を離れた。テニスコートに通じる曲がりくねった道を進みながら、心の中でつぶやいた。今さら、きりきりすることもない。もうすでに忍耐の限度まで男は大嫌いなんだから。そして、さっさと忘れることにした。

テニスコートの隅にある明るい黄色の二脚の椅子に、マーティン・フォルツとシルヴィア・ラフレーが座っていた。近づくと、シルヴィアは両手で目を覆って椅子にもたれかかり、マーティンは椅子の前に立って彼を見おろしている男と話していた。特異な風貌の男だった。首から下だけ見ると、服を着て靴をはいた巨大なサルと言っても、あながち言いすぎではなかった。幅広い肩を胸につくほどかがめ、腰から下は木の幹のようにがっしりしていて、まるで人形にマンモスの体をくっつけたようだ。体中の筋肉が垂れ下がっている様子を見ると、直立姿勢をとるのは一苦労だろうという気がした。ところが、視線をあげてみると、意外にも理性的で不安そうな謎めいた顔にぶつかる。繊細で知的な目をした六十がらみの男の顔に。背丈は、少しかがんだ姿勢でもマーティン・フォルツより少し高いぐらいだった。

マーティンが男との話を中断した。「ドルが来たよ、シルヴィア——ちょうどよかった、ドル、デ・ロードがきみが送り込んだ男のことで訊きたいことがあると——」

「ドル、ひどいじゃないの」シルヴィアが目を覆っていた手をどけて座り直した。目が落ちくぼんで、いつもの活発さや陽気さが消えていた。ふだんはバラ色の肌も血の気を失っている。「すぐ黙ってどこかに行ってしまうんだもの。いったい、どうしたの？」

ドルはシルヴィアの肩に手を置いて、顔をのぞきこんだ。

「ちょっと頭痛がしただけよ。きっとみんなそうだろうけど」体を起こすと、マーティンに顔を向けた。「シルキー・プラットがキジを見張りに来たわけね。彼のことをすっかり忘れてた。どうかしら——今さらという気もするけど。ゆうべ来たのね、デ・ロード？　オゴウォックまで迎えに行ってくれたんでしょう？」

男はうなずいた。「はい、お嬢さん」しゃがれた低い声だった。「屋根裏に案内することになっていましたが、それはできませんでした。警察が来て——こっちから来て、うちの使用人を集めて話をしていたので。あの男も、もちろん、わたしも訊かれました。それでも、いちおう朝まで見張っていきましたよ。今日あなたから連絡があるだろうと言っておきました。見張ってもあまり意味がないような気がしますが。もうみんなに知られたわけですし」

「そうね」ドルは額に皺を寄せた。「あなたはどう思う、マーティン？」

フォルツはためらった。「いや——ぼくに言われても——きみは依頼料を払わせてくれなかったから」

「つまり、無駄になってるのはわたしのお金という意味ね。正確に言えば、シルヴィアのお金だけど。わかったわ、続けましょう。今のところ、わたしたちみんな地震に遭ったようなものだけど、いったん始めたからには、続けるべきよ」ドルはデ・ロードを見た。「今夜また来るように電話しておく。オゴウォックまで迎えに行ってちょうだい。同じ時刻に」

「ばかばかしいわ」シルヴィアが言った。「こんなことがあったあとで、夜通しキジの番をするなんて」突然、言葉を切ってから、また話しはじめた。「いずれにしても、もういいの。マーティンとさっき相談したの。キジは手放すことにするって」

デ・ロードがつぶやいた。「まだ決まったことではないでしょう、ラフレー嬢」

「いいえ、決めたの」シルヴィアはまっすぐ彼の目を見た。「もうこんなことたくさん。デ・ロード、あなたも頑固ね。マーティンはずたずたじゃないの。そりゃあ、あなたが十五年も、ひょっとしたら百年も前からフォルツ家に仕えてきて、マーティンを肩車したこともあるのは知ってるわ。わたしたちの悪い風邪にかかったマーティンを助けるためなら、腕の一本や二本なくしてもいいと思ってることも。そして、わたしを憎んでいることも。でも、あのキジがそんなに大事なら、あなたもキジといっしょに出て行くことね」

「憎んだりしていません、ラフレー嬢」デ・ロードの顔がひきつっていた。「ですが、あなたはまだお若いし、わたしの務めは――」

「デ・ロード！」

「はい、マーティンさま」

「ラフレー嬢に口答えするな」

「かしこまりました」それとわかるほどのかすかな震えが体に走ったが、彼は自分を抑えた。「わたしが言いだしたことではありません」

「なにを言うの？」シルヴィアが気色ばんだ。「まだ決まったことではないと言いだしたくせに」

「はい、ラフレ嬢――では、決まったことなんですね？」彼はマーティンに念を押した。

「やれやれ」マーティンは両手をあげた。「わかっただろう。さっさと行け。家で待ってろ。そのことはあとで話そう」

デ・ロードはドルに目を向けた。「あの男のことですが、ボナー嬢。今夜、迎えに行くんですか？」

「ええ、そうしてちょうだい。予定が変わったら知らせるから」

デ・ロードは背を向けて帰っていった。動きは敏捷ではなかったが、その年齢にしてはしっかりしていて筋肉も衰えていなかった。ドルは彼の後ろ姿を——たくましい肩やきびきびした足どりを眺めていた。

「変わった人ね」ドルはだれに言うともなく言ってから、フォルツに顔を向けた。「マーティン、わたしがあなたなら、キジといっしょにあの男にも暇を出すわ。あんなにシルヴィアに嫉妬してたら、同じ屋根の下でやっていけるはずがない。これからもっとひどくはなっても、よくなりっこないわ」ドルは肩をすくめた。「いずれにしても、長年尽くしてくれたんだから、このへんで休暇をとらせたら？」ドルはシルヴィアの椅子の足台に腰かけた。「だいじょうぶ？ ラフレー、気分はどう？」そう言うと、シルヴィアの足首を軽く叩いた。

「最悪よ、ボナー」

「でしょうね。あなたはまだ若いし、ご両親が亡くなった時はまだ小さかったから、今度のことは人生最大のショックでしょうね」

「それだけじゃないの」シルヴィアはふっと息を吐くと、しゃくりあげそうになった。「P・Lはすばらしい人だった。それに——あなたも知ってるでしょ、わたしにどんなによくしてくれたか——だから、あんなことになってすごくつらい」シルヴィアは唇を嚙んで、小刻みに震えている自分の手を見おろしてから、またドルに目を向けた。「でも、今度のことはあんまりよ」また唇を嚙むと、一気に言った。「あの男が犯人だってわかってるんでしょ？ だったら、なぜつかまえないの？ どうしてわたしたちをいつまでも引き止めるの？ こんなところにいたくない！」

マーティンが体を寄せた。「まあまあ、シルヴィア。そんなこと言わないで」

ドルはシルヴィアの足首を撫でながら言った。「わがままな子供みたい。わたしもそうだったわ。あなたも世の中が思いどおりにならないことを覚えなくちゃ。幸運の星の下に生まれついたとしても、つらい目に遭うこともある。わたしもそういう目に遭って窒息しかけた」

「でも、ずるずるいつまでも引っ張らなくたって——わたしたちを集めて、くどくどお説教したり、あの頭のおかしな女の言うことを――」

ドルは首を振った。「それは言いすぎよ。まだランスが犯人と決まったわけじゃない。たとえ、わかっていたとしても――」

「もちろん、警察にはわかってるはずよ。ほかにだれがいるの？　決まってるじゃない」

「そうじゃないのよ、シルヴィア」ドルはなだめた。「警察はなにひとつわかってない。捜査はゆきづまってるわ。動機からいうとランスが怪しいけど、レンがあんな証言をしたから時間的に不可能だし、第一、証拠がない。それに、ランスに有利なこともあるわ。もし四時四十分よりあとに現場に引き返して犯行に及んだとしたら、草の上に落ちていた手形をそのままにしておかなかったはずよ。あわてていてそれどころじゃなかったとも考えられなくはないけど、可能性は低いわ」

シルヴィアはドルを見つめていた。「でも――わたしは当然、彼だと思ってた。彼じゃないとしたら――」

「そこなのよ」ドルも言った。「彼じゃないとしたら、部外者の可能性もなくはないけど、シャーウッドはそうではないと確信しているようね。あなたかわたしかジャネットか、あるいはストーズ夫人の可能性もあるけど、警察は犯人は男だと考えている。レンがかっとなったのかもしれないし、マーティンがライバルと勘違いしたかもしれないし、スティーヴがストーズになにか言われたのかもしれない――まあ、落ち着いて、ラフレー。わたしは思いつきを口にしてるんじゃないし、自分の意見をつけ加えるつもりもない。それに、あなたのお客としてここに来たんじゃない。わたしを招待したのはP・L・ストーズよ」ドルは急にフォルツに顔を向けた。「どう思う、マーティン？　ゆうべ警察に言ったこと以外で、なにか思い出したことはない？」

「なにもないな」マーティンはゆっくり首を振った。「ぼくの神経は丈夫にできてないらしいが、しかたがないんだ。ゆうべはショックのあまり、なにも考えられなかった。警察に現場に行って、P・Lを――ストーズ氏を見るように言われたが、とてもその気になれなかった。おかげで疑われたようだが、ぼくにはどうしようもなかった。想像力がありすぎるんだ。だから、わざわざ現場に見に行かなくても──」彼は手を上げて、まぶたを押さえてから、またドルを見た。「もっと強い性格なら生きやすくなるだろうに。ぼくがもっと男らしかったら──」

シルヴィアが彼に向かって手を振った。「そんなこと言わないで、マーティン。あなたはあなたよ。今のままでわたしの大切な人なの」

マーティンはシルヴィアを見つめた。「ぼくだって」

まだ裏切られた記憶が生々しいドルは、二人の愛の告白に耳を傾ける気はなかったので、ぶっきらぼうに口をはさんだ。「今のままのあなたでいいとして、二、三訊きたいことがあるの。いい？」

「ぼくに？」マーティンはしぶしぶシルヴィアから視線をそらせた。

「あなたたち二人に。まず、あなたから。昨日、あなたの家でなにがあったの？」

「なにって？」マーティンの眉が曇った。「特になにも。ちょっとテニスをして──」

「なにかあったはずよ、あなたひとりで森を抜けて来たなんて、それも、ずいぶん時間がたってから。シルヴィアから聞いたわ、レンがちょっかいを出したんですって？　レンが言うには、シルヴィアがわざと当てつけたのに、あなたが言われるままになってたって──待って。はっきりさせたほうがいいわ。友人として単なる好奇心から訊いてるんじゃないの。これはP・L・ストーズ殺人事件の捜査よ」

シルヴィアが驚いてドルを見つめた。マーティンが口ごもりながら言った。「いや──それは。きみが知りたいなら──」

シルヴィアが遮った。「だめよ、マーティン、彼女の言いなりになっちゃ。すばらしい人だし、わたしは大好きだけど、いつも自分が一番で通ってきた人だから。ねえ、ドル、これはあまり趣味のいいこととは思えないけど」

「はっきりさせたほうが親切だと思って」ドルは平然と

い返した。「マーティンに誤解させると悪いから。友人として信頼した上で話していると思われると。もちろん、信頼を裏切るようなまねはしないけど、昨日あそこでなにがあったか知りたいの」

「趣味が悪いのに変わりはないわ。昨日あそこであったことは、P・Lの死とは関係ないわ」

「わかった、もういいわ」ドルは急に立ち上がった。「わたしひとりで目立とうとしてるなんて思わないで、シルヴィア。ボナー&ラフレー探偵事務所はまだ解散してないから。とにかく、わたしはP・L・ストーズの殺人事件の捜査を進める。あなたの気に入らなかったら、ごめんなさい。昨日のことはレン・チザムから訊くから」そう言うと、その場を離れかけた。

「待てよ、ドル」マーティンが止めた。「ほんとに、きみたち女性は！　どうだっていいじゃないか、友人としての好奇心だろうとなんだろうと。ほんとに、昨日は特になにもなかったんだ。ただ、ぼくたちみんながちょっとどうかしていた以外はね。家に着いたのは三時頃だった。ぼくはスティーヴのことをすっかり忘れていて、帰ったら、もう来ていた。へそを曲げてたから、なだめるのに半時間ほどかかったよ。そのあとでやっと庭に出たら、シルヴィアがぼくに放っておかれたと思い込んで、腹いせに、その場にはレン・チザムしかいないみたいにふるまった。それで、ぼくは不快感を顔に出したと思う。レンがなにか言って、ぼくも言い返した。レンは機嫌を損ねて出て行った。ここに通ずる小道に向かってた。そのあとシルヴィアと話したが、たぶん、ぼくがばかなことを口にしたんだろう――まもなく彼女も行ってしまった。ぼくはしばらくひとりでいたが、スティーヴを探しに行っても見つからなかったから、こっちに来ることにした。テニスコートからシルヴィアとレンの声が聞こえてきたが、仲間に入る気になれなかったから、森のほうへまわって南側から屋敷に入った。サンルームを通って食堂に入り、一杯飲んだ。ベルデンが入ってきて、テニスコートに酒の用意がしてあると言ったし、いつまでもそうしているわけにもいかないから、外に出て、あの青い椅子に座った――あれだ――そして、また一杯飲んでいたところへ、きみがやって来た」

　ドルはうなずいた。「スティーヴもいたわね」

「ぼくが来た時はいなかった。少しあとに来たんだ。きみが来たのは、その十五分ぐらいあとだったかな」

「スティーヴは昨日なぜへそを曲げてたの？　よかったら話してくれない？」

「特に理由なんかないよ。スティーヴを知っているだろう。傷つきやすいんだ。ぼくが約束を忘れたと思ったんだ。実際、そうだったが」

「昨日の朝、ストーズのオフィスを訪ねたことをなにか言ってなかった？」

「いや、なにも。訊こうとは思ってたんだ。彼がわざわざ訪ねていく理由なんか考えつかなかったから。でも、結局――なだめたりしてるうちに――忘れてしまった」

「昨日、このテニスコートに着いたのは何時だった？」

「さあ。きみが来る二十分ぐらい前じゃなかったかな」

「あれは六時だった。じゃあ、五時四十分頃ね」

「そうだったと思う」

「途中でどこかで立ち止まらなかった？　たとえば、テニスコートから聞こえてくる楽しそうな声に耳を澄ませたとか？」

　マーティンは少し赤い顔になった。「一、二分止まってたかもしれない」

「それから屋敷に入って一杯飲んだわけね。そして――そうそう、家を出たのは五時十五分から二十分の間ね。家を出る時、デ・ロードはどこにいた？　彼を見かけた？」

「デ・ロード？」マーティンは驚いた顔になった。「どうしてデ・ロードが？」

「ただ訊いてみただけ」

「たぶん、家にいたと思う。使用人の食事は五時半だから。見かけなかったが」

　ドルはマーティンの顔を斜めから見ながら黙って立っていた。しばらくすると、また話しだした。「ありがとう、マーティン、話してくれて。ランスだといいと思うわ。あなただなんて考えられないし、レンは――レンのことはよくわからない。スティーヴ・ジマーマンかデ・ロードだっから、あなたはショックを受けるだろうし。わたしが寛大な気持ちになって、この世の男のだれかに平和と幸福を願うとしたら、それはあなただと思う、シルヴィアのためにもね」ドルは口を閉じて、ゆっくり息をつくと、ボナー&ラフレーの若い共同経営者を見おろした。「あなたも話してくれるわね、シルヴィア、わたしを自分が一番で通ってきた人だと思っていたとしても。昨日の朝のことが知りたいの。スティーヴ・ジマーマンかストーズのどちらかから、二人がなにを話し合ったか聞かなかった？」

シルヴィアはキャラメル色の目を見上げて唇を噛んだ。片手を上げ、そして、また下げた。「ドル——ほんとのことを言って。どういうつもりなの？　ゲームじゃないのよ——みんなに次々質問したりして——」

「ゲームじゃないわ。仕事をしてるの」ドルは急に進み出ると、シルヴィアの膝に手をのせて顔をのぞきこんだ。

「かわいそうに。わかるわ。これまで傷ついたことがないから、よけい傷ついてしまうのね。それなのに、わたしは——わたしのことはどうでもいいわ。あなたをもっと傷つけることになるのなら、さっさとこんなことはやめて、テラスに座って『ローマ帝国衰亡史』を読むわ。わたしは手を引く——あなたがそうしてほしいなら」ドルは体を起こすと、呼吸をととのえた。

「いいえ」シルヴィアは首を振った。「手を引いてほしいとは思わない——あなたにはすべきだと思ったことをしてもらいたい」

「それでこそあなたよ。あなたに質問すべきだと思うの——スティーヴかストーズが——」

「二人ともなにも言わなかった」

「でも、スティーヴは致命傷がどうのこうのと言ったんでしょ」

「ええ。でも、特に意味はなかったんじゃないかしら。具体的なことはなにも言わなかったわ」

「ストーズも？」

「ええ」シルヴィアは顔をしかめた。「頭がぼんやりしてきたわ。なにもかも一年前のことみたいで——」

ドルはうなずいた。「ほんとにランスだといいわね」それう言うと、両手のひらでこめかみを押した。「屋敷に入ってアスピリンを探してくる。帽子も探すか、なかったら日向に出ないことにする」マーティンに顔を向けた。「プラットに電話して、今夜は来なくていいと言うことにするわ。また改めて見張ることになるかもしれないけど。もしあなたがキジを手放さないつもりなら」

マーティンはそうしたほうがいいだろうと答え、シルヴィアは頭痛お大事にと言った。ドルが離れていくと、シルヴィアはまた椅子の背もたれに寄りかかって目を閉じた。マーティンは座ったままドルの後ろ姿を見ていた。

9　思い出せそうで思い出せないこと

メインテラスを横切って屋敷に戻ろうとすると、制服姿の警官がドアを開けてくれた。警察は使用人の仕事まで奪ってしまったようだ。なかに入ると、応接間の前にも警官が立っていたが、こちらはただの飾りらしい。この家のすべての人間の行動が多少なりとも監視されていると思うとドルは憤慨したが、次の瞬間、自分も同じことをしようとしているのだと気づいて、ちょっとショックを受けた。

広い階段の向こう側にまわって、カードルームの閉まったドアを眺めた。かすかな声が聞こえてくるが、言葉は聞き取れない。ドルは顔をしかめた。思い出せそうで思い出せないことがあるのにずっといらだっていた。顔は覚えているのに名前がどうしても思い出せない時に感じるいらだちに似ていた。なにか確かめたいこと——心に引っかかっているとことがあるのに、それがなにかわからない。どうでもいいいようなことかもしれないけれど、重要なことのような気もする。今朝、見たか聞いたか感じたかして強い印象を受け、意識下で眠っている事実。どこかちぐはぐな、あるいは、つじつまの合わないことで、説明を要するような事実。なのに、今はその記憶を呼び起こすことができないし、心のどの片隅に隠れているか突き止められなかった。だれかが口にした言葉だったのだろうか。それとも、その場にそぐわないしぐさだったのか、それとも、目にしたものだったか。

結局、さしあたりは諦めることにした。どうせまた気になってどうしようもなくなるのがわかっていたからだ。その時、背後から名前を呼ばれた。

ベルデンだった。メモ用紙を手にして、腰をかがめていた。メモはドルにかかってきた電話の伝言だった。タヴィスター氏は新聞でバーチヘイヴンの事件を知って、なにかできることはないかと申し出てくれた。正午までは自宅にいて、それ以後はビスケット・クラブにいるとのこと。エルドラ・オリヴァー嬢からも同じような伝言が届いていた。マルコム・ブラウン氏は、週末はウエストポートの別荘ですごしているから、二十分あればバーチヘイヴンに駆けつけられるとボナー嬢に伝えるようにとのことだった。ドルはベルデンに礼を言ってから、電話を借りられないかと訊いて――カードルームに一台あるのは知っていたが、今は使えない――厨房の隣の配膳室に案内された。ハンドバッグから手帳を取り出してシルキー・プラットの電話番号を調べ、当分キジのことは忘れて、ギル・デルクといっしょにアニタ・ギフォードのドレス探しをするようにと指示した。

応接間に戻って、また顔をしかめた。いったい、なにを思い出そうとしているのだろう？　ちょっとしたことなのに、どうして思い出せないのだろう？　じれて頭を振ってから、そんなことをしてはいけなかったと気づいたが手遅れだった。ドルは頭痛をこらえて階段をのぼった。

二階の広い廊下は、中央で分かれて狭い廊下につながっていた。ドルは角を曲がって右側にある最初の部屋のドアををそっとノックした。しばらく待ってもう一度ノックすると、ドアが開いて、ジャネット・ストーズが現われた。ドルはすでに気づいていたが、ジャネットは父親の死をまったく悲しんでいないか、さもなければ、彼女にとって悲しみとは涙や嘆きとは無縁のようだ。あるいは、悲しみを表に出さないのかもしれないが、そのいずれかわからなかった。外見は青ざめた仮面のようで、その下をひっそりと血が流れているようだ。灰色の目はいつものようにくすぶって眠そうな印象を与えた。

「ストーズ夫人にお目にかかりたいの」ドルは言った。

「ほんのちょっとだけ」

ジャネットが答える前に奥から声がした。「どなた?」

「ドル・ボナーよ、お母さま」

「入っていただいて」

ジャネットは脇にしりぞいてドルを通した。三歩進んで、ドルははっとして足を止めた。目に飛び込んできた光景は、格別変わったものではなかった——いや、そう言えるだろうか? ストーズ夫人は腕も脚もあらわにして、ジャージーの運動着とショートパンツ姿で、複雑そうなエクササイズマシンの台の上に立って、ゴムのハンドルを握っていた。夫人は若くもなく、ほっそりした体型でもなかったが、といって、でっぷり太っているわけでもなかった。ドルがぽかんと口を開けているのを無視して——あるいは目に入らなかったのか——夫人は普通の声で話しだした。例によって、やけに声に力を込めて。

「これはもう三年欠かさずやってるのに、今朝はどうしてもその気になれなかったの。あのあと——一階で話したあと——ここにあがって横になったけれど、どうしても落ち着かなくて。わたしになにかご用かしら?」

ドルはなにも言わずに部屋を出たくなった。この女性は明らかに頭がおかしい。少なくとも、普通ではない。質問するつもりだったが、これでは訊くだけ無駄だろう。それでも、なにも言わないわけにもいかないので、マシンに近づいた。

「特に用はないんですが、ストーズ夫人、申し上げておいたほうがいいと思ったことが二つあって。ひとつは、わたしはシルヴィアのお客として来たのではなく、ストーズ氏に招待されたということです。彼と契約して雇われたんです。ランス氏の過去の汚点をあばいて、彼をここから追い出すように、と。そのことを下で警察に話したので、あなたにも知らせておくべきだと思って」

ジャネットは無表情な顔のまま身じろぎもせずに立っていた。ストーズ夫人は、息を切らせながらも落ち着いた声を出そうとした。「ありがとう。あの人ならやりかねないわ。わたしは夫を理解していました。けれど、もはや意味のないことです。彼は彼の世界で生きていて、彼の死によって、わたしはやむなくその世界に入ることになったのです」

ドルはあわてて言った。「ええ。お気の毒に。もしあなたが――」それ以上言うのは遠慮した。「もうひとつお伝えしたかったのは、わたしがここに泊めてもらっているのは、やむを得ない事情もありますが、招待客としてでも、友人としてでもありません。ご主人の殺人事件の捜査をしているのです」

ジャネットはかすかに動揺したが、また不動の姿勢に戻った。ストーズ夫人はゴムのハンドルを離して、きっぱり言った。「愚かなことだわ。捜査などしてどうなるというの?」

「いくつか事実が判明します。たとえば、だれがご主人を殺したかとか」

「くだらない」ストーズ夫人は台からおりた。「あなたはだれだというの? あなたになにがわかるの? あの男に言ったわ――証拠を探しているそうよ。彼の手助けをするつもり? それなら、そうなされば。でも、シヴァがなんとおっしゃってるかご存じ? ラクダが道をはずれることがあっても、太陽は軌道をはずれない。シヴァに真実を示すことはできるでしょうが、シヴァのためにそれを封ずることはできないわ」

ドルはろくろく聞いていなかった。サックスのラベルのついたリンネルのショートパンツをはいて、こんなしゃべり方をするのは、インドの聖人か、さもなければ、ただ頭のいかれた女性だろう。そして、今のところ、ドルにとってはどちらでもかまわなかった。ただ、もうひとつだけ訊いておきたいことがあった。

「さしつかえなかったら、ひとつ教えていただきたいんです。ランスは四時二十分に屋敷に戻ってきて、ストーズ氏があの手形を持っていたと言ったんですね。そのあとずっとあなたといっしょでしたか？　夕方までずっと」

「いいえ」

「あなたとはどれぐらいいっしょにいたんですか？」

「十分。十五分ぐらいだったかしら」

「そのあとどこに行ったかご存じですか？」

「ええ。レナード・チザムが本人が言うとおり、生きている夫を見たとすればだけど。彼はもう一度夫のところへ行ったんです」

「彼が行くと言ったんですか？」

「いいえ」

「彼が行くところを見たとか？」

「いいえ。カードルームに行って、手紙を書くと言っていました」

「ジャネットはあなたといたんですか？」

「いいえ。ずっと前に、夫より前に家を出ました」

ジャネットが口をはさんだ。彼女のソプラノは音楽のように聞こえる時もあったが、ただの金切り声に聞こえることもあった。「花を摘んで、花瓶に生けて。そのあとでバラ園に行って、休憩所《パーゴラ》で読書してたの。いくら母がしっかりした性格でも、こんな時に苦しめる必要があるの？　あるいは、娘のわたしを。招待客でなければ礼儀を守る必要はないと思っているのかもしれないけど――」

「礼儀にかなっていないのは認めるけれど、今はそんなことにこだわってる場合じゃないでしょう」ドルはきっぱりと、だが、不愛想にならない口調で言った。「答えてもらえるかしら――花を摘んでいた時やバラ園にいた時、だれかが養魚池に近づいたり、あるいはその方向から出てくるのを見なかった？　たとえば、レン・チザムが？」

「いいえ、どこにいた時もだれも見かけなかった」

「そう――ストーズ夫人、もうひとつだけお願いします。ランス氏といっしょに六時少しすぎにテニスコートにいらっしゃいましたね。その前からいっしょだったんですか？」

「いいえ。六時に二階からおりてくると、彼はテラスに、脇のテラスにいたわ。それでいっしょにテニスコートに行ったんです」

「午後はずっと部屋にいらしたんですね？」

「いいえ。夫といっしょでした」

ドルは息を飲んだ。「なんですって？　それはいつ？」

「夫が家を出た時もいっしょでした。夫が眠っている時も、滅ぼされたあとも。そして、今も夫と共にいます」

「ええ、そうでしょうとも」ドルは落ち着かなくなった。頭が変でも、そうでなくても、未亡人になったばかりのこの女性が気の毒になったのだ。リンネルのショートパンツ姿で、腕も脚もあらわに立っている姿を見ていると、ストーズがこう言っていたのを思い出した。「妻も秩序正しい宇宙とやらに首を突っ込まなかったら、それほどひどい女じゃないんだ」ドルは唐突に言った。「お二人とも、ありがとうございました。わたしがただの厄介者ではないことを証明できればいいんですが」そう言うと、ドアに近づいて部屋を出た。

階段をおりながら、ジャネットに帽子を貸してほしいと頼むのを忘れたことに気づいた。ターバンなら持ってきたが、明るい日差しの中では役に立たないから帽子を借りたかったのに。それで、応接間に控えていた警官に執事がどこにいるか訊いて、執事に相談すると、食堂の奥の控え室のクローゼットに案内してくれた。棚に麦わら帽やコットンのヘルメット帽が並んでいた。ドルはサイズの合う帽子を選んでから、横手のテラスに出た。警官から今カードルームにはランスがいること、少し前にジマーマンがカードルームから出てきて、屋敷から出て行ったことを聞き出していた。これからジマーマンに当たってみるつもりだった。

今朝はなにをやってもうまくいかなかった。あの心理学の助教授をなんとしても見つけたいが、ひょっとしたら見つけられないかもしれない。ドライブウェイと、なぜか別棟の夏用の厨房の屋根の上で見張っている警官には訊かないことにして、ドルは屋敷の二方をぐるぐる回った末、ようやく犬舎でジマーマンを見つけた。彼はひっくり返した箱の上に座って、ワイヤーネット越しにドーベルマンを眺めていた。犬は明るい日差しの中で前足に頭をのせて寝そべっていた。ジマーマンは挨拶もせず、身動きもしなかったが、ドルは近づいて、少し離れたところで立ち止まった。そして、いっしょに犬を眺めた。

「プレートに名前が書いてあるわ」ドルはしびれを切らして話しかけた。「この犬、ガルケン・プリンス・バーチというんですって」

返事はなかった。沈黙が続いた。ドルは怒りを押し殺しながら言った。「スティーヴ・ジマーマン、あなた、どうかしてるわ。あなたとストーズが昨日の朝、話し合ったことは、彼の殺害と関係があるのかないのかわからない。関係がないなら、話すべきよ。もし関係があって、このまま黙ってるつもりなら、あのシャーウッドを納得させるような話をでっちあげることね。わかってないようだけど、シャーウッドはいざとなったら、思い切った手段をとる。あなたを重要参考人としてつかまえて、そのまま拘留しかねない。マスコミにあなたの名前を流すことも考えられる。あなたがストーズと別れた直後にシルヴィア・ラフレーに致命的な傷がどうしたとか漏らしたのを彼は知ってるのよ。それから、言っておくけど、わたしはこの事件を——ストーズ殺害事件を捜査してる。あなたとストーズが話し合ったことが他聞をはばかる内容だけど、彼の死とは無関係で、あなたがシャーウッドに話さないのは彼が秘密を守るかどうか信用できないからだとしたら、わたしは信用してもらってだいじょうぶ。いずれにしても、黙っていられるのも火曜日の検死審問までよ。検死審問では二つにひとつ。証言するか、拘留されるか——でも、わたしの早合点だったかもしれないわね。さっきまでシャーウッドといたんでしょう。もうそのことを彼に話した？」

ジマーマンはゆっくりと首をめぐらして少し傾けると、顔をあげてドルの視線をとらえた。糸のような細い髪は日光を浴びてもつやがなく、広がった鼻孔は閉じることがないように見えた。薄い色の目にはいつもの好奇の色はなく、なにも見ていないし、見ることも期待していないという感じだった。その目はしばらくドルに止まっていたが、またそらされて犬に向けられた。

彼はまったく関心がないと言わんばかりの口調で話しはじめた。「きみの知ったことではないと思うが――シャーウッドにはストーズ氏との話の内容はなにも言わなかった。きみにも言うつもりはない。きみだけでなく、だれにも」

「いずれ話すことになるわ。そうするしかない」

ジマーマンは首を振った。「いや、そうはならない」彼は力のない声で、だが、きっぱりと否定した。「人間の心理に決断したことを貫く能力があることには数え切れないほど例証がある。ぼくは秘匿すると決めたことを漏らすことはない。決心を変えないかぎり。ぼくが自分の弁護をしようと、無実だろうと、そうでなかろうと、ただの気まぐれから沈黙を守っていようと、それはぼく自身の問題だ。心理学的にはきわめて興味深いが、ぼくはそれを楽しんでいるわけじゃない。シャーウッドにはそう言った」

「信じられない」ドルは彼の横顔を見つめた。「あなたはばかよ」

「ぼくはばかじゃない」ジマーマンは砂利の上に落ちていたパンくずを拾って、ワイヤーネットの隙間から投げ込んだ。犬はちらりとパンくずを見たが、わざわざ拾う手間をかけることはないと思ったようだった。「シャーウッドを納得させるような話をでっちあげるべきだと言ったね、架空の話を。ぼくが科学者として真理をなにより尊重していることを忘れないでほしい。といっても、でっちあげられるかもしれないな、遊戯本能を発揮すれば。遊戯本能は想像力を刺激するもっとも単純かつ有効な誘因だ。精神科医としてストーズを訪ねたと言ってみるか、彼の精神の健全さを調べるために、と。そして、診断の結果、彼にこの世に存在しつづける価値はないと宣告した、と。昨日、だれにも見られずに現場に近づき、ストーズの首にワイヤーを巻いて引っ張り、彼が跳ね起きると同時に吊るし上げたとあの男に言うことにするか？　きみが望んでいるのはそういうことかな？　ただし、ぼくは手袋がどこにあるか知らない。だから、それは教えられないな。それに、警察は自白をそのまま受け入れるわけじゃない。疑ってかかる。裏づけとなる証拠が必要なんだ。残念ながら、ぼくは手袋をどこかに置き忘れてしまったようだ」

「あなたはストーズ夫人におとらない愚か者よ。出まかせばかり言って。それとも──」ドルは言葉を切って、麦わら帽子のつばの下で、目を細めて彼を見つめた。「あなたがいくらごまかそうとしても、わたしはその手に乗らない。だから、やるだけ無駄よ。でも、わたしの意見は言っておくわ。あなたがストーズを殺して、それを隠そうとしているとは思えない。あなたが昨日彼と話したことが彼の死と関係があるとも思えないし、あなたもそのことはわかっていると思う。気まぐれからというのが当たっているような気がするわ。そうとしか言えないんじゃないかしら。あなたはいつも他人の頭の中を探りまわっているから──良識の範囲を超えて──だから、今度のことも絶好の機会だと思ったんじゃない？　それを実践する──」

「ぼくを責めるのなら」ジマーマンが遮った。「きみはどうなんだ？　きみもこれが自分の仕事にとって絶好の機会ととらえているじゃないか」

彼はまたパンくずを拾って犬に投げた。ドルは無言でそれを眺めていたが、返事をすることもないと判断して、彼に背を向けてその場を離れた。ほんとうに今朝はなにもかもうまくいかない。

芝生を横切りながら、ジマーマンにあんなことを言われる筋合いはないと腹を立てた。そして、思いつくかぎりの反論を次々と考えた。遺体を発見したのはわたしだ。殺害された男の依頼を受けて、ここに来た。螺旋状に木に巻きつけられたワイヤーの謎を解いたのはわたし。ランスがあの手形を持ち去ろうとしたのを阻止したのもわたし。シルヴィアはこのまま続けるようにと言ってくれたし、それに──。

しかし、多年生植物の茂みのそばで二人の男が泥炭を掘り返しているところまで来て方向を変えながら、こういう理由は嘘でないとしてもこじつけめいていると認めざるを得なかった。そもそも理由をつける必要などないのに。だれの許可をもらわなければならないというのだ？　シルヴィアだけではないか。あとは自分の気持ち次第だ。ドルは炎のように赤いフロックスの茂みを見おろしながら、つぶやいた。「わたしは探偵よ。違う?」この問題はこれでけりがついたが、頭のどこかに引っかかっていることが、しつこいブヨのうなりのようによみがえってきた。あれはいったいなんだったんだろう? どうして思い出せないのだろう? しばらく神経を集中してみたが、やっぱり思い出せないので、まださしあたり忘れることにした。

次に、レン・チザムに会うことにした。

屋敷に戻って、少し前に彼がブリッセンデン大佐にサンルームから解放されたと聞いて、西側と南側の丘陵地を探したが見つからなかった。ようやく見つけたのはバラ園で、パーゴラのベンチに座って足を投げ出し、新聞の日曜版を読んでいた。ドルが近づくと、レンは声をかけてベンチの自分の隣に場所をあけたが、ドルは小道をはさんだ別のベンチに腰をおろした。頭痛は軽くなったが、まだ体に力が入らなかった。

「どこで《ガゼット》を手に入れたの?」

「警官がひとりオゴウォックまで行ったんだ」

「なにか出てる?」

「ああ、一面の半分を占めてる」レンは新聞を取り上げた。「彼の写真。屋敷の写真も載ってる。どこから探してきたんだろうな。読む?」

ドルは首を振った。「あとで読むかもしれない。あの制服の大佐はどうだった? 手ごわかったでしょう?」

レンは顔をしかめた。「正直に言って、どうしてあの連中がもっと痛い目に遭わされないのか理解できないよ」

「それで、痛い目に遭わせてやったの?」

「いや、そうしたいのは山々だったが。叱り飛ばしただけだ。はっきり言ってやったよ。ぼくはアメリカ市民だから、それにふさわしい応対をしてほしい、と。心配しなくていい。紳士らしくふるまったから」

「心配なんかしてないわ」ドルは彼をにらんだ。レンの青い目は白目が充血していた。髭も剃っていないようだし、シャツの襟はよれよれ、ネクタイは曲がっていて、髪はいつも以上にもじゃもじゃだった。「いいえ、やっぱり心配よ。わたしはこの機会に乗じて仕事をしようとしてるから。

この事件の捜査をしてるの」

「そうか」レンはベンチにもたれて、頭の後ろで両手を組んだ。「きみのほうがあのブリキの兵隊よりはましだろう。あの男はぼくがやったと疑ってるふりをした」

「ふりじゃなくて、ほんとに疑ってるんじゃないの?」

レンはうなった。「いやだな、脅かさないでくれ」

「脅かすつもりはないけれど、冷静に考えて。たとえば、昨日、マーティンの家でなにがあったか。三時頃着いたそうだけど、それからなにがあったの?」

「なるほど」レンは体を起こした。「そういうことだったのか。殺人事件の捜査をしてるふりをして、ほんとはぼくがほかの女性となにをしてたか探り出そうとしてるんだ。きみもついに本性を現わしたね。ずっと嫉妬を隠してたが、ついにどうしようもなくなって爆発した。ぼくは弁解する気はないが——」

「やめて、レン。その話はまた今度。わたしが知りたいのは昨日なにがあったかなの」

彼は両手をひろげた。「どうしてもというなら。ああ、着いたのは三時頃だった。マーティンが猛スピードですっ飛ばしたんだ。スティーヴ・ジマーマンがポーチで待ってた、下剤でも飲んだみたいな顔をして。マーティンはスティーヴと話があるからと言って部屋に入り、シルヴィアが靴やウエアを探してきて、ラケットとボールを用意し、あのなんとかいう男がネットを張ってくれて——」

「デ・ロードね」

「ああ。シルヴィアと少しボレーをしていると、彼女が座って話をしようと言い出して、ぼくの仕事のことを訊いたりした。ほんとうは当て馬だったんだよ、ぼくは。マーティンが出てくると、急に勢いづいて、ぼくに話しかけてきた。ぼくは石のようにじっとしてた。ぴくりとも動かず、きみのことばかり考えた。マーティンがいらいらして口を出し、ぼくは一言、二言その場にふさわしいことを口にした。シルヴィアはじれて不機嫌になるし、このままでは血を見ることになると思ったから、黙って会釈して、こっちに来たんだ。ぼくほど誠実な男はいないよ——もっと続ける?」

「いいえ、その話はたくさん。まともな話が聞きたいの。それから——シャーウッドに話したように——ここに来てストーズを探して、あそこのベンチで眠っているのを見つけたけど、起こさずに戻ってきて、屋敷の前まで来た時シルヴィアがテニスコートのそばにいるのを見た。このとおり？」

「ぼくが話すのを聞いてただろう」レンは眉をあげた。

「またシルヴィアか。今度は座って話はしなかった。ただテニスを——」

「もうたくさんだと言ったでしょ。丘を歩いていた時や屋敷に向かっていた時、だれか見かけなかった？　ジャネットとかランスとか、だれか？」

「ドル」レンは体をねじって足を地面におろした。「これはどういうことなんだ？」

「言ったでしょ。ストーズ殺害事件の捜査をしてるって」

「だが——ぼくはてっきり——本気じゃないと思ってた。マーティンの家でだれがどうしたか細かく訊いたりして。それが事件となにか関係でも？」

「わからない」ドルはまっすぐ彼の目を見つめた。「気になることは訊くことにしてるの。特に気になるのは、スティーヴがなぜ昨日の朝ストーズに会いに行ったか——ええ、今後も調べるつもりよ。それから、なぜあなたが昨日、わたしたちみんなにストーズを探したけれど見つからなかったと言ったのかも」

レンは手を振った。「おかしいよ、きみは。太陽に当たりすぎたんじゃないか。まるで本気で言ってるみたいだ」

「本気よ。確かに、あなたが嘘をついた理由を説明したのは聞いてたわ。でも、納得できない。わたしは探偵よ。それに、たまたまあなたが自分の感情を隠すのが上手で、嘘の名人だと知ってる。昨日ストーズを見つけられなかったと嘘をついた理由を今朝シャーウッドに説明した時、あなたはまたもうひとつ嘘をついたわ。わたしたち全員の前で」

「ぼくが？　ほんとにどうかしてるよ、きみは。ぼくはほんとうのことしか言わなかった」

ドルは首を振った。「いいえ、嘘をついた」

「どんな？」

「わたしを愛している、これまでに好きになった女性はわたしだけだと言った」

「なんだって！」レンはぎくりとした。「よく言ってくれるよ！　ぼくがセンチメンタルな愛の言葉をささやかないから、病気の子牛みたいに哀れっぽい声でかきくどかないからって、ぼくの気持ちを踏みにじるつもりなのか？　こんなにきみのことを――」

「やめて」ドルは動じなかった。「もうやめましょう、レン。悪ふざけもあなたの本心を隠すのに役立つならかまわない――わたしは気にしてないし、面白がってた時もあったから。でも、これからはそうはいかない。今度の事件とはまったく関係がないかもしれないけれど、わたしがちゃんと気づいてることは言っておいたほうがいいと思ったの。あなたはわたしを愛してなんかいない、中国の女帝を愛してないのと同じように」

「中国には女帝なんかいない。きみはネズミをいたぶるネコみたいにぼくの気持ちをもてあそんでるだけだ。中国は共和国になって――」

「レン、いいかげんにして。わたしを底なしのばかだと思ってるの？　あなたがシルヴィアに夢中なのをわたしが知らないとでも思ってるの？」

これは効いた。なんの心の準備もできていないところを直撃されたのだから。レンの顔を見つめながらドルはそう思った。だが、次の瞬間、彼は態勢を立て直した。彼は信じられないという声で話しはじめた。「ぼくの聞き違いかな？　信じられないよ。きみは嫉妬しているんだよ。ぼくもそうだったが、きみも魔が差して――」

ドルは首を振った。「無駄よ、レン。何ヵ月も前からわかってたわ。初めてシルヴィアに会った時――この春、ギーフォードの家で会った時、一目惚れしたんでしょ。なぜマーティンと張り合って奪おうとしなかったのかわたしにはわからない。ひょっとしたら、やってみたけど、だめだったのかしら。あなたは弁が立つし、本心を隠すのも上手だけど、わたしだって教育を受けているし、簡単に騙されるような人間じゃない。シルヴィアに当て馬にされたそうだけど、それでも彼女のそばにいたかったんでしょう？　彼女の顔を見て、声を聞くだけで満足だったんでしょう？　でも、自分の気持ちを知られたくなかったから、わたしに魅力を感じているふりをした。わたしなら傷つかないと思ったんでしょうね。あなたは魅力的だけど、わたしなら裏切られた経験があるから免疫があると思ったんでしょう。それはわからなくはないけど――」

「ドル、きみはばかだよ――」

「あなたもね。ああいう経験がなくても、あなたの本心は簡単に見破れたわ。なぜわたしがずっと黙ってたと思う？　同情以外になにがあったと思う？　あなたがかわいそうだからよ。もし相手がシルヴィアじゃなかったら、そこまでしなかったかもしれない。でも、彼女はあんなにきれいで魅力的で正直でやさしくて、わたしが男で、あなたのように彼女を心から愛していたら――あなたのように彼女を自分のものにしたいのに、それがかなわなかったら――でも、それならどうして？　どうして遠慮するの？　マーティンに義理があるわけじゃないでしょ。婚約を神聖なものだと思ってるわけじゃないでしょ？　何カ月も代用品にされていて、ずっと我慢してたんだから、わたしには訊く権利があると思う。どうして勇気を出してぶつかってみないの？」

レンはうなった。「勇気の問題じゃないよ」

「だったら、なに？」

レンは首を振った。突然、立ち上がると、ポケットに両手を突っ込んで、仏頂面でドルを見おろした。それから、もう一度首を振ると、六歩ほど小道を進んで、格子垣にからまっているバラを――四季咲きの黄色いバラを摘んで、それを手の中で押しつぶすと、砂利の上に投げた。そして、またドルのそばに戻ってきた。

「きみは気づいてたかな？　ぼくは頭が変になりそうだ。どうしたらいいんだ？」

「レン、なんとかしようとしたの？」

「いや。そのうちのぼせが醒めるだろうと思ってた。初めの頃は、冗談めかして言ってみたよ――いや、自分でも冗談のつもりだった――こっぴどく言い返された。言い負かされるような人じゃないからね、シルヴィアは。ぼくのような男がそばにいるのに、なぜフォルツみたいなやつに賭けて一生を棒に振るんだと言ってみたこともある。彼を愛してなんかいないはずだと言った。すると、彼女はぼくを見つめて——あの目でぼくを見つめて——確かに愛していないけど、後見人が望むから彼と結婚するのだと、これまでずっと後見人の言いつけに従ってきたからと言った。そして、フォルツに代わって後見人に気に入られるにはどうしたらいいか提案しはじめた。まず、ピアノを習うこと、ストーズは音楽が好きだから。ぼくはそれ以上、冗談めかして言い寄るのはやめた」

「ほんとうの気持ちを打ち明ければよかったのに。そうすれば、彼女も本気になったかもしれない」

「ああ」レンは苦い口調で言った。「一度そうしかけたことがあるんだが、彼女もさるもので、また冗談だと思ってるふりをした。そして、ぼくが僧院に入って毎日手紙を書いたら考えてもいいと言った。それはとにかく、きみは勘違いをしてる。ぼくは彼女を愛してはいない。彼女の魅力のとりこになっただけだ。一時的なのぼせあがりというのかな。たとえ彼女に十年追いかけられたとしても、彼女と結婚するつもりはない。いくら財産があるって? 三百万か四百万ドルだろう? ぼくは彼女の下僕になる気なんかないよ。彼女がこのままフォルツの首に縄をかけて引き立てていけばいいと心から願ってる。後見人がいなくなった今では、彼女もなぜフォルツを選んだか忘れているかもしれないが」

レンはドルを見おろした。そして、だしぬけに訊いた。

「なぜ今になって急にこんなことを言うんだ?」

「あなたが嘘の名人だと見抜いてるのをわかってもらいたかったから」

「ほかにもだれか知っているだろうか?」

「あなたが彼女のとりこだということを?」

「ああ」

「だれも気づいてないと思う」

「シルヴィアも?」

「たぶん。シルヴィアはうぬぼれが強いようだけど、それはうわべだけ。ほんとうはそれほど自分に自信がないの」

「フォルツはどうだろう？」

「気づいてないでしょうね」

「このことをだれかと話し合ったことはない？　彼女とも？」

「ないに決まってるでしょ」

「そのほうがいい。もう忘れてほしい。それに同情もしなくていい。どうすればいいか自分でもわからない。いずれにしても、きみはそれどころじゃないだろう。殺人事件の捜査をしてるんだから」レンは背を向けて歩きだした。小道を一〇ヤードほど進んだところで、振り返って言った。

「これからはもうきみに迷惑をかけないから」そう言うと、その場を離れた。

ドルは座ったまま彼を見送った。コートの背にひどく皺がよっていた。右に曲がって十字路に入ったが、茂みに遮られて、突き当たりのアーチをくぐる彼の頭と広い肩しか見えなかった。

何週間も前から、レン・チザムに魂胆は見え透いていると言ってやったら、さぞ痛快だろうと思っていた。しかし、実際にそうなってみると、少しも痛快ではなかった。それに、気づいたかぎりでは、事件に関する情報を引き出すこともできなかった。探偵が聞いてあきれる。これではただの穿鑿好きな女ではないか。

そよ風が吹いて、バラの香が漂ってきた。ドルは向かい側のベンチに一面を開いたまま残された《ガゼット》を見て、一瞬、手にとろうかと思ったが、結局やめた。視線をレンが摘んで握りつぶして投げ捨てたバラに移した。小道に捨てられた花びらを見ていると、ふとある光景が脳裏に浮かんだ。そして、二時間前からずっと思い出せそうで思い出せなかった記憶がよみがえってきた。あの堆肥の山に

——

ほっと一安心したが、心躍るというほどではなかった。ドルは自嘲気味にほほ笑んだ。そうだったのか！　それなら、別に頭を悩ますほどのことではなかった。たぶん、どうだっていいことだろう。でも、念のためにもう一度見に行ってみよう。立ち上がってスカートの皺をのばした時、

ぎょっとしてとびあがりそうになった。そして、これほど神経過敏になっていることに我ながら驚いた。東テラスから大きな物音が聞こえてきたのだ。昼食の合図にベルデンが鳴らした銅鑼《どら》の音だった。

10 証拠の指紋

当然のことながら、昼食は社交的には完全な失敗で、生理的にもさほど成功とは言えなかった。戻された皿には、エチケットの範囲をはるかに超えた料理が残されていた。食事はなによりも家庭の結束を象徴する時間であり、礼儀を失わないためにも消化のためにもなごやかさが必要だから、列席者が敵意や不安やなんらかの強い否定的な感情を抱いていれば、悲惨なことになる。食卓のまわりには全員が顔をそろえてはいた。ストーズ夫人も部屋から出てきたし、帰っていいと言われたマーティン・フォルツも残っていた。夫人によると、シャーウッド検察官とブリッセンデン大佐も招いたのだが、二人とも遠慮してオゴウォックに食事に出て、まもなく戻るということだった。

だれもが死の影を感じながら食事をしたが、実際には、遺骸と同じ屋根の下にいたわけではなかった。P・L・ストーズの遺体はすでに検死のためにブリッジポートに送られていた。

気づまりな食事がすむと、ドルは食堂を離れ、ひとりでまた戸外に出た。特になにかを期待していたわけではないが、ようやく意識の前面に引き出すことのできた事実を確かめて気持ちを納得させるつもりだった。それで、もう一度犬舎に通じる小道を進んで、生垣の前で道をそれて、生垣の隙間をくぐって菜園に入り、中央の小道沿いに堆肥置き場に向かった。あたりを見まわしたが、今のところこの場所に対する好奇心を満足させようとしている人間はほかにいないようだった。あたりに人影はなかった。

その場に立って、最近使われた形跡はないか調べてみた。三時間前に見た時のままのようだった。トウモロコシの皮、傷んだトマト、キャベツの葉や芯、セロリやニンジンの茎、まだ熟れきっていないスイカの薄桃色の果肉の小さな山。

堆肥の中に入るつもりはなかったし、かきまわそうとも思わなかった。ドルはスカートをたくしあげると、堆肥場を囲っている低いレンガの上に立って、そろそろと進みながら、かがんで中をのぞいた。一周しながらよく調べてから、反対側の地面にとびおりた。そして、眉をひそめて考えた。わたしの考えすぎにきまってる。たぶん、わたしが最初に来る前に、今朝だれかが堆肥を熊手でかきまわして、皮を埋めてしまったのだろう。それでも、スイカ一個のせいぜい四分の一ぐらいの果肉、それも熟れきっていない果肉だけが捨てられていて、皮もまわりの白っぽい部分もまったく見当たらないことに変わりはなかった。だれかが味見して投げ捨てたのだろうか？　これをどう解釈すればいいのだろう？

中央の小道に戻って、真ん中あたりで左に曲がって、スイカ畑を見にいった。六〇フィート四方ほどの畑に青々と葉が生い茂り、よく見ると、そこここに丸いスイカの濃い緑色の頭がのぞいていた。蔓を押しのけたり、葉や茎を踏みつけたりした形跡を探そうとしても無駄だとドルは気づいた。最近、畑をあちこち調べた跡があったからだ。今朝、警官たちがここに来て葉っぱを押しのけて地面を調べたのだろう。ひょっとしたら、同じことを思いついたのかもしれない。ただし、わたしの場合は単なる思いつきではなく、理論的にたどりついた推理だけれど。ドルはもう一度四方を見まわして、だれもいないことを確かめると、畑に入っていって、葉っぱを押しのけてスイカを探すと、その下に手を入れてひっくり返してスイカの底を調べた。

首を振って、また次のスイカを、そして、また次を調べた。慎重に調べるためには、生い茂っている葉を大きく払いのけ、かがみ込んで、ひとつでも見落とさないようにしなければならない。十分もそうしていると、ばかばかしくなってきたが、持ち前の頑固さを発揮してやめようとしなかった。しばらくすると、腰が痛くなってきたので体を起こし、低い声でつぶやいた。「たった一個でも見落とさないようにしなくちゃ」そう言うと、またしゃがんで調べはじめた。

畑の端の、イチゴ畑のそばまで進んで、ひときわ大きなスイカをなかばひっくり返して、白っぽい底を調べていた時だった。ドルは信じられない思いで息を飲んだ。牡蠣をこじあけて真珠を探すようなものだったのに、なんと、見つけたのだ！　へなへなとその場にしゃがみ込んで、スイカの葉や茎を押しつぶしてしまった。体が震えていた。自分でも震えているのに気づいたが、止められなかった。それから、突然、はっとして体をこわばらせた。もし警察がここに来て見つけたとしたら？　いや、それはあり得ない――ぜったいに――見つけたとしたら、当然このスイカを持ち去ったはずだ。よろよろと立ち上がると、あたりを見まわした。だれもいなかった。なにか道具が、爪やすりでもあったらよかったが、ハンドバッグは小道に置いてきてしまった。ドルは髪に手をやってボビーピンを一本抜き取ると、スイカに近づいて、かがんで慎重に横向きにした。そして、もう一度そこに刻まれた不規則な長方形を見つめた。彼女の手ぐらいの大きさの長方形が皮にナイフで刻んである。そっとその部分を押してみた。緩みがある。ボビーピンを斜めに差し込んで引くと、皮がぽろりと落ちた。また震えだした手をその隙間に入れてみた。なかは空洞だろうか？　熟れ具合を調べるために刻み目を入れただけだろうか？　その答えは抜き出した彼女の手の中にあった。一対の厚い革手袋に。

この震えをなんとかしなくちゃ。わたしは名探偵なんだから。ドルはスイカの皮を元通りにしようとした。深く押し込みすぎたが、そのままにして、とりあえずスイカを不自然でない場所に戻した。それから、さっき押しつぶした葉や茎の上に座って、両足を投げ出し、スカートを引き上げて、手袋の片方を左側のストッキングの上のほうに、もう片方を右側に押し込んだ。ふたたび立ち上がって、スカートを直し、まわりを見まわして、だれにも見られていないのを確かめてから、ゆっくり小道に戻って、ハンドバッグを取り上げた。そして、生垣の隙間の前まで来た。そこで立ち止まった。さて、どうしよう？　どっちに行こうか？　もちろん、屋敷に戻って、シャーウッドに会うか、まだ戻っていなかったら待つことだ。でも――ドルは唇を嚙んだ――やっぱり、やめよう。この手袋は、少なくともさしあたりは、わたしだけの戦利品、わたしが見つけたものだから。せめて調べてみてからにしよう。屋敷はだめだ。警官や刑事がうようよいる。厩舎はどうだろう？　あそこならよさそうだ。ドルは生垣の隙間から出ると、右に曲がった。

厩舎にも人影はなかった。ドルはコンクリートの床に立って呼んだが、返事はなかった。それでも、警官がいつ飛び込んでくるかわからないので、馬房を通りすぎて奥に進み、薄汚れた窓のそばまで行ってから、ひそかな隠し場所から手袋を取り出した。スイカの水分を吸ってじっとりと濡れていた。茶色の、まだ真新しい、運転用か遠出《とおで》用の厚手の手袋だ。手首の折り返しの裏側に「本物の馬革」と刻印されていた。これをだれかがはめているのを見た覚えはなかった。手のひらのほうを見て、証拠を探すと、案の定あった。まだ新しい革の小指から親指の付け根の部分まで斜めにくっきり跡がついていた。両手とも。状況証拠だが、これでP・L・ストーズが自殺ではなかったという決定的な証拠が見つかった。この手袋は、犯人が彼を殺した時はめていたものだから。

犯人はだれか？

ふとある考えがひらめいた。いったん気まぐれだとしりぞけたが、気持ちは変わらなかった。ドルは考えてみることにした。やはり当たってみたほうがいい。やれるだろうし、少なくとも試してみる価値はある。それに、やっていけない理由はない。手袋を見つけたのはわたしなんだから。だめだったとしても、せいぜい一時間ほど無駄にするだけだ。

でも、その間、手袋はどこにしまっておこう？　こんな大事なものを危険にさらすわけにいかない。隠すといってもどこに？　安心できるような場所はなかった。結局、またスカートをたくしあげて、ストッキングの中に慎重に押し込むしかなかったが、湿った革が肌に触れても不快さは感じなかった。それから馬房の前を通りすぎて、厩舎を出ると、砂利道を進んでクーペをとめた場所に向かった。

ほかにも三、四台車がとまっていて、制服姿の警官と茶色い背広の男が、ランニングボードに腰かけて話していた。ドルが近づいた時、もう一台、大型セダンが入ってきて止まり、ドアが開いてシャーウッドとブリッセンデン大佐がおりてきた。ドルは動かなかった。シャーウッドが帽子をあげて会釈したが、ブリッセンデンはドルを公然と無視した。一瞬、ドルは弱気になった。いま脚に隠しているものを見つけるためなら、この二人の男は徹夜でがんばるだろう。しかし、やはり決心は変わらず、ドルは二人が急ぎ足でテラスを横ぎるのを見守っていた。車に腰かけて話している二人の男を無視して、ドルはクーペに近づいた。グローブボックスからキーを取り出し、トランクを開けて鞄を取り出すと、またトランクをロックして、キーを元の場所に戻した。そして、鞄を持って屋敷に入った。

遠回りしているのはわかっていた。逆から——あのスイカから始めるべきだ。でも、それは現実的ではない。これからしようとしているのが専門家の仕事で、自分が専門家でないこともわかっていた。でも、それはどうでもよかった。少なくともドルには、どうでもよかった。ベルデンにランスがどこにいるか訊いたのは、ランスから始めるのがいいと思ったからだった。彼は一階のビリヤード室にいた。ひとりで、キューも持たずに、手で球をもてあそんでいた。

彼はドルが近づくと会釈した。「ボナー嬢！　わたしになにか？」

時間に余裕がなかった。ドルは革の鞄をビリヤードテーブルの隅に置くと、彼の目を見た。「ええ、折り入ってお願いがあるんです。理由も報酬もない単なるお願いです。わたしはある実験をしていて、ここにいるみなさん全員の指紋のサンプルがほしいんです。あなたから始めたいと思って。取らせていただけますか？」

ランスは驚いた顔になった。「これはこれは！」彼は頬を撫でた。「わたしの指紋を？　いや――みんな同じことを訊くだろうが――どうしてわたしが？　あるいは、わたしでなくては、と言わざるを得ない問題ですな」彼は一瞬ドルを見つめ、それから肩をあげて、また落とした。「恐れるところなければ、非難されることもなし《サン・ビュール・エ・サン・ルプロッシェ》。いいでしょう。道具はあるんでしょう？　どうぞ」

ドルは鞄を開いて、蓋の内側にとめたホルコムの銃と弾薬の箱を、また無遠慮な視線にさらしながら、必要なものを取り出した。スタンプ台、間に薄紙をはさんだ剥ぎ取り式の用紙、インクリムーバーの壜、書いたら消えることのない金色の芯の鉛筆。ドルは専門家ではなかったが、まったくの素人というわけでもなかった。専門書を読んで、時間をかけて練習した。スタンプ台を開くと、ドルは言った。「右手からお願いします」やり方を教えた。まず親指を、それから残りの指をいっぺんに。ランスはなにも言わずに指示に従った。ドルは用紙に、ランスRHと書いた。左手もすませると、インクリムーバーの壜の栓をはずして、彼の指先を拭いた。ランスはハンカチを取り出すと、小声で言った。「ありがとう。完璧な装備ですな、まさしくプロだ」

ドルは道具を鞄に戻しながら、黒いまつげを上げて、キャラメル色の目で不思議そうに彼の浅黒い顔を見た。「お礼を言うのはわたしのほうだわ。ぶしつけなお願いを快く受けてくださって。親切にすると、きっといいことがあるわ」ドルはぱちんと音を立てて鞄を閉じた。「ほかの人にはもう言ったんですが、わたしはストーズの事件を捜査してるんです。みんな道楽半分だろうと思っているけど、そうじゃありません。あなたに言わなかったのは、あなたならわたしが友情につけこんでいるとは考えないからです。わたしたちは友人じゃないから」

ランスは軽く頭をさげた。「あの手形に関しては返す返すも愚かしいまねをしてしまった。あれがあそこで発見されることは、わたしにとってはむしろ幸いだったのに。あなたはわたしにいかなる危害も加えていないし、そのつもりがないのもよくわかっています」彼はドルの鞄を身振りで示した。「あのことも少しも気にしていませんから」そう言うと、もう一度頭をさげて、ドルが部屋を出るのを見送った。

二階にあがると、ドルはベルデンを探して、フォルツがこの家の家族といっしょに書斎にいると教えられた。たぶん、今後の相談をしているのだろう。ストーズ夫人に会いたいと執事に知らせに行かせると、まもなく戻ってきて、書斎にどうぞということだった。

バーチヘイヴンの書斎は、アメリカの富裕階級の屋敷によくあるように、一家の主人が必要に応じて、プライバシーを要するちょっとした出来事のために使う部屋で、そこで読書や書き物をしようとは夢にも思っていないのに「書斎」と呼ばれていた。ドルは入ったことはなかったが、場所は知っていた。こういう状況で招き入れられたから、部屋に飾られた愛蔵の品々をじっくり眺める余裕はなかった。ニジマスの剝製、狩猟の獲物の足型、ラジオキャビネット、額に入った大学の卒業証書、オオツノヒツジの頭、等々。

ストーズ夫人は窓際に座っていた。そのそばのスツールに、背筋をのばした彫像のようなジャネット。マーティンとシルヴィアはラジオのそばの作りつけの長椅子に並んで座り、机の前の大きな椅子には、法律書類らしきものを手にした男が座っていた。灰色の短い口ひげと抜け目のなさそうな灰色の目をした男で、沈痛なおももちだが、犯しがたい貫禄があった。

ストーズ夫人が言った。「あら、なにか？　こちらはカボットさん、夫の弁護士をしてくださっている――してくださっていた方。こちらはボナー嬢よ、ニコラス。わたしになにかご用ですって？」

ドルは革鞄の取っ手を握りしめた。そして、うなずいた。「ええ、あなただけではなく、ここにいるみなさんに。お邪魔してすみません。時間はとらせませんから。ある実験をしているんです」机に近づいて鞄をのせた。「どうか説明を求めたり、こんな時にと怒ったりしないでください」鞄を開いた。「たった今、ランスさんの指紋を取らせてもらいました。みなさんにもお願いしたいんです――みなさん全員に。あなたから、マーティン？」

押し殺した声がした。シルヴィアが小さな悲鳴をあげたのだ。カボット氏がいらだった声で訊いた。「失礼ながら、どういう方ですか？　この若いご婦人は」

ドルは弁護士に極度の反感を抱いていた。父の破産と自殺に続くさまざまな手続きで、さんざんな思いをしたからだ。ドルはつんと顎をそらせて言った。「わたしは探偵で、ストーズ氏の依頼を受けて、昨日の午後ここに来たんです。わたしは自分の仕事に全力を尽くしていますから、あなたもご自分の仕事をなさったらいいでしょう」そう言うと、彼に背を向けた。「これはいたずらや遊びじゃありません。あなたたちの指紋が必要なんです。お断わりになる理由はないと思いますけど」

マーティンが立ち上がった。「それほど言うなら、ぼくはかまわない。ランスの指紋を取ったと言ったね？」彼は机に近づいた。

「ええ、とても協力的だった。じゃあ、ここへ」ドルはやり方を教えて彼の指紋を取ると、指についたインクをぬぐった。マーティンの手は神経質そうに震えていたが、意外にも力強い手で、繊細そうな長い指をしていた。彼は興味深そうに指紋を眺めていた。「いいかしら、シルヴィア？」ドルが訊いた。

シルヴィアが近づくと、弁護士が口をはさんだ。「待ってください、ラフレー嬢。これはわたしには――」

「いいんです」シルヴィアはこれまでに何度も指紋を採取したことがあって、この点にかけてはプロ並みだった。「ドル・ボナーはわたしの共同経営者です。なんのためにやっているかわからないけど、本気なのはわかるから、わたしにはそれで充分……これでいい、ドル？　あとで説明してくれるでしょう——わたしには。ねえ？」

ドルはシルヴィアの肩を叩いた。「いいわ。時期が来たら説明する。来ればだけど——お願いできますか、ストーズ夫人？」

カボットは椅子の背に寄りかかって、新しい依頼人——依頼人だった人物の未亡人が、立ち上がって机に近づくのを眺めていた。夫人は持ち前の熱心さで指示に従った。

「拒否する理由はないわ。ご存じでしょう、ニコラス、ピーターはいつもわたしが事実を尊重しないと文句を言ってたわ——これでいいかしら？——でも、それは間違いだった。夫は多くのことを勘違いしてました——あら、どうしましょう、強く押しすぎたわ——でも、わたしは事実よりアクロアマータを尊重しているだけ。事実などよりはるかに深い、そして地上はるかに舞い上がるアクロアマータを」夫人は自分の左手の指紋を取った薄紙を手に取った。

「ごらんなさい。このちっぽけな事実がなんだというの？これをわたしの魂と相容れない証拠と認めるとでもお思い？」そう言うと、紙を机に置いた。

ドルが言った。「ジャネット？　いいかしら？」

ジャネットは事実や魂を論じようとはしなかった。落ち着いた無関心な様子で机に近づくと、なにも言わなかった。指示に従って、だれよりも手際よく——シルヴィアより手際よく指紋を取らせた。ドルが指先のインクをぬぐうと、右手をもう一度差し出して、親指に残っていたかすかなインクの跡を示した。

ドルは道具をしまって鞄を閉じると、お礼を言ってから、話の邪魔をしたことを詫びた。そして、弁護士が最低限の礼儀を示して冷ややかにうなずくのを見届けて、書斎を出た。応接間に戻る前に、そっとスカートをたくしあげて、手袋がちゃんとおさまっているのを確かめた。

まだレン・チザムとスティーヴ・ジマーマンが残っていた。二人とも同じぐらい協力的で、同じぐらい不機嫌だった。レンを見つけたのは、またしてもバラ園のパーゴラだった。ここに居座ることに決めたのだろう。はっきり言って、レンはとげとげしい態度だった。ドルは彼のぶしつけな言葉や皮肉を無視した。指紋さえ取れればいいのだから。

そして、その目的を果たした。ようやくジマーマンを見つけたのは、車庫の裏の桃の果樹園で、彼は脚立のいちばん下の段に腰かけて、憂鬱な顔で桃を割っていた。ドルが説明すると、座ったままたっぷり三十秒、軽蔑を隠そうともせずに彼女を見つめた。それから、ひとことも発しないまま、桃をかたわらに置き、指についた果汁を草でぬぐってから、手を差し出した。ドルはかえってびっくりした。ジマーマンには断わられると予想していたのだ。彼がリストの最後だった。

もう一度菜園に入って、方法を考えた。スイカをよそに移して面倒な手間をかけるのはやめることにした。だれかに見つかったら、なにか適当な口実を考えればいい。堆肥置き場に行って、そこに鞄を置いてから、あのスイカを探しに行った。茎が丈夫で引きちぎるのに一苦労し、運ぶのも大変だった。できるだけ表面に触れないようにしなければならなかったからだ。大きなスイカで、ずっしり重く、端のほうを両手で持って、ドレスに触れないように注意しながら運ぶのは、簡単なことではなかった。堆肥置き場にたどりつくと、そっとレンガの上におろしてから、鞄を開けて白い粉と噴霧器と拡大鏡を取り出した。ドルはもう震えてはいなかった。冷静で、てきぱきしていた。

二度ほどキャベツの葉に白い粉を吹き付けてから、それをスイカに移した。それから、そっと薄紙を平らになるように当てた。なにも出てこなかった。だが、しばらくすると、側面に大きなにじみがひろがって、指紋が二つくっきり浮かび出た。ドルは拡大鏡でのぞいたが、すぐ自分の指紋だとわかった。確認したが、間違いなかった。あわてて薄紙を強く当てすぎたのだ。ドルは舌打ちすると、今度はスイカを少し傾けて、指紋を数個採取し、念のためにもう少し取った。こうしてスイカの表面をくまなく調べてから、もう一度拡大鏡を手に取った。そして、鞄から採取した指紋のサンプルの入った封筒を取り出して、比較しはじめた。スイカについていた指紋のいくつかは、ドル自身のものと明らかに違っていた。

採取したどの指紋とも一致しないのではないか？　それは大いにあり得る。きっとそうだろう。それでも、ドルは比較しつづけた。サンプルの紙を調べては、首を振りながら脇にどけ、また次のサンプルを拡大鏡で調べた。と、悲鳴をあげそうになるのをこらえて、一枚の紙をもう一度見つめた。左手の指紋だ。人差し指、中指、薬指。紙をスイカの指紋のそばに近づけて、かがんでもう一度よくくらべてみた。拡大鏡をのぞきながら、何度も何度も見くらべた。

疑いの余地はなかった。ドルは立ち上がって、信じられない思いでつぶやいた。「わたし、どうかしてるのかしら」

あまりのショックに呆然として、膝から力が抜けた。ドルは囲いのレンガの縁に腰かけた。これから、どうすればいいだろう？　ストーズの殺害に使われた手袋は、スカートの下のストッキングの中に隠してある。それはだいじょうぶだ。これから屋敷に戻って、それをシャーウッドに渡せばいい。でも、困ったのは、それをスイカに隠したのがだれか知っていることだ。いっそ知らなかったら！　ドルは心からそう思った。男は大嫌いだが――少なくとも自分ではそう思っていたが――女まで憎んでいるわけではない。

それに、こういう状況で、あの女性がこんなことをしたとはとうてい考えられない。

どうしよう？　ほんとうに困った。彼女をシャーウッドに引き渡し、厳しい尋問を受けさせるなんて――あの軍人あがりのブリッセンデンに引き渡すなんて――。

ぐずぐず思い悩むのはドルの性格ではなかった。これが重大な、おそらくは危険な決断であることはわかっていた。しかし、いったん決めると、躊躇しなかった。ドルはすっくと立ち上がった。膝はもうがくがくしてはいなかった。

鞄からガーゼを取り出して、ドルはせっせとスイカの表面を拭きはじめた。どれほど念入りに拭いたところで、顕微鏡で調べれば、彼女が使った粉の痕跡が見つかるだろうが、調べられないかもしれないし、そうなったらそうなったでしかたがない。拭き残したところがないか確認すると、スイカを畑に運んでいって、最初にあった場所に戻してから、何度も転がして、自然な感じに自分の指紋が残るようにした。それから、堆肥置き場に戻って、使った道具――噴霧器、拡大鏡、指紋のサンプル、ガーゼ――をしまって鞄を閉じた。レンガの上にも、堆肥の山の端にも、あたりの地面にも、そこらじゅうに白い粉が落ちていたが、どんなにがんばっても痕跡を完璧に消すことなどできないのだからと諦めた。

鞄を持つと、ドルはこの疑問の余地のある戦利品を発見した場所をあとにして、ふたたびイチイの生垣の隙間をくぐって、屋敷に向かった。そして、あまり決然とした様子を見せないために東のテラスから入り、脇の廊下を通って書斎の前に出ると、ドアを鋭く叩いた。

11 革手袋

ドルはドアを開いて入った。さっきの五人がそのまま残っていた。三対の目がいぶかしそうに向けられた。あと一対はジャネットの無関心な目、残る一対は弁護士のいらだった目だった。彼は鋭い声で言った。「ご承知かもしれないが、これは内輪の集まりで――」

「すみません」ドルは彼に言った。「ご迷惑なのはわかっていますが、ジャネットに大切な話があるんです。いっしょに来てもらえる、ジャネット?」

ジャネットの顔が少しゆるんで軽い驚きの表情が浮かんだ。「どこへ? ここではだめなの?」

「ええ。時間がかかりそうだし、見せたいものもあるから。あなたもきっと――」

「非常識にもほどがある!」声の調子から判断すると、カボット氏のいらだちは爆発寸前だった。「ストーズ嬢はわたしたちと――」

だれも彼に注意を払わなかった。マーティンは眉をひそめてドルを見つめ、ドルのやり方や口調を知っているシルヴィアは、当惑と憂慮のいりまじった表情で目を細めて見守っていた。ストーズ夫人は現世を超越して、もうなにも言う気にならないのか、娘にこう言っただけだった。「いっしょに行ってあげたら。ご用があるそうだから」

ジャネットはなにも言わずに立ち上がると、部屋を横ぎって戸口に向かった。ドルは先に戸口に行って、二人のためにドアを開けようとしたマーティンに会釈してから、自分でドアを開けた。廊下に出ると、ドルはドアを閉めた。

「どういうこと？」ジャネットが訊いた。「見せたいものって？」次の瞬間、びっくりした顔になった。急に腕をつかまれたうえに、ドルがこう言ったからだ。「白粉がたりなくなったの。悪いんだけど――ひょっとしてヴァレリの三十三番《トラント・トロワ》を使ってない？　それだと、ちょうどいいんだけど」

ドルがとっさにごまかしたのは、警官の姿が見えたからだった。警官は二人を呼び止めると、書斎のドアのほうに顎をしゃくった。

「ラフレー嬢はいますか？」

ドルが中にいると答えると、彼は礼を言ってドアをノックした。ドルはジャネットの腕を取って廊下を進んだ。

「あなたの部屋で白粉を選ばせてもらうわ。でも、ほんとにいいの？　ご迷惑だったんじゃないかしら」

応接間には人けがなく、カードルームのドアは開け放たれていた。二人は階段をのぼると、廊下を突き当たりまで進んで右側の部屋に入った。これまでドルがバーチヘイヴンを訪ねたのはいつもシルヴィアの客としてだった。それはシルヴィアがこの屋敷に住んでいた時も、ここを出てニューヨークにアパートメントをかまえ、週末をすごしに来るだけになってからも変わらなかったから、ジャネットの部屋に入るのはこれが初めてだった。昔風の女性の居間という感じだが、装飾的すぎず、すっきりして居心地がよさそうだった。

「白粉は口実なんでしょう?」ジャネットが訊いた。

ドルはうなずいた。「とにかく座りましょう」

ジャネットは肩をすくめて、青い絹張りの長椅子の端に腰かけた。ドルは鞄を床に置いてから、椅子を引き寄せた。腰をおろすと、まっすぐジャネットを見ながら切り出した。

「手袋を見つけたわ」

ジャネットの自制力は見上げたものだったが、それでも完璧ではなかった。歯を食いしばった時、わずかに顎が動いたし、指先で絹の長椅子をつかんだのもわかった。表情はまったく変わらず、なにも言わなかったから、口調から動揺を察することはできなかった。ジャネットは黙ってボナー&ラフレー探偵事務所のシニアパートナーを見つめているばかりだった。

ドルはさっきと同じ低い落ち着いた声で繰り返した。

「言ったでしょ、手袋を見つけたわ」

「聞こえたわ。手袋って?」ジャネットのソプラノは、ドルの記憶にあるより音楽的な響きに聞こえた。

「どの手袋のことかわからないというつもり?」

「なんのことかわからないわ」

ドルはそっとため息をついて、気を引き締めた。こういう展開になるとは思わなかった。「ねえ、ジャネット。まさかスイカを調べようと思いつく人なんかいないと思ってたんでしょう。とにかく、あのスイカはあなたの指紋だらけだった。少なくとも二ダースは指紋が残っていて、全部あなたのものだった。あなたがお父さんの殺害に使われた手袋をスイカの中に隠した事実を認めないかぎり、話が先に進まない。そのことをあなたに確かめようとは思わないわ。事実だとわかってるから」

ジャネットの目にすっと霧がかかった。指先がクッションに食い込み、顎がひきつるようにぴくぴくと二度動いた。

「認めなかったら? あなたが事実だと言うことを。その時はどうなるの?」

「手袋をシャーウッドに渡すわ。あなたがあそこに隠したと言って。あとは彼とあなたとの問題」

「認めた時は?」

「その時は、まず、あなたにいくつか訊いておきたいことがある」

「手袋は持ってきたの？　あなたが持ってるの？」

「持ってきたわ」

「今ここにある？　見せてちょうだい」

ドルはジャネットの顔に目を向けたまま慎重に考えた。ジャネットの胸が大きく波打っているところを見ると、酸欠状態になっているようだが、油断はできない。その気になったら、なにをしでかすかわからない。もし手袋を見せて、手をのばせば届くところにあると知ったら、思い切った行動をとるかもしれない。ドルはジャネットがテニスでスマッシュを決めたり、軽々と鞍にまたがるところを見たことがあった。彼女は決してひ弱な女性ではないのだ。

「ばかなことは考えないで」ドルは言った。「もし手袋を見せて、あなたが奪おうとしたら、大声を出すから。警察が駆けつけてきたら、どうするつもり？　わたしが声をひそめてるのは、わたしのためじゃなくて、あなたのためよ。手袋は安全な場所に保管してある。あなたの説明を聞いたら、シャーウッドに渡すつもり。わたしが彼になにを言うか、なにを言わないかは、あなた次第ね」

ジャネットの胸の起伏が小さくなった。表情も変えず、肩をゆっくりと落としただけで、ほとんど身じろぎもせずに座っていた。と、突然、体を引いて背筋をのばした。それがあまりにも唐突だったので、反射的にドルは身構えた。

「スイカの中に隠したのはわたしよ」ジャネットは言った。「なにが知りたいの？」

「わたしが知りたいのは――」ドルはためらった。「その前に言っておきたいことがあるの。わたしは自分が思っていたほどタフな人間じゃなかった。人が口にするのもおぞましいような行動をとることがあるのは知ってる。娘が父親を殺した事件も知ってる。頭で理解できるから平気だと思っていたけど、実際はそうじゃなかった。もしあなたの話が――あなたの話から、わたしが想像しているような恐ろしいことが起こったと察した場合、どうしていいかわからない。たぶん、あの手袋を応接間の名刺受けにのせて、あとは警察に任せて、口をつぐんでるかもしれない。そんなことにかかわる義務は、だれに対しても――わたし自身に対してもまったくないんだから」

ジャネットはまっすぐドルの目を見つめながら言った。

「わたしは父を殺していない」

「そうであることを祈ってる。じゃあ、だれ？」

「わからない」

「あの手袋をどこで手に入れたの？　だれかに隠すように頼まれたの？」

「だれにも」

「どこで手に入れたの？」

「見つけたの」

「どこで？」

「バラ園で」

「バラ園のどこ？」

「茂みの陰。根を覆ってる腐葉土の下で。地面に掘り返した跡があったから、モグラかと思って、突ついてみたの。そうしたら、手袋が埋まっていた」

「いつのこと？」

「昨日の午後遅く――五時半頃だったかしら。バラ園のパーゴラで本を読んでいた時、ハシバミの藪で鳥の鳴き声がしたので見にいったの。それから、またバラ園に本を取りに戻って、その時よ、手袋を見つけたのは」

ドルは眉を寄せて考え込んだ。「バラ園に最初に行ったのは何時頃？」

「四時か、もう少しあと」

「あなたがパーゴラで読書している間に、だれかがあなたに見られずにそこに手袋を隠すことはできた？」

「無理よ、ぜったい。一〇ヤードぐらいしか離れてないもの」

「じゃあ、あなたが鳥を見に行っている間ということね。パーゴラを離れていたのはどれぐらい？」

「十分ぐらいだったと思う」

「だれか見かけなかった？　声がしたとか？」

「ハシバミの藪の中にいたから――あの藪の深さは知ってるでしょ」

「いいえ。ハシバミとマツの区別もつかないぐらいだから」ドルは目を細めて神経を集中した。「手袋をいったん持って帰らなかった? それとも、その時すぐ隠したの?」

「ええ。それが――持って帰ったの。テニスコートのほうで話し声がしたから、わたしも行こうと思って。それで、まず部屋に靴を履き替えに戻った。その時、本と手袋を持ってきて、あそこに置いたわ」ジャネットは書き物机を指した。「手袋をあの引き出しにしまって。それからテニスコートに行った。それから十分もしないうちに、あなたも来たわ」

「あなたが今朝言ったことはほんとう? バラ園にいる間そのあたりでだれも見かけなかったというのは?」

ジャネットはゆっくりと、だが、きっぱりうなずいた。

「ええ」

「手袋をスイカの中に隠したのはいつ?」

「今朝。早い時間に。早起きして」

「一人であそこに行って、スイカを切って、中身をくりぬき、手袋を押し込んで、また皮をかぶせておいた。そう?」

「ええ」

「なぜくりぬいた中身をわざわざ堆肥置き場に捨てたの?」

「そこにあるほうが自然だと思って。なにも――なにも残しておきたくなかったから」

「ナイフはどこから持ってきたの?」

「物置から」

「使ったあとで戻しておいた?」

「ええ」

ドルはこの部屋に入って初めてジャネットの顔から目をそらせた。肘を膝におき、指の関節を口に当てて目を伏せた。不自然なところはどこにもなかった。少なくとも、ないように思えた。ジャネットが言った時間を何度も頭の中で確認し、彼女の行動を順番に追ってみた。東側の丘陵地の周囲の状況《ミザンセン》を思い起こしてみた。どこにも矛盾はないし、つじつまの合わないところもなかった。

ようやくドルは顔を上げた。「わかったわ。とにかく、今は聞いたことをとりあえず飲み込んで、あとでゆっくり消化することにする。もちろん、あなたがなぜ手袋を隠したかという問題は残ってる。だけど、無理に聞き出そうとは思わない。あなたが話してくれたことが全部事実だとしたら、考えられる理由はひとつだけだから。あれがだれのものかわかっていたから。そうでしょ？」

ジャネットは両手で膝をつかんだ。そして、ほとんど聞き取れないぐらいの声で答えた。「ええ」

ドルはうなずいた。「やっぱり。でも、見つけた時なぜ部屋に持って帰って引き出しにしまったの？　持ち主に返せばよかったのに」

「だって——あそこで見つけるなんて、ちょっと変だったから」ジャネットは咳払いしたが、さすがに声がかすれていた。「そのまま取っておこうと思って」

「記念にというわけね。ところが、あとになってなにがあったかわかって、みんなが手を調べられたうえ手袋の話が出たから、心配になって、あの手袋にワイヤーの跡がないか調べた。その結果、手袋の持ち主をかばう決心をした。たとえ、彼があなたのお父さんを殺した犯人だとしても。そういうこと？」

「違うわ」ジャネットはつぶやいた。「そうじゃない。彼は犯人じゃない。彼はなにもしていない」

「なぜそう言えるの？」

「だって、彼は……。あなたにもわかるはずよ。わかってるんでしょ——マーティンだと」

「つまり、あれがマーティンの手袋だと、見てすぐにわかったというのね？」

「ええ」

「やっぱりね。あなたが書いた詩を読んだり、あなたの様子を見たりすれば、マーティンをどう思っているか、だれにだってわかる。あなたは自分の気持ちを隠そうとしないし。部屋の引き出しに手袋をしまったのは、それがマーティンのものだから。あなたがかばいたいのは——どんな犠牲を払ってでも守りたいのは、マーティンしかいない。わかってたわ。でも、彼の手袋だとしたら、どうしてマーティンが犯人じゃないと言い切れるの？」

「あの人がそんなことするはずないもの」ジャネットは組

んだ手をよじった。「あの人にそんなことができる？ できっこないわ。あなたにだってわかるでしょう。だれかがあの手袋を使って——あの人に罪を着せようとしたに決まってるわ」

「考えられなくはないけど」ドルは眉をひそめた。「あなたがそう思いたいのはよくわかるし、少なくとも、ほかのだれかがあの手袋を使わなかったとは言い切れない。でも、そうだとしても、マーティンに罪を着せようとしたとはかぎらないでしょう。土の中に埋めてあったのなら、発見されない可能性もあるから」ドルは目を細めてジャネットを眺めながら考え込んだ。「あなたが変わってるのは——とても個性的な女性ということは知ってるわ。それでも不思議でしかたがないの。あの手袋がなにに使われたかわかった時点で、なぜマーティンに返さなかったの？ どこで見つけたか説明して、あとは彼に任せればよかったのに」

「そんなこと——わたしにはできないわ。あの人がどんなにショックを受けるかと思うと……」

「そんなにまで彼のことを……。でも、あなたのそんな気持ちは彼には通じなかった。彼はあなた以外の、あなたよりも金持ちの女性と婚約してしまった。だから、あなたは言えなかったのね。それで、黙ってスイカの中に隠した」

「ええ」

「こんなことをしたら、お父さんを殺した犯人に罪を償わせることができなくなるかもしれないとは考えなかった？——いえ、撤回するわ——あなたがなにを考えたか、あるいはなにを考えなかったかは、わたしがとやかく言うことじゃない。あなたがああいう行動をとったのは事実で、今さらどうしようもない。でも、わたしに言わせれば、愚かにもほどがある。あなたにはどうでもいいことかもしれないけど」

ドルは立ち上がると、鞄を椅子の上に置いて蓋を開けた。それからスカートをたくしあげて手袋を取り出し、ストッキングをきちんと直した。「これよ」手袋を持ったまま言った。「まさか、こんなことになるとは思ってなかったでしょうね」ドルは手袋を鞄に入れて蓋を閉めた。「これから下に行って、これをシャーウッドに渡す。だいじょうぶ、あなたのことは言わないから。いい新聞種になっただろうし、あのブリッセンデンがとびついてきただろうけど。きっと、ほかの女性の恋人を好きになった気持ちを根掘り葉掘り訊こうとしたでしょうよ。だから、やっぱりあなたは愚かよ」

ドルは鞄を持って戸口に向かった。ジャネットのソプラノが追いかけてきた。「でも、きっとばれるわ――だって――わたしの指紋が――」

「わたしに任せて。極力あなたを巻き込まないようにする。もし追及されたら、覚悟を決めることね。愛する人のためなら、女性はそうするでしょ」ドルはドアを開けて廊下に出た。

一階におりて応接間に入った瞬間、不運な偶然にめげそうになったが、なんとか持ちこたえた。偶然というのは、クイル巡査部長がそこにいて同僚としゃべっていたこと、そして、入ってきたドルが鞄を持っているのを見て、ちょっとからかってやろうと思ったことだった。

「やあ、ボナー嬢！」巡査部長はドルの前に立った。「わたしの忠告を聞く気になったようですな。鞄ごと持って歩けとは言わなかったが。銃ですよ、わたしが言ったのは。ちょうどこのミラーに話していたとこです。ありゃたいしたものだって。彼にも見せてやりたいな」彼は手をのばした。「さしつかえなければ」

ドルは一瞬、心臓が止まりそうになった。頭の中で素早く考えた。もし断わって、その結果、この警官が強引に鞄を奪い取って同僚の前で開いたら、とんでもないことになる。ドルは内心の動揺を隠して、にこやかに笑いかけた。

「いいですとも、巡査部長。でも、あとにしてもらえるかしら。シャーウッドさんに呼ばれてるから……」

ドルはクイルの前をさっと通りすぎて、カードルームのドアを開けると中に入った。そして、ドアを閉めようとしたが、ついてきたクイルがドアを押さえたので、しかたなくそのままにしておいた。部屋の中にいた別の警官が止めようとして近づいてきたが、ドルはそれを無視してテーブルに近づいた。ブリッセンデンは窓際に立って外を見ていたが、邪魔が入って振り返った。シャーウッドと眼鏡をかけた助手がテーブルにつき、もうひとり、やけに鼻の大きい、ワイシャツ姿の大男が、テーブルの奥に座っていた。そして、今朝ドルが座っていた椅子にシルヴィア・ラフレーが座っていた。

シャーウッドが無作法な妨害に文句をつけたが、ドルは返事をしなかった。鞄をテーブルに置くと、蓋を開いて、手袋を取り出して投げ出した。

「これです。見つけたわ」

「いったい——これは、なんと!」

ブリッセンデンが椅子を倒さんばかりの勢いで駆け寄ってきた。ワイシャツ姿の男も立ち上がってのぞき込んだ。しかし、男たちの注視はシルヴィアに遮られた。シルヴィアも立ち上がっていたが、手袋を見た瞬間、思わず声をあげたのだ。呆然として手袋を見つめている。手袋を取ろうとしてのばしたシャーウッドの手が、宙で止まった。

「どうしたんです、ラフレー嬢」彼は訊いった。「これに見覚えがあるんですか?」

シルヴィアはあとずさりして、怯えた目をドルに向けた。ドルはそばに行って肩を抱いた。「だいじょうぶよ、シルヴィア。シルヴィア、なにも心配しなくても——」

「どいてください、ボナー嬢」シャーウッドが遮った。「ラフレー嬢がこれに見覚えがあるのなら——」

ドルは彼に体を向けた。「見覚えがあったらどうだというの? これがだれのものか突き止められないんじゃないかと心配してるわけじゃないでしょう? こんな重要な手がかりが手に入ったのよ。シルヴィアがショックを受けたのなら、立ち直る時間ぐらいあげたらどう? これがだれのものか知ってるのなら、必ず教えてくれるから」

「あなたは知ってるのか?」

「いいえ」ドルはシルヴィアの肩をそっと叩いた。「見たことがない。手袋に残っている跡を見て」

シャーウッドは手袋を手に取り、男たちがまわりに集まってきた。クイル巡査部長は検察官の肩越しにのぞき込みながら、唇を堅く結んでゆっくり首を振った。ブリッセンデンは恐ろしい形相で眉をひそめた。眼鏡の助手は半信半疑といった様子だ。ワイシャツ姿の男は、手袋の片方をつかんで窓際に行った。

巡査部長がつぶやいた。「これだ。実験したのとまったく同じですよ、この跡は」

ブリッセンデンがうなった。「どこで見つけたんだ?」

「待て、大佐」シャーウッドが手をのばして、手袋の片方をテーブルの、シルヴィアの前に置いた。「よく見ましたか、ラフレー嬢? ボナー嬢は見たことがないと言ってる。あなたはどうです?」

シルヴィアは手に取ろうとしなかった。ドルが代わりに受け取った。「シルヴィア。しっかりして。これでなにもかも決まるわけじゃないのよ。これはただひとつの事実というだけで、ほかの事実とどうつながるかは、あなたにもわたしにもわからない。わかっているのは、この手袋がストーズ殺害に使われたということだけ」

シルヴィアは手袋を取るには取ったが、ドルが話している間に手から落としてしまい、手袋は床に落ちた。クイルが近づいて拾った。シルヴィアはドルを見上げた。「あなたの言いたいことはわかるわ。でも、ドル——これは昨日、わたしがニューヨークで買った手袋なの。わたしが買ったの」

「そうだったの。ショックを受けたのも無理ないわ。買ったあと、どうした?」

「マーティンにプレゼントした」シルヴィアは唾を飲み込んだ。「彼と賭けをして負けたの。昨日、わたしがマーティンとレンといっしょにオフィスを出たのを覚えてるでしょ。ランチを食べに行く途中で、〈ゴードン〉に寄ってこれを買って、賭けの借りを払ったの」シルヴィアは顎を震わせて、ドルのスカートをつかんだ。「どこで——どこでこれを——」

「シルヴィア!」ドルは低い声で呼びかけた。勇気を出してこらえてほしいという願いを込めて。ドル自身、一度だけ、たった一度だけ、男の前で泣いたことがあったが、世界中のどんな女性にもそんなことをさせたくなかった。とりわけ、シルヴィアには。ドルは男たちに顔を向けた。

「ラフレー嬢は昨日の午後、十二時から一時の間に、ニューヨークの四八丁目にある〈ゴードン〉で、この手袋を買って、賭けに負けた代償としてマーティン・フォルツに渡したそうよ。これでいいでしょ。彼女を解放してあげて。わたしなら――」

ブリッセンデンが息巻いた。「用がすんだら解放する。あんたは考え違いを――」

「だったら、わたしはここでは奇特な存在ね、少なくとも、頭を使って考えてるわけだから」ドルは沈んだ声で言った。「あなたがたはだれかの気持ちを傷つけずに殺人事件の捜査はできないらしいけど、この女性をいじめてもなんの意味もないわ。それに、今の状況では、わたしの気持ちを尊重したほうが得策じゃないかしら。これを見つけたのは名探偵のわたしよ。今わたしの話が訊きたい？　それとも、明日の朝刊で読むことにする？」

ワイシャツの男がからからと笑った。「ボナーといったな。マグワイアだ。お見知りおきを。ブリッジポート署の署長です。うちの連中が何人かここに来てるが、まだひとりとして手袋を見つけたやつはおらん」彼はまた大きな声で笑った。

シャーウッドは面白くなさそうな顔で彼を眺めていたが、やがて巡査部長に顔を向けた。「フォルツを連れて来い――――いや、ちょっと待て」今度はドルに顔を向けた。「名探偵ぶりを披露してもらえるかな。どこでこれを？」

ドルはシルヴィアのそばに椅子を引き寄せて座った。そして、シャーウッドを見た。「披露するほどのことはそんなにないわ。わたしは特に手袋を探してたわけじゃないんです。もちろん、頭のどこかに引っかかっていたけど。偶然、菜園に入って堆肥置き場を見ていたら、スイカの果肉が山になって捨ててあった。まだ熟しきってなくて、不思議なことに、果肉だけで皮がどこにもなかった。それで、ぴんときたんです、だれかが皮を切り取って、中身をえぐりだし、そこに手袋を詰め込んで、また皮をかぶせておいたんじゃないか、と。百万分の一の可能性もないのはわかっていたけど、とにかくスイカ畑に行って調べてみたの。すると、切れ目のあるスイカが見つかって。皮をはがしてみると、中に手袋が入っていた。それで、今こうしてここにあるわけ」

ブリッジポート署のマグワイアが、シャーウッドのほうに身を乗り出した。「そのスイカを調べよう。指紋が残っているはずだ——スイカはそのままにしておいたでしょうな、ボナー嬢？」

ドルは首を振った。話しているうちに気が変わったのだ。

「指紋のことはわたしも思いつきました。それで、全員の指紋を取って、それからスイカを堆肥置き場に運んで、採取用の粉をふりかけた。でも、指紋は採取できなかった、わたしの指紋がついていただけ。それで、スイカを拭いて、また畑に——」

「証拠隠滅だ！」ブリッセンデンがどなった。

「まあまあ、大佐」シャーウッドが手をあげて制してから、ドルを見た。「わかってるだろうが、ボナー嬢、手袋を見つけてくれたことには感謝する。あなたのめざましい活躍ぶりは、賞賛に値する。しかし、指紋採取は専門家の仕事だ。それに、そのスイカを無断でいじったのは甚だしい越権行為だ。証拠改竄は、深刻な問題になる場合がある。裁判になったら——」

「手袋を見つけたのはわたしよ」

「それはわかってる。しかし、全員の指紋を取ったと言ったが、それには時間がかかる。つまり、手袋を発見したのは一時間以上前ということだな。貴重な時間を無駄にして——」

「わかってると言っただろう。それがどういうことか忘れたわけじゃないし、感謝すべきだと思っている。とにもかくにも、持ってきてくれたんだから。確かに、感謝はしてる。だが、スイカを拭いたって？　いったい、どういう料簡で？」

「粉まみれになっていたからよ。手袋を見つけたのがわたしだということを忘れないでよ」

マグワイアがまた大きな声で笑った。シャーウッドは皮肉な口調で続けた。「つまり、そのスイカはもはや役に立たないということだな。いずれにしても、あとで取って来させよう——クィル、フォルツを連れて来い。それから、グライムズに関係者全員の居場所を確認しろと言え」巡査部長は出て行った。「お二人も出てください。またあとで来てもらいます、ラフレー嬢。ボナー嬢はああ言ったが、あなたをいじめるつもりなんかない。ただ、昨日の朝、ストーズ氏となにを話したか、それに関して、まだ訊きたいことが残ってるんです」

「先に行って、シルヴィア」ドルは言った。「わたしはここに残る。シャーウッドさんが許可してくれれば」

「わたしも残るわ」シルヴィアが顎をそらせた。

だが、シャーウッドはシルヴィアはきっぱり断わった。「ラフレー嬢、申しわけないが、許可することはできない。手間をかけさせないでください」

シルヴィアはなおも言い張ろうとしたが、ドルは加勢してくれず、検察官は頑強だった。望みはなさそうだった。

シルヴィアは立ち上がった。ドルは戸口まで送って、シルヴィアの腕を握りながら顔を見つめた。それからテーブルに戻ってきて、シャーウッドの目を見た。

「手袋を見つけたのはわたしよ。このうえ、まだなにをしろと――」

「わかりましたよ」シャーウッドは両手で空気を押した。「おとなしく座っててください。これ以上邪魔しないで。いいですね」

警察署長がまた大きな笑い声をあげた。

12　薄氷を踏む

クイルに案内されて入ってきたマーティン・フォルツは、ドル・ボナーの目には、最近ずっと酒びたりになっているような感じがした。しかし、ドルはそれが見せかけだと知っていた。マーティンについてはいろいろ言いたいこともあるが――男の風上にも置けないやつだとか――ストレスを酒で発散させているとは思えなかった。ひ弱で、世間体ばかり気にして、そのくせ快楽主義者で、頭も外見もそこそこだが、シルヴィアの足元にも及ばないと思っていた。もっとも、ドルがシルヴィアの相手にふさわしいと認めるような男はこの世には存在しないのだが。

彼はシルヴィアがさっきまで座っていた椅子に腰かけると、ドル・ボナーに穏やかな、ちょっと意外そうな目を向けた。内心のいらだちを隠しているのは、みっともないまねをしたくないからだろう。問いかけるように眉を上げてシャーウッドを見た。

検察官は腕組みして椅子の背に寄りかかっていた。手袋は右手に持って、その右手を左腕で隠しているので、マーティンには見えなかった。咳払いしてから、話しだした。

「あなたに来てもらったのは、フォルツさん、捜査に進展があったからです。犯行に使われた手袋を見つけました」

マーティンは額に皺を寄せた。「それなら――」いったん言いやめて、また続けた。「では、犯人もわかったんですね」額の皺が深くなった。「それでぼくが呼ばれたんでしょうが――ぼくは今この家で変則的な立場にあって、ぼく自身は必ずしもそれを歓迎していないことをわかっていただきたいんです。ぼくはこの家ではなんの権限も責任もありません。ラフレー嬢の婚約者というだけで。彼女に頼まれたから、カボット氏との――弁護士との内輪の相談にも出たんです。ぼくに言われても――」

「それは誤解だ」シャーウッドは彼から目をそらさなかった。「家長代わりとして来てもらったわけじゃない。この手袋のことで、訊きたいことがあるからだ」そう言うと、急に身を乗り出して腕をのばし、フォルツの鼻先に手袋を突きつけた。「これに見覚えがありますか？」

マーティンは反射的に身を引いた。それから、怒った声で訊いた。「なんですか、これは？」

「手に取ってください。よく見てほしい。見覚えがありませんか？」

マーティンは手袋を受け取った。六対の目が彼に注がれた。彼は手袋を——素材の革を、指の部分を、手首の折り返しを——眺めてから、視線をシャーウッドに戻した。灰色の目に不安が浮かび、日焼けした顔が青ざめていた。ドルはこらえきれずに言った。「この人、気絶するんじゃないかしら」

マーティンが緊張した声で言った。「これはぼくの手袋だ。いや、ぼくの手袋に似てる。どこにあったんですか？」

「手のひらの部分を見てください。いや、そっちじゃない。跡がついているでしょう？　ワイヤーの跡だ。ストーズを絞殺したワイヤーの——彼の首に巻きつけて引いたワイヤーの跡が」

マーティンはかすれた声で訊いた。「どこにあったんです？」

「それは今は言えない」シャーウッドはまた椅子に寄りかかった。「わかったでしょう、フォルツさん。あなたを呼んだわけが。どうです？」

「わからないな。どうしてこれがぼくのだとわかったんですか？」

「ラフレー嬢から聞いたんです」

「シルヴィアから——」マーティンは目を見張った。「シルヴィアが——つまり、彼女がこれを——」彼は急に立ち上がった。「彼女を呼んでください！　ラフレー嬢と話したい！」

クイルが二、三歩近づいた。まるでママに会いたいと泣いているだだっ子だ。ドルは思った。いっそ、シルヴィアは親のない子を養子にすればいいのに。シャーウッドが言った。「とにかく座ってください。ラフレー嬢にさっきここで、この手袋を見せたんです。昨日、賭けの代償として これを買ってプレゼントしたと言ってました。これはあなたのもので、殺害に使われた。あなたがストーズを殺したんですか？」

マーティンは彼の目をとらえた。「違う。ラフレー嬢に会いたい」

「これが終わったら会えますよ。座って。ストーズの首にワイヤーを巻き、この手袋をはめてワイヤーを引き、彼を絞殺しましたか？」

「いいえ」

「そうですか。とにかく、座ってくれませんか？」

シャーウッドは待った。マーティンはドルを見たが、懇願するようなまなざしではなく、むしろ、なにもかもお見通しだと言いたげだった。ほんとうはとても過敏な神経の持ち主なのだ。ドルは思った。それに、知能も高そう。うまく才能を生かしたら、衆に抜きん出た存在になれただろうに。ドルが考えている間にマーティンは椅子に腰かけたが、またいつ立ち上がるはめになるかわからないという様子だった。

検察官がさりげなく訊いた。「これはあなたの手袋ですね、フォルツさん？」

「だと思います。よく似ています」

「昨日、ラフレー嬢からプレゼントされたんですね？」

「ええ」

「昨日の午後、ニューヨークから車で帰った時、これを持っていましたか？」

「はい」

「昨日の午後四時四十分から六時十五分の間、この手袋はどこにありました？」

「さあ」

「わからないんですか。では、四時には？」

「わかりません」

検察官の次の質問は、ブリッジポート署のマグワイアの不満の声に遮られた。マグワイアに身振りで呼ばれて、シャーウッドは立ち上がって部屋を横切った。ブリッセンデンも部屋の隅に行った。署長の低い声が聞こえた。マーティンはドルを見た。「まさか、ぼくがこんな目に遭うなんて。シルヴィアを連れてきてくれないか？」

ドルは彼が気の毒になった。彼女は首を振った。「しっかりしてちょうだい、マーティン。あなただけがこういう目に遭うわけじゃないから」

三人が戻って来て、また椅子に腰をおろした。シャーウッドはテーブルの、彼の前に置いてある書類の中から一枚を探し出すと、ブリッセンデンとマグワイアのほうに滑らせた。それから、マーティンに話しかけた。「この手袋をどうしたか順を追って話してください。昨日、家に帰ってから」

「これがぼくの手袋だという前提で？」

「もちろん。それは立証できる」

「ぼくの昨日の行動はもう話しました――思い出せるかぎり正確に話した。家に帰ったのは三時頃だった。手袋は家に持って行きました。それは確かです。というのは、部屋で着替えをしていた時――」

「ジマーマンがいっしょだったんですね」

「ええ。彼と話しながら着替えました。手袋はウールの上着のポケットに入れた。ぼくはいつもテニスをする時、上着を持っていくんです」

「しかし、手袋は？　昨日は暖かかった」

マーティンは顔をしかめた。「ひとつ言っておきます。ぼくはなにひとつ立証できないし、弁護もできない。ただ事実をありのままに話しているだけです。運転する時、あの上着を着ることもあるし、手袋をはめることもあります。そうしない時もある。とにかく、あの上着に手袋を入れたんです」

「わかりました。それから？」

「これももう言ったが、ジマーマンとしばらく話をしました。それから、外に出て、ラフレー嬢とチザムのところに行った。上着はたぶん――椅子の背もたれにかけたと思います。たいてい、そうしてるから。しばらくすると、チザムがここに行くと言って出ていって、その直後にラフレー嬢も行きました。ぼくは家に残っていた――これももう話したはずですが。それから、執事のデ・ロードがぼくに訊きたいことがあると言ってきて――」

「上着はまだその場にあったんですね？」

「あったはずです。しばらくしてぼくもバーチヘイヴンに行くことにした時、腕にかけて持ってきましたから」

シャーウッドはうなずいた。「応接間の椅子にかけてあった上着ですね」

「そのことも説明したでしょう。サンルームのテラスから入り、脇の廊下沿いに東テラスにまわって、応接間に入ってから、食堂で一杯飲むことにして、上着は置いていった。それきり忘れていて、昨夜遅くなってから、ベルデンがしまっておいたと言って廊下のクローゼットから出してきてくれたんです」

「応接間の椅子に上着をのせた時、ポケットに手袋は入っていましたか？」

「さあ。覚えてません」

「覚えていない？　ここに来るために家を出た時にはあったんですか？」

「さあ。気にもしてなかったので」

「いつまでポケットに入っていたんですか？　最後に見たのは？」

「部屋で、手袋を上着のポケットに入れた時が最後です」

「それっきり見た覚えがないんですね？」

「そう言ったでしょう」

ブリッセンデンが不満の声をあげた。マグワイアは大きな鼻を指先でいじり、シャーウッドは二人をちらりと見てから、また苦い顔でマーティンを見た。「思い出す時間はたっぷりあったはずですよ、フォルツさん。まさか、その間に記憶がますます欠落したわけじゃないでしょう。あなたは公平な人らしい。全員に可能性がありますよ。あなたが家にいる間にあの上着から手袋を抜き取ることができたのは、チザム、ジマーマン、そして、あなたの家の使用人たち。ここに来てから上着が応接間に置いてあった時に抜き取ることができたのは、ストーズ夫人、ランス、ストーズ嬢。もっと対象を絞ることはできませんか？」

マーティンは抑揚のない声で言った。「どうも気に入らないな。頭から疑われるなんて。ぼくは事実をありのまま言ったし、ぼくの話に矛盾はなにも――」

「それは違う」シャーウッドはこぶしでテーブルを叩いた。「何者かがここに災いをもたらした。それがあなただとしてもおかしくない。われわれはもうさんざん振り回された。ランスは嘘を押し通そうとした。チザムもそうだ。ジマーマンは頑として口を割らないが、いずれ後悔するはめになるだろう。あなたはどうでしょうな。昨夜遅く、執事が上着を持って来た時、手袋がなくなっているのに気づかなかったというのか？　たとえ、その時気づかなかったとしても、今朝、われわれが手袋を捜していると知った段階で気づいたはずじゃないか。なのに、なにも言わなかった。なくなっていると気づいたのに、なぜ黙っていた？　わたしには訊く権利があると思うが、どうかな、フォルツさん？」

「あるでしょうね」マーティンは不安そうに体を動かした。彼が怒声を極度に嫌っているのをドルは知っていた。「もちろん、手袋がなくなったのは気づいてた、昨夜のうちに。しかし、手袋がなくなったと知らせても、なんの役にも立たないと思った。手袋がなくなったのはもうわかってたはずでしょう。警察が敷地をくまなく捜しまわっていたじゃありませんか。それに、ぼくは――ぼくはそのことで根掘り葉掘り訊かれたくなかった。尋問されるのは嫌いなんだ」彼は鋭い声で言った。「好きな人なんかいないでしょう」

「しかし、昨夜、あなたは自分の手袋が殺害に使われたらしいと気づいたはずだ。どうです？」

「その可能性は考えました。もしそうだったらどうしようと思った」

「だれかに言いましたか？　手袋がなくなっていることを？」

「いいえ」

「ラフレー嬢にも？」

「言うわけないでしょう。彼女はそれでなくても大変なんだから」

物音がして、シャーウッドがそちらに目を向けた。ブリッセンデンが立ち上がって、椅子を後ろに押しやったのだ。

大佐はドルの後ろを通り、テーブルの端をまわって、フォルツの前に立ちはだかった。

「おい、フォルツ」彼はいらだった声を出した。「嘘をつくな。真相は知らんが、ほんとのことを言ってないのは確かだ」

マーティンがこらえきれずに言った。「どうしてぼくがこんな我慢を――」

「黙れ！　こっちは我慢に我慢を重ねてきたんだ。こんなたわ言は聞いたことがない。あの手袋を上着のポケットに入れていて、夜までずっと入ってるかどうか気づかなかっただと？　よくもそんな白々しい嘘を！　ただですむと思うなよ」大佐は軍隊式にくるりとまわってシャーウッドに顔を向けた。「あんたは責任者だろう。警察は頓馬ぞろいなのか？　この女をここから出してくれたら、こいつから別の話を聞き出してみせる。長くはかからない。なんなら、署に連行してもいい。こいつが所得税を払っていようがいまいが、関係ない」彼はまたマーティンに向き直った。「あんたなんかよりずっと手ごわいやつを相手にしてきたんだ。白状させられないなんて思うなよ」

「思いませんよ――あなたならやるでしょう」マーティンは蒼白な顔になって、声も震えを帯びていた。「ぼくが正しく理解しているとすれば」

「やっとわかったようだな。しゃきっとさせてやろう、記憶が戻るように」

ドルは心の中でつぶやいた。なんて幼稚なサディスト！　この男の体にピンを突き立ててやりたい。ドルはマーティンが痛みに対して極端な恐れを抱いているのを知っていた。つねってやると言われただけで、彼にとっては極度の威嚇なのだ。だが、いくらうぬぼれ屋の大佐でも、まさかそこまではしないだろう。はったりに決まっている。

「嘘なんかじゃない」マーティンは声を震わせながら言った。「それに、ぼくは臆病じゃないが、病的なほど痛みに敏感だ。もしぼくに――ぼくに触れたりしたら、どんなことでも口にするだろう。そんなことをして、なんの役に立つというんですか？」それとわかるほどの戦慄が彼の体を走った。「まさか、そんなことはしないでしょう？　ぼくはこの手袋に関して知っていることは全部話したんだから」

大佐は無言で、みずから弱虫だと認めた男を軽蔑した様子で見つめていた。やがて、彼はため息をついた。「いやはや」お手上げというしぐさをして、首を振ると、自分の椅子に戻った。

マーティンはシャーウッドに話しかけた。「聞いてもらいたいことがあります。今、上着から手袋が抜き取られたのに気づかなかったと言っても信じてもらえなかったでしょう。だからこそ、なくなっているのに気づいた時、知らせなかったんです。知らせたところで、なにかの役に立つとは思えなかったし」声がいくぶん落ち着いてきた。「ほんとうは知らせたかったんです。上着を応接間の椅子にかけた時、手袋は確かにポケットに入っていたと言えたらと思った。そうすれば、ランス以外の全員を除外することができる。ぼくはランスに好意を持っていない。友人のジマーマンを除外できただろうし、それに――それにレン・チザムも。しかし、こんな重大な問題を、自分がこうしたいからというだけで決めることはできない。それよりはほんとうのことを言ったほうがいいと思ったんです」

「今からでも遅くありませんよ」検察官はそっけない口調で言った。「あなたはなにも言わなかった、手袋が見つかって追及されるまで」

「捜査を妨害したなら謝ります」マーティンはじれったそうに体を動かした。「そんなことになるとは思わなかったんです。ちなみに――うかがっていいですか――どこで見つかったんですか？　屋敷で？」

「いや。ボナー嬢が発見したんです。本人の話を信用すればだが。だが、さしあたりはどこで見つけたかは彼女の胸に納めておいてもらいましょう」

「彼女が！」マーティンは眉をあげてドルを見た。「それで、みんなの指紋を取りたがったのか」

ドルはうなずいて、小声でそうだと答えた。それから、検察官に言った。「わたしはだれにも言わないけど、さっきはラフレー嬢も聞いていたでしょう。彼女には他言しないように言わなかったわ」

「それはたいしたことじゃない」シャーウッドは椅子に寄りかかって腕を組み、口をすぼめて、沈痛な表情でマーティンを眺めた。「わかってるだろうが、フォルツさん、あなたの説明には納得できない。事実だとしたら、しかたがないが、それでも納得できないことに変わりはない。犯行に使われた手袋が発見され、それがだれのものかわかった。しかし、それから先が続かない。ただひとつはっきりしたのは、犯人は昨日の午後この手袋が入っていたあなたの上着に近づくことのできた人物であり、それは部外者ではないということだ。もっとも、それはすでにほかの状況から判明していたが」

彼は耳たぶを引っ張った。法廷で、旗色が悪くなった時よくするしぐさだった。「こういう事件の捜査が――ストーズ氏ほどの社会的地位のある人物が殺害された場合の捜査がどういうものか知ってますか？　今は日曜日の午後だ。ニューヨークのストーズ氏のオフィスには市警察から警部が出向いて、副社長から話を訊き、オフィスを捜索している。われわれも昨夜、ストーズ氏の書斎を徹底的に捜した。ニューヨークの彼の知人は、仕事関係も社交関係も含めて、全員から話を訊くことになっている――今ここでやっているように。それだけじゃない。全員の経歴をできるかぎりくわしく調べている。言うまでもないが、特にストーズ氏との関係をだ。あなたも例外ではない。正直なところ、これまでのところ、昨夜あなたから聞いたことと矛盾するような事実は見つかっていない。あなたとストーズ氏は親しい友人であり、喧嘩したことも、喧嘩の原因となるようなこともなかった。四年前に隣の土地を買って以来、あなたはよき隣人であり、ストーズ氏はあなたを被後見人であるラフレー嬢の婚約者として喜んで受け入れた」

「そのとおりです」マーティンが小声で言った。

シャーウッドはうなずいた。「疑っているわけじゃない。すでに確認しました。しかし、あなたに言っておきたいことが三つある。ひとつは、犯人がはめていた手袋が発見され、それがあなたのものだということ。それについてあなたの言い分は聞いたが、事実は事実だ。二つめは、明朝、この州の法務長官がここに到着し、彼はわたしよりずっと短気な男だということ。三つめは、今すぐ説明したほうが得策ではないかということ――ストーズ氏とあなたの友人のジマーマン氏がなぜ衝突したかを」

不意を打たれ、マーティンはぎくりとして背筋をのばしたが、なにも言わなかった。シャーウッドが促した。「どうです？」

「あいにくだが」マーティンは憤然と言った。「なんの話かわからない。ぼくはなにも知りません」

シャーウッドは身を乗り出した。「知らない？　昨日の朝、ジマーマン氏がストーズ氏を訪ねたのは知ってるでしょう？」

「ええ」

「ラフレー嬢が廊下で会った時、彼が動揺していて、致命的な傷と言ったことも」

「ああ」

「そして、その数分後にストーズ氏がラフレー嬢に殺してやりたい男がいると言ったことも」

「ジマーマンのことじゃない」

「じゃあ、だれです？　あなたかわたしか、さもなければ、郵便配達とでも？　ジマーマン氏に決まってる。その少し前に彼のオフィスを出たんだ。ジマーマン氏はなにを話し合ったか頑として言おうとしない。いいですか、ジマーマン氏はあなたの古くからの親しい友人だ。彼とは長いつきあいだ。そして、ストーズ氏もあなたの友人だった。あの二人が反目していて、あなたがそれを知らないなどということがあるだろうか？　もちろん、知っていたはずだ。それとも、気づかなかったと言うんですか？　手袋がなくなったのと同じで」

マーティンは手のひらを上にして手をあげた。「ほんとに知らないんです」

「知らないで押し通すのか？」

「しかたないでしょう。なにかでっちあげないかぎり。ストーズとジマーマンは気が合わなかった。残念なことだが、事実です。ストーズは厳格な人間で、現代心理学を道徳的に不穏当だと考えていたが、ジマーマンはストーズと正反対で、よく彼をからかっていました」

「ジマーマン氏が昨日の朝ストーズ氏を訪ねた理由は知らないで通すつもりか？」

「知らないものはしかたない」

「やれやれ」ブリッセンデンがだれにともなく言った。

「やれやれ」彼は繰り返した。「ちょっと締め上げるしかなさそうだな」

シャーウッドは立ち上がった。そして、窓際に行って、そばのトチノキの枝に証拠でも引っかかっていないかと期待するように外を眺めていた。しばらくするとテーブルに戻ってきて、暗い顔でマーティンの頭を眺めてから、肩を上げて三秒ほどその姿勢を保ってから、また肩を落とした。そして、椅子の脚を蹴飛ばしてから、腰をおろした。

「ちょっと試したいことがあるんだが、ダン」そう言ったのは、ブリッジポート署のマグワイアだった。立ち上がってシャーウッドに近づいた。「手袋を貸してくれないか」

シャーウッドが手袋を渡すと、マグワイアはマーティンに近づいた。「これは昨日買ったばかりだそうですね、フォルツさん」

「ああ」

「はめてみましたか？」

「いや。ああ——店で買った時」

「はめてもらえませんか？」

「それは……」

「お願いしますよ。協力してください——ああ、それでいい」彼はドルに向かってウインクした。「ボナーのようにちょっと頭を使ってみようかと思ってね」彼はマーティンの右手首をつかんで、手袋をはめた右手が目の前に来るようにした。「指を曲げてください。ぎゅっと。開いていいです。もう一度。あと二、三回お願いします」マーティンは言われたとおりにした。

「ありがとう」マグワイアはそっと手袋を脱がせると、それを窓際に持って行って、明るい光の中で見つめた。二、三分すると、彼はだめだったという顔で首を振りながら、テーブルに戻って、手袋をシャーウッドに投げ返してから、腰をおろした。「昨日犯人がワイヤーを握った時にできた皺とくらべようと思ったんだが。手袋が新しいから」彼は説明した。「こういう今風の着想は、やっぱりだめだな」

「思いつく人間次第だろう」ブリッセンデンがにこりともせずに言った。

シャーウッドは目を閉じてうつむいたまま、しきりに眉をこすっていた。しばらくすると、彼は深いため息をついて顔を上げた。

「いいでしょう、フォルツ。今のところはこれで。だが、薄氷を踏んでいることは忘れないほうがいい。ここの敷地から出ないように——これはお願いではなく命令です——ウェイル、チャンドラー知事に電話してくれ——自宅にいるはずだ——クイル、ハーリーに言って、バーチヘイヴンで捜査に当たっている連中に、一時中止してH署に集まって指令を待てと伝えさせろ。それから、ボナー嬢と菜園に行って、どのスイカか訊いてここに持って来い。ひょっとしたら、足跡が残っているかもしれん。途中で、執事にここに来るように言ってくれ。それから、だれかをフォルツの家にやって、デ・ロードという男を連れてきてくれ。執事が終わったら、その男から話を聞く」

数分後に菜園に向かう小道をクイルと二人で歩きながら、ドルはむっつり黙り込んでいた。心の中であれこれ考えたり心配したりしていたわけではない。自分自身に対する怒りと、もうひとりの女性に対する憤りに燃えていたのだ。ドルは内心で考えていた。ジャネットは嘘をついた。そして、わたしはそれを鵜呑みにしてしまった。あの強情なジャネットは、わたしの目をまともに見ながら嘘をついたのだ。どうやら、わたしはとんでもない間違いを犯してしまったらしい。

13 信じられないプロポーズ

シルヴィア・ラフレーはロックガーデンの片隅にある灰色の岩に腰かけて、眉をひそめて茶色い毛虫を見ていた。時期はずれに生まれた毛虫は、よたよたと絶望的な様子でシーラベンダーの枝にのぼろうとしていた。シルヴィア自身は絶望していなかったし、もちろんよたよたしてもいなかったが、こんな気持ちになったのは生まれて初めてだった。よよと泣き崩れて寝込むか、ヒステリーの発作でも起こしたかったが、彼女の若い健全な精神は、悲劇に見舞われた女性が示しがちな、そういう弱い安易な反応を軽蔑していた。とはいえ、安易に流れがちな気持ちに対抗するためには、並みはずれた自制と自重が必要だった。悲しみは彼女をさいなみ、かたときも心から離れなかった。シルヴィアはP・Lを心底敬愛していた。未開社会で、愛する人を亡くした女たちが、髪をかきむしり、胸を叩いて悲しむのが理解できた。しかも、追い打ちをかけるように——

マーティンが事件に巻き込まれるなんて。今、彼はあの男たちといる。彼らの大声や執拗な質問に身をすくめながら——そんな彼が目に見えるようだ——あの手袋の説明をしているだろう。わたしが彼のために買った手袋の。シルヴィアはぞっと身震いして、この不運な結果を悔やんだ。マーティンの潔白はみじんも疑わなかった。しかし、いかにもシルヴィアらしいことだが——世間知らずのお嬢さんなのは事実だったから——あの手袋のことでマーティンにいらだちを感じていた。わたしがプレゼントした手袋なのに——手のひらの部分に残っていたあの忌まわしい跡はなんだろう——今頃、警察は彼になにを訊き、彼はなんと答えているだろう。

「シルヴィア。いや——ラフレー嬢」

シルヴィアは顔を上げた。近づいてくる足音は聞こえなかった。草の上を歩いてきたらしい。「シルヴィアでいいわ」彼女はものうげな声で言うと、敢えてこの侵入者に関心を向けようとした。気分転換になるかもしれない。「まあ、顔が真っ青よ」

　スティーヴ・ジマーマンはうなずいた。「気にすることなんかなにもない」彼はシルヴィアを見おろした。水のような薄い色の目はひたむきで、鼻孔がぴくぴく引きつっていた。彼は草の上にあぐらを組んで座ると、六フィートほど離れたところからシルヴィアを見つめた。「ぼくが気にするという意味です。ぼくは見た目を気にしたことがない。世間では、肉体的な優雅さや魅力のない男はそのことに劣等感を抱くものとされているが、ぼくは感じたことがない。もちろん、ぼくは世間離れした人間ですが」

「あら。そうなの？」

「ええ、もちろん。世間がなんだというんだ？　ぼくは高《ハイ》度に知的な《パーセレブラル》人間です」

「ハイパーって『とても』という意味でしょ？」

「というより、極度にという意味です。度を越えたという意味に使うこともあります」鼻孔がまたぴくぴく動き、彼は指の腹で鼻をこすった。「昼食のあとずっと話したいと思ってたんです。少し前にあなたがこっちに向かうのを見かけたから」

「それで？」

　シルヴィアの顔は彼より頭ひとつ上にあった。彼はシルヴィアを見上げた。「考えずにそういう安易な受け答えをしてしまうんだろうな。あなたの脳は単純な知覚刺激に慣れているから。きわめて曖昧な表現だが、厳密に正しい表現をしても、あなたには理解できないでしょう。ぼくはこれまで経験したことがないほどつらく困難な過程を経てこの結論に達したんです。あなたにプロポーズしたい。事態を明確にし、予測されるあなたの質問にそなえて、最初に断わっておきたいんですが、まずマーティンに知らせるべきだと思ったが、決心してから今までにその機会がなかった。彼はあなたやほかの人たちと書斎にいたし、そこからカードルームに連れて行かれた。だから、機会がなくて——

——」

　シルヴィアが遮った。「なぜ連れて行かれたか知らないでしょう？」

「どうせ、すでに何十回と訊いたことをまた質問するつもりで――」

「違うわ」シルヴィアは岩の上で座り直した。「警察は手袋を発見したの。ドルが見つけた。ワイヤーの跡もついていた。その手袋は、わたしが昨日買って、賭けに負けたしるしとしてマーティンにプレゼントしたものだった。それで、彼が呼ばれたの」

ジマーマンは薄い色の目でシルヴィアを見つめたが、なにも言わなかった。急にいっさいの動きを止め、息さえしていないようだった。

「どうしたの？　なぜそんな目でわたしを見るの？」シルヴィアが鋭い声で訊いた。

「すみません」だが、彼は目をそらさなかった。「ドルが手袋を見つけたと言いましたね。どこで？」

「庭で。スイカの中に隠してあったそうよ」

「というと、菜園か？」

「ええ」

「しかし――」ジマーマンは口ごもった。しばらくすると、ずっと息をつめていたかのようにふっと深く息を吐いた。

「警察は手袋を発見した。そして、マーティンのものと判明した。それが捜査の役に立つんだろうか？」

「さあ。マーティンの役に立たないのは確かよ。わたしにも、ほかのだれにも」

「マーティンはなんて？」

「さあ。答えようがないでしょう。なぜそこにあったかわからないと言うしか。ほかにいいようがある？」

「確かに」ジマーマンはゆっくりうなずいた。「なるほど。それが警察の切り札だったのか――スイカの中の手袋が。手袋なんか持ってなければよかったのに。ついてなかったな」彼は顔をしかめると、光がまぶしすぎるとでもいうように目を閉じた。しばらくして目を開けると、シルヴィアを見て、唐突に言った。「とにかく、それはぼくがしようとしているプロポーズとは関係ない。もちろん、これはオーソドックスなやり方ではないし、ずいぶんぎこちない感じがするでしょうが、どうか現在の状況に免じて大目に見てほしい。ぼくと結婚してください」

彼は座ったまま薄い色の目でシルヴィアを見つめた。シルヴィアの頭に同時に三つのことが浮かんだ。第一は、自分の耳がどうかしてしまったにちがいないということ。第二に、この男の頭がとうとう完全にいかれてしまったようだということ。第三に、悲劇にしろ、悲喜劇にしろ、単なる喜劇にしろ、蓄積されていた彼女への思いが、一気に噴き出たらしいこと。弱々しくこう訊くのが精いっぱいだった。「なんですって?」

「びっくりするのは無理もない」ジマーマンは言った。「あなたがこれまでにこんなことを思いついたことがあると考えるほど、ぼくはうぬぼれてはいない。思いつくわけがない。しかし、あなたは考えもしなかっただろうが、これにはれっきとした理由があるんです。あなたは若いが、あなたの精神は必ずしも浮ついたものでないことを知っています。ぼくたちの結婚には、いくつも利点がある。ぼくたちだけでなく、社会に対しても利点があり、それはあなたがほかの相手を選んだ場合には決して得られないものだ。そのことを話そうと思うんですが、その前にはっきりさせておきたいことがある。そうしないかぎり、あなたは聞いてくれないだろうから。まず障害を取り除かなければ」

信じられないことだが、彼はひたむきで真面目そのものだった。頭がおかしくなったわけではないらしい。シルヴィアはあっけにとられて声も出なかった。ジマーマンは話しつづけた。

「最大の障害は、あなたとマーティンとの婚約です。それを取り除くことはぼくにはできない。ぼくはそれを無視しているし、あなたもそうすべきだとしか言えない。彼はぼくの親友だが、ぼくには友情より大切な問題が三つある。第一はあなただ——このことはあとで説明します。第二はぼくが仕事から得ている利己的な満足。第三はぼくの仕事の目的、つまり、人類を現在陥っている泥沼から救い出すこと。だから、あなたにマーティンを無視してもらいたいんです。その助けになることを教えましょう。愛と呼ばれている現象には——きわめて曖昧な表現だが——さまざまな要因や形がある。性的要因は簡単に移転可能で、そのことは昔から何百万回となく証明されてきたが、つなぎ止めるにはロマンチックな感情あるいは神経症的なこだわりがなくてはならない。だが、あなたの場合はそうではない。それは別としても、あなたのマーティンに対する愛着は、主として、あなたの母性本能の作用であり――この愚かしくもロマンチックな言葉は嫌いだが、あまり専門的な話はやめておきましょう――それならば愛玩犬でことたりるわけで、あなた自身の子供を持つか、養子をもらえば、それ以上の満足が得られるでしょう。マーティンにとっても望ましいことではない。大の男を子供のように過保護に扱うべきではないからです。それでは、いつになっても軟弱なままだ。明らかに、あなたは母性本能の強い女性で、だからこそ、マーティンのような男を――大人の世界に適応できないでいる与《くみ》しやすい男を選んだのです。無意識のうちに直感的にそれを見抜いて」

シルヴィアは呆然自失から立ち直っていたが、口をはさもうとしなかった。岩の上でかすかに体を動かしながら、ジマーマンの話を聞いていたが、それはいくらかなりとでも聞く価値があると思ったからではなかった。

「だから、マーティンは無視することにしましょう。ほかにも小さな障害がいくつもあって、それは人間がなにか提案した場合、避けられないことですが、ぼくが思うに、唯一の大きな障害は、すなわち、ぼくがロマンチックな献身の対象としてふさわしくないことです。ぼくを見てください。鼻孔は馬のようだし、体格は貧弱で、目は生まれつきこういう薄い色です。髪はどこが悪いかわからないが、たぶん、なんとかできるでしょう。これまでやってみる時間がなかったんです。しかし、ぼくはあなたにロマンチックな献身を求めているわけじゃない。あなたがぼくのプロポーズを受け入れる決心をしてくれて、いずれロマンチックな献身を与える準備ができたら――それには練習が必要だろうが――そして、その対象を見つけたら、時機を見て少しずつ解決していきましょう。その時までに、ぼくが必要条件を満たせるようになっている可能性もある。もちろん、今のぼくを見たら、あり得ないこととしか思えないかもしれない。しかし、大昔からのロマンチックな愛着の歴史をひもといて、肖像画や写真その他の証拠から判断するに、愛着の歴史は一連の奇跡の連続なのです。

利点としては、まず私生活面からあげてみましょう。あなたの利点に話を限定します。ぼくの利点は明らかだし、いずれにせよ、あなたには興味がないだろうから。あなたは結婚に伴うすべての社会的便宜を手に入れる一方で、考えうるかぎり最小限の義務しか負うことはないでしょう。例外は経済的な点ですが、あなたはその点では充分すぎるほど余裕があるはずです。使おうが、倹約しようが、あなたの自由だ。あなたの母性本能を満足させる対象を同じ屋根の下に常駐させ、一時的もしくは恒久的に、あなたの好きなようにやっていけばいい。ぼくの知性はあなたが必要とする時、いつでも利用することができ、必要でない時には押しつけないと約束します。あなたがこれまで知ったどの男よりも、そして、これから知る可能性のあるどの男よりも、謙虚に、そして、同時に真のプライドと知性をもって、あなたを崇拝している男が、手をのばせば届くところに一生いるわけです。あなたと知り合ってまだ一年にしかなりません。西部の大学での仕事をやめて、コロンビアからの誘いを受けてここに来て、そして、あなたに出会った。初めて会った日に、全身全霊を傾けてあなたを崇拝するようになった。仕事を崇拝するように、あなたを崇拝しています。生きているあかしとして、この世のたったひとつの純粋な真実と美の象徴として。あなたのおかげでぼくは審美的に豊かな人生を送れるようになった。ぼくはあなたに出会った日に生まれたのです」

シルヴィアは彼のひたむきな薄い色の目から視線をそらすことができなかった。彼の目以外は見ていなかった。そして、やっとの思いで言った。「もうやめて——お願い。それ以上言わないで」

ジマーマンは宙で手を振ってから、また草の上におろした。「わかりました。あなたに気づまりな思いをさせたくはない。個人的感情を口にしたのは、ただあなたにわかってほしかったからだ。第一に、それが存在すること、そして、第二に、ひょっとして幸運にも歓迎されるのなら、表面化できることを。もし歓迎されないのなら、二度とこのことであなたを悩ませないときっぱり約束します——この一年ずっとそうしてきたように。ただ、さっき言ったように、こういうぼくがつねに手の届くところにいるのは、あなたの気に入ってもらえるだろうし、いずれ役に立つこともあるでしょう。もうひとつ私生活での利点は――この点はよく考えてもらいたいのですが――いずれあなたの夫が世間から尊敬される有名人になるという保証です。ぼくは専門分野で支配的な地位につく運命にある。それを証明できないのが残念だが、今はただそう断言するしかない。ぼくにはまさにすべての条件がそろっています――性格的にも、直観力においても、分析力においても――心理学が知識の探針のように人間の頭脳を探り、より深い領域まで調べるのに適した条件が。そのうえ、この仕事に対して厳格かつ情熱的な決意を抱いている。仕事がぼくの唯一の情熱の対象だったんです、あなたに会うまでは。しかし、心配は無用です。ぼくはあなたに対する情熱をコントロールすることができる。ぼくは脳の働きに無理のないことならコントロールできるんです」

彼は額にべっとり貼りついた糸のような髪に一瞬止まったハチには注意を払わなかった。「主たる障害と私生活における利点については、これぐらいにしておきましょう。さて、あなたに考慮してもらいたいのは、ほかのなににも勝る最大の利点――社会にとって、科学にとって、現存するすべての男女、これから生まれてくる男女にとっての大きな利点です。マーティンはあなたの財産がどれぐらいあるか知らないと言っているが、三百万ないし五百万ドルといったところでしょう。その三分の一をあなた個人のために取っておいて――ぼくが必要なのは微々たるものです――そして、残りで心理学研究所を設立して、ぼくが所長になります。この分野についてのあなたの知識が皆無なので、具体的にどういうものか説明するのは難しいが、このニューヨーク州のどこかに広いがあまり高くない土地を買って、実験材料を――大人の男女、子供、赤ん坊を――どんどん安く雇い入れ、こちらの都合でいつでも解雇できるようにしておく。当初の設備には元手の五パーセント以上費やす必要はないから、開発費および経常費のための潤沢な資金が残る。すでに向こう三年の自主研究および実験のプログラムは詳細に準備してあるんです、必要な経費の概算も、ぼくの監督下で想定しうる結果も。長くても十年以内に、われわれの研究所は世界中の心理学者から権威と希望の中心と認められるでしょう。最終的に社会に、人々の日常生活におよぼす影響は計り知れない。人々の知識と幸福を増進し、もっとも高度に発達した器官の有効な働きを可能にするでしょう。あなたがそれを可能にするのです。あなたがその火を燃やしつづける燃料を供給できるのです。それだけでなく、もしあなたが望むなら、それに参加することもできる。ぼくは赤ん坊を使った一連の実験の概要を完成させました。まったく新しいコンセプトに基づいて、遺伝と環境との関係を研究する実験だが、ぼくが総監督をつとめれば、あなたにも完璧にこなせるでしょう。ぜひ、やってもらいたい。きっとすばらしい体験になるはずだ。あなたなら、科学的な訓練の厳密さを会得すれば、申し分なくこなせる。その実験は約二年かかり、毎日十時間をそれに当てることになる。あなたはつねに二十人ないし三十人の赤ん坊と接することができるだけでなく——最終的には二十五人になると思うが——自分の仕事が人類すべてにどれほどの恩恵をもたらすか日々深い満足を味わいながら暮らせるのです」

シルヴィアはさっきから力なく首を振っていた。それでも、いつかこんなことがあったと笑える日がくると心のどこかで確信していた。もっとも、それは食い入るように見つめているこの薄青い目を忘れることができればだろうけれど。「でも、わたしは——」彼女はためらいがちに言った。「これ以上聞けない。わたしはあなたが思っているような女じゃないの——真剣にそんなことのできるような。わたし、すごくわがままなの。そうだわ、研究所を始めるお金なら出せるかもしれない——六ヵ月後にお金が手に入ったら——」

ジマーマンは首を振った。「それじゃだめなんだ。比較的少額の金しか出してもらえないでしょう。財産が手に入っても三分の二を出してくれるわけがない。将来必要になる資金を調達するめどはないんです。だが、主たる目的はそれじゃない——どうやら、まだはっきりさせていなかったようだ。研究所はぼくたちの結婚がもたらす利点のひとつにすぎないんです。ぼくはまだ若いし、いずれにしろ有望な将来がある。頭脳と神経と心血を注いだとてつもないものになるだろうが、心がない。心は詩です。一年前なら、こんな非科学的なことは言わなかったが、あなたに出会ってから、真実はひとつではなく、二つあるのだと気づいたんです。道を照らす真実と、心を温かくしてくれる真実とが。ぼくは温かさが必要だなんて思ったことがなかった、生まれつき耳の聞こえない人が音楽を必要だと思わないように。しかし、今は心からそう思う。厳密に言えば、あなたの温かさを身近に感じたい。ぼくは無駄遣いはしないつもりだ。あなたさえいてくれれば、それで充分なんだから」

彼は言葉を切った。そして、ため息をついて、つぶやいた。「これがぼくのプロポーズです。受け入れてもらえたらと思う。拒絶ではなくて」

シルヴィアは内心で思った。かわいそうな人。なんて、かわいそうな人かしら。

「ぼくはこの春ろくろく仕事ができなかった。夏の間もずっと調子が出なかった」突然、彼はびっくりするほど攻撃的になった。彼の目のように生気のない荒々しさがみなぎっていた。「どんな犠牲を払ってでも、気持ちをすっきりさせなければ」

シルヴィアは目を丸くして彼を見た。これまで礼儀正しく迫られて、やむなく本心を隠すことはあっても、こんなふうに迫られたことはなかった。だから、その考えを思いついた時、よく考えもせずに口にしてしまった。「スティーヴ・ジマーマン！　昨日、P・Lに会いに行ったのはそのためだったの？　彼にこの話をしたの？」

彼はびっくりしてシルヴィアを見たが、一瞬ためらってから、首を振った。「違います。このことは言わなかった。彼にこんな話をするほどぼくは愚かじゃない」

「じゃあ、なにをしに行ったの？　警察にも言わなかったんでしょう。どうしても言おうとしないんですって。いったい、なにを話したの？」

ジマーマンはまた首を振った。「それは言えない」彼は眉をひそめた。「話をそらさないでください。あなたが生まれて初めて味わうようなストレスにさらされている時にプロポーズしているのはわかっています。しかたないんだ。今しかチャンスがない。だから、逃すわけにいかないんです」

「でも、知りたいの。話してくれるでしょう?」

「だめです」彼はきっぱり言った。「いつか、たぶん。あなたがまだ知りたがっていたら、ぼくたちが結婚したら――」

シルヴィアは思わず身震いした。厳密に言えば、スティーヴ・ジマーマンと結婚すると思っただけで身震いしたというより、現在の精神状態のせいだった。「あなたと結婚できるわけがないわ。言ったでしょう、わたしはわがままだって」

「それはかまわない。ぼくだってそうだ。わがままな観点から、あなたに数々の利点を――」

「やめて。お願い」シルヴィアは岩から立ち上がった。「聞きたくない――こんなことをしててもしかたないわ」

そう言うと歩きだした。

「待ってください」ジマーマンは草の上にあぐらを組んだままで、シルヴィアが立ち上がっても顔も上げなかった。「ぼくはなにもかも打ち明けた――自分を抑制しながら。だが、今は心からお願いします――あなたに同情されるほどつらいことはないとはっきり言いたい――ぼくにとって、あなたは不可欠な――」

「やめて! やめてったら!」シルヴィアはまた歩きだした。

「待ってください」ジマーマンが言った。「ぼくを拒絶するのはマーティンのせいですか?」

「わたしはマーティンと婚約してるの」

「しかし、彼のせいで――」

その言葉は宙に浮いた。シルヴィアは行ってしまった。礼儀にもこだわらず、失恋の痛手をこうむった男に同情もせず、その場を去った。

ジマーマンは背を向けたまま、遠ざかっていくシルヴィアを見ようとしなかった。顎が胸につくほど首を垂れ、まぶたを閉じて薄い色の目を休ませた。身じろぎもせず、ただ右手の人差し指でゆっくりと地虫の穴をつついていた。草の上に手を置いて体を支えながら。

シルヴィアは石畳をのぼり切ると――ロックガーデンは坂の下にあった――ためらいながら左右を見まわした。マーティンはもうカードルームを出ただろうか？　屋敷から出ただろうか？　どうなったか知りたかった。彼にスティーヴの信じられないプロポーズを打ち明けようか？　いや、それは彼を当惑させ、怒らせるだけだろう――でも、打ち明けずにいられないだろう。いずれにしても、もう何カ月前から、あの頭のおかしな男と親しくするのは、マーティンのためにならないと思っていたのだ、スティーヴが西部の大学を馘になる前から友達だったというだけの理由で、親身になる義理などないのに。

「ハシバミの藪の前を通りすぎてバラ園に行ってみたが、だれもいなかった。見渡すかぎりあたりに人影はなく、ただ屋敷の東テラスに制服の警官が立っているのが見えるだけだった。警官を無視して通り過ぎるのも気が進まなかったので、右に曲がって、屋敷の裏手に通じる坂をのぼった。調理人の手伝いをしているエレンという娘が、大きな袋を苦労しながら運んでいた。娘が目を赤く泣き腫らしているのにシルヴィアは気づいた。あの娘は泣きながら同時に働くことができるのに、わたしにはどっちもできない。ガレージに続く小道を横切って、西の芝生に出ると、テニスコートのそばの椅子が二つ埋まっていたので、近づいていった。

マーティンではなかった。ドル・ボナーとレン・チザムだった。シルヴィアは少しためらってから、二人に近づいた。レンは酒のグラスを手にしていた。そばのテーブルにウイスキーの瓶と水差しがのっている。レンはシルヴィアを見ると、立ち上がって椅子を引いた。シルヴィアは首を振って訊いた。

「マーティンは？」

ドルが答えた。「中じゃないかしら。いっしょにカードルームを出たあと、屋敷から出るのは見なかったから」

「なにがあったの？」

「特になにも。手袋を見せられて、マーティンは自分のものだと認めたわ。昨日、着替えをした時、上着のポケットに入れて、その上着をテニスコートに持ってきて、そのあと屋敷に置いたそうよ。最後に手袋を見たのは、自分の部屋で上着のポケットに入れた時だって。だから、だれにでもとることはできたわけ。マーティンはよくがんばったわ、とりわけ、あの血に飢えた大佐に対して。マーティンは書斎に戻ったんじゃないかしら。わたしがあなたなら、しばらくそっとしておくけど。彼のそばに行って額を撫でてあげたいと思ってるなら別だけど。わたしはあの巡査部長と菜園に行って、そのあとでレンがここでまた飲んでるのを見たから、やめなさいと言いに来たの。彼は水割りの濃度をあげただけだけど」

シルヴィアはほんの少し気持ちが楽になった。そして、レンがさっき引いてくれた椅子の端に腰をおろした。「あの指紋はなんのためだったの？」

「さっき説明したのを聞いてたでしょ、スイカの話を」

「ジャネットになんの用があったの？」

「質問攻めね。どうしたの？　白粉を借りたの。切らしてしまって。彼女はヴァレリーの三十三番《トラント・トロア》を使ってるから」

「嘘つき。そうじゃないでしょ。話して」

ドルは唇に指を当てた。「レンがいるところじゃだめ。この人、とても秘密を守れるような状態じゃないから。あとで話すわ」

レンが不満の声をあげた。「ぼくがどういう状態だろうと、だれがジャネットにどんな用があったかとても覚えてなんかいられないよ。肉挽き機を借りたなら別だが。おいしいソーセージがつくれたかも」

「わかった。あなたが話してくれないなら、わたしが話すわ。ほんとは黙ってたほうがいいんだろうけど、なにもかも話すわ。ついさっきプロポーズされたの」

「ああ、あのチューインガムを嚙んでる警官だろ？」

「黙ってて、レン」ドルはシルヴィアの表情に気づいて訊いた。「だれから？」

「スティーヴ・ジマーマン」

レンが酒をこぼした。ドルは息を飲んだ。

「まさか！　彼が――本気で？」

「本気も本気。わたしと結婚して、二百万ドル手に入れて、心理学研究所をつくるんですって。自分の仕事と将来に情熱を傾けていて、わたしは――わたしは審美的にすばらしいって。そして、赤ちゃんの実験を手伝うんですって。あなたも笑えないでしょ。たとえ――たとえ笑いたいと思っても」

ドルは目を細めた。「病気よ。心の平衡を失ってるのよ、彼は」

シルヴィアは首を振った。「彼がしゃべってるのを聞いてたら、そう思わなかったはずよ。滔々とまくし立ててた。マーティンとの友情や――それは捨てたそうだけど――自分の肉体的欠陥や、必ず有名になるとか、わたしの母性本能がどうのとか。あら、また警官が来た。今度はなんの用かしら？　どうしたらいいの、ドル、これが終わる時が来るの？」

「来るわ、シルヴィア。跳び越せないなら踏ん張るしかない。唇を嚙み切ろうとするのはやめなさい」

警官が近づいてきた。「チザムさん、来てもらえますか？」

「ぼく？」

「はい」

「用があるなら、手紙を書けと伝えてくれ」レンはウィスキーの瓶に手をのばして、グラスに一インチほど注ぐと、水差しから水を注いだ。「未配達で戻ってきた、引っ越してしまったと伝えろ」彼はグラスを持って立ち上がると、あとずさりした。「では、お嬢さんがた、失礼。次の幕は見逃したくなかったんだが。期待してたのに」そう言うと、彼は警官のあとに続いた。

ドルは後ろ姿を見送りながら肩をすくめた。それから向き直って、ゴシップ好きの若い娘とはまったく違う口調で訊いた。「教えて、シルヴィア、彼はなんて言ったの？」

14 バーチヘイヴンの夜

その日曜日の夜十時、バーチヘイヴンから十九号線沿いに三マイル離れたところにある州警察H署の会議室には、煙草の煙と緊迫した空気がたちこめ、相反する推理が飛び交い、そして、六人の男がいた。木のベンチに腰かけて、口の端で葉巻を嚙んでいる大柄な男は、ニューヨーク市警察殺人課のクレイマー警部だった。その隣に、ブリッジポート署のマグワイアが、眠そうな、しかし負けん気の強そうな顔で座っていた。制服警官がひとり、入口のドアに寄りかかっていた。ブリッセンデン大佐は、いまだ奇跡のようにすっきりした軍服姿、妥協を許さぬ態度で、小さなテーブルの端に背筋をのばして座り、反対側の端にはシャーウッドがついていた。やつれた顔だが、彼も頑固そうだった。残るひとりは、頭の禿げかけた痩せた中年男で、目の

つりあがった陰気な顔のこの男こそ、この州の法務長官、E・B・リネキンだった。週末をすごしていたヴァーモントから、時速六〇マイルで車を飛ばして、惨事を最小限に抑え、世間の賞賛を分かち合い、正義を回復するためにやってきたのだった。

シャーウッドが話していた。「今のところ、こういう状況です。明らかになんらかの動機があると考えられるのは二人だけ。チザムとランスです。チザムにはチャンスもあった——自分で認めているように、現場に行って、ストーズがベンチで眠っているのを見ているし、フォルツの家を出る前に手袋を手に入れることもできたはずだ。しかし、それだけでは検死審問ですら通用しないし、ましてや陪審を納得させられるわけがない。しかも、彼の動機というのが、職を失ったことだ。それで腹を立てて殺すだろうか？　あの物置小屋に行ってワイヤーを取り出し、現場に戻って入念に木にかけ、その先端をストーズの首に巻きつけた男は、きわめて冷静かつ奸智にたけた人間だ。そして、それには——どういう理由にせよ、それなりの理由があるはず

です」

リネキンが言った。「女もいるそうだが」

「いますよ、四人。ひとりは頭がおかしくて、ひとりは気性が激しくて、ことごとに突っかかってくる。もうひとりは金持ちで、美人で、世間知らず。残るひとりは、なにを訊いても宙を漂っているふりをしてる。まあ、朝になったら確かめてみてください」

「そうしよう」

「ランスだとぴんとくるんですがね、無条件で。それなりの動機があるのはランスだけです。彼の犯行の可能性が高い。しかし、この推理にはひとつ問題があるんです。三人の人間の証言から――ストーズ夫人と娘と執事ですが――ランスはストーズと会ったあと、四時三十分には屋敷に戻っている。そして、四時四十分にはストーズはまだ生きていたことをチザムが証言しているから、この推理を裏づけるには、ランスが四時四十分よりあとに現場に戻ったことを証明しなければならない。少なくとも、その可能性がきわめて高いことを。さらに言えば、現場に戻ったのは、五時二十分もしくは五時二十五分よりあとだと証明しなければいけない。なぜなら、フォルツが応接間の椅子に上着をかけたのがその時刻で、それより前ではランスは手袋を抜き取ることはできないからです。執事は五時にランスがカードルームで手紙を書いていたと言っています。ランスが応接間にあった手袋を抜き取ったあとサンルームから屋敷の外に出て、同じ経路で戻ってきた可能性はあるが、だれも彼が出入りしているところを見ていない。もうひとつの問題は、草の上に落ちていた約束手形だ。ストーズを絞殺したあとで、彼がそこに落としていった可能性はあるだろうか？　なくはないでしょう。パニックに陥っていたとすれば。だが、ランスはあわてふためいてへまをするような男には見えない。もちろん、ランスを容疑からはずすつもりはない。ただこういう問題があると言っているだけです。わたしとしては、ランスの犯行の線がきわめて強いように見えます。どう見えますかな、警部？」

クレイマーは葉巻をくわえたまま言った。「見えるも見えないも。犯人はきわめて運の強いやつですよ。手ごわい相手だ。ランスの線で進めるか、さもなかったら、ほかで動機を探すかだろう。ランス説を押し通すとして、今あなたが言ったようなことしか言えなかったら、陪審は法廷を出る手間さえかけないでしょうな。そうそう、言いましたかな？　うちの署の者がストーズの秘書をロングビーチで見つけたが、彼女は昨日の朝、ストーズとジマーマンがなにを話していたかまったく知らないし、ほかにも知っている人間はいないということだった」

シャーウッドはうなずいた。「ああ、電話をもらった」彼は横目でブリッセンデンを見た。「大佐は今日の午後、ジマーマンをここに連れてきて、口を割らせようとしたんですよ。いや、手荒なまねはしていない。頭を使っただけで。しかし、敵はますます意固地になっただけだった。学はあるが頑固な男で、最悪のタイプだ」

「ぶちこんでやればよかったのに」ブリッセンデンがうなった。「あの小生意気な若造を」

「それには賛成できない。まあ、もうしばらく様子を見よう。検死審問でもしゃべらないようなら、そのときは拘留することにして。それでいいですか、エド？」

「ああ、その時はそうするしかないだろう」法務長官は思慮深そうな表情になった。「慎重に行動してくれているようだな、ダン。今回の関係者は、おそらくランスを例外として、締め上げて泥を吐かせられるような相手ではない。といっても、殺人事件なんだから、しゃべってもらわないと困る。女もいるということだし」彼は唇をなめた。

クレイマーがテーブルに向かってうなずいた。「これがその手袋ですな」手袋はテーブルに置いてあった。「全員にはめさせてみましたか？」

「ああ。ジマーマンには大きすぎ、チザムには少々きつかったが、使えないことはない」シャーウッドはため息をついた。「いや、警部、あなたの言うように、手ごわい相手だ。明朝、徹底的に調べてもらえるとありがたい。では、もう一度、この時間割を見てもらって……」

ブリッジポート署のマグワイアは目を閉じた。

バーチヘイヴンの敷地には夜の静寂と平穏があったが、

それは監視下の平穏だった。敷地の入口では、巨大な御影石の柱に単車がたてかけられ、警官がひとりドライブウェイを行ったり来たりして、眠けをさまそうとしていた。養魚池のそばの、ハナミズキの木立の陰になった現場から三十歩ほどのところにも、警官がひとり見張りについていた。だが、ずっとそこに立っているわけではなく、ちょうど今テニスコートの椅子に座って靴についた砂利を払い落としている同僚と組になって、敷地内をパトロールしていた。屋敷では、ベルデンがいつものように十時に玄関のドアに施錠したが、メインテラスのドアだけは掛け金をかけただけだった。そこにも警官が待機していたからで、応接間の背もたれのまっすぐな椅子に座って無聊に苦しんでいたが、今はテラスに出て、煙草を吸いながら足腰をのばして闇を眺めていた。応接間にいて、もし耳を澄ませていたら、書斎からひそかな話し声が聞こえてきたはずだった。

正確に言うなら、もっぱらジョージ・レオ・ランスひとりの声だった。夕食は昼食と同じくぎこちない雰囲気だったが、そのあとで彼はきわめて巧妙かつ如才なくストーズ夫人を誘導して、夫人自身にその気がなかったにもかかわらず、部屋から誘い出し、屋敷の反対側にある書斎へと導いたのだった。書斎を議論の場に選んだのは、ランスとしては大胆で抜け目ない選択だった。というのも、書斎は屋敷中のどこよりもストーズ氏の私的な空間であり、もしも彼の魂がまだ屋敷にとどまっているとしたら、この部屋にいると考えられるからだ。ランスは夫人にこう言っているかのようだった。ご主人がわたしに挑むことのできる場所にいましょう。わたしは生の世界で彼に勝った。死の世界でも彼から逃れようとは思わない。

そして、十時になった今、彼は最初の堀を埋めることに成功した。夫人は黙認も反応も示さずに聞いていたが、かといって抗議もしなかった。照明は隅の読書灯が投げかける光だけで、部屋は薄暗かった。ストーズ夫人はラジオのそばのソファに腰かけ、両手を組んで膝の上に置いていた。肩を落とし、目は垂れ下がったまぶたになかば隠れていた。ランスは十歩ほど離れた場所で、かつてP・L・ストーズがイランから手回り品といっしょに持って帰ったペルシャ絨毯の上にすっくと優雅に立っていた。立っていたほうが話しやすいのだろう。

「――しかし、それは無力なわたしたちの関心を超えたもので、理解できないことは、さほど大きな罪ではありません。シヴァは理解せよと要求はなさらない。シャクティの儀式は、古代の儀式にせよ、現代の儀式にせよ、知性だけで理解できるものではない。わたしたちは崇拝の対象を理解できないのです。できることは三つ。すなわち、離散、浸透、そして、同一化。第二には、第一を実現できないかぎり達することができない。第三は、第一と第二が完璧に実現できて初めて理解できるものだ。そのためには三つの犠牲を払わなければなりません。自己、自我、自分自身を捧げるのです。少しでも自分が残っているかぎり、完璧なものに近づくことはできません。そして、それには無限の時が前提条件となる。これ以外に栄光に近づく道はないのです。永遠の輪廻に入るには、断片《ディスジエクタ・メンブラ》的な無限の中に人格を収斂させる以外に方法はないのです。生身の人間という揺れ動く中心から無限の距離をおいて――」

夫人はソファに座ったまま身じろぎして、組んでいた手をほどき、そして、また組みなおした。

「――決して止まることのない動きに身を投ずるのです。シャクティ西欧連盟の儀式が魂の破滅を求めるのは、謙虚さと崇高な再生への序奏としてであり、それは肉体の破滅よりずっと高尚なものです。古代の寺院のように生け贄を求めるようなこともない。不肖ジョージ・レオ・ランスは、司祭であり、導師であり、修行者であり、すでに輪廻の輪に入ったわたしにしか――」

応接間にいた警官が、もし息をひそめ身じろぎもせずに立っていたら、この低い声を聞いたことだろう。

二階では、廊下の突き当たりの部屋で、ジャネット・ストーズがブラジル産のシーダー材の机にメモ用紙をひろげ、万年筆を手にして座っていた。以前は、消すのに便利だという理由で鉛筆を使ったこともあったが、二年前にペンに替えた。もし原稿に値打ちが出た場合、インクで書いてあるほうが都合がいいと思ったからだ。ジャネットはまだ寝支度はしていなかったが、靴を脱いでスリッパをはいていた。目は窓辺で揺れているカーテンに向けられていたが、実際にはなにも見ていなかった。自分の心の中を見つめていたからだ。やがて、深いため息をつくと、メモ用紙を眺めた。

あなたに告げることができたら。「わたしの心は死んだ。
わたしの血は流れることはなく、痛みすら消えた。
わたしは死んだように夜の闇に立ちつくし、
夜明けがきても
まだここにいるでしょう。
朝がきて、そして、赤い
太陽がまた沈んでも。

絶望が体中に身震いとなって走った。そして、考えた。こんなことをしても無駄。完成できっこないんだから。詩は穏やかな気持ちで思い起こした感情だと聞いたことがある。でも、神さま、わたしは穏やかな気持ちにはなれない――決して――決して、穏やかな気持ちなんかには。

机の上にのせた両腕に顔をうずめた。肩が激しく揺れていたが、泣き声は聞こえなかった。

ジャネットの部屋から三つ先の、廊下の反対側の部屋は、スティーヴ・ジマーマンに割り当てられていた。バーチヘイヴンの客用寝室の中では最高の部屋ではなく、バスルームの代わりに部屋の奥まったところに洗面所があるだけだったが、それでも、スティーヴ自身がニューヨークの一二二丁目に借りている部屋よりはるかに豪華だった。ベルデンか、メイドか、あるいはその両方が、土曜日の午後のできごとに動転したのは明らかだった。タオル掛けにはタオルが掛かっていないし、ナイトテーブルの上の灰皿には昨夜の吸殻とマッチの燃えかすが残ったままだった。スティーヴはコートを掛けるためにクローゼットを開けようとしたが、どうしても開かないので椅子に掛けた。

だが、こうした手抜かりは、ジマーマンの意識の表面をかすめただけだった。ほかのことで頭がいっぱいだったからだ。クローゼットの扉に錠がおりているのか、なかでなにかが引っかかっているらしいと気づくと、コートを椅子の背もたれに掛けてから、窓際に行って、窓を開け、夜気の中に顔を出した。左手の下からコツコツと足音が聞こえた。目を凝らすと、警官がテラスを歩いていた。ジマーマンは窓際を離れ、ベッドの縁に腰かけて肘を掻きながら、ナイトテーブルのスタンドの後ろに置いてあるブックエンドにはさまれた何冊かの本を眺めた。

十分後もまだその姿勢のままだった。意識の隅で、開いた窓から入ってくる人の声をとらえた。テラスから聞こえてくるようだが、なにを言っているのかはわからなかった。彼は意を決したように、声に出して言った。「このままで通そう。そうするしかない。始めたからには最後まで見届けなくては。ぼくが今度のことでつぶれてしまうとは考えられない。そんな皮肉な結末になるはずがない。まるでアインシュタインがトラックに轢かれるようなものじゃないか」

着替えるために立ち上がった時、絨毯を敷きつめた廊下を通りすぎる押し殺した足音が聞こえた。服を脱いで、昨夜フォルツの家から持ってきた鞄の中からパジャマを出して着替え、またベッドに腰かけて肘を掻いたが、やがて、体の向きを変えて脚をシーツの間に入れた。メイドは少なくともベッドの用意は忘れていなかった。ジマーマンにはひとつ強みがあった。まわりでなにが起こっても眠れるのだ。いつもそうだった。六月のあの夜、シルヴィア・ラフレーを見初めて、彼の厳格な語彙の中に初めてロマンチックな言葉が入ってきた時も、睡眠が妨げられることはなかった。しかし、今夜は電気を消す前に、気持ちをもう少し整理する必要があった。あおむけに横たわって、目を閉じ、口をすぼめ、広い鼻孔をますます膨らませて……。

ドアにノックが聞こえた。遠慮がちな低い音でつづけて三度。ジマーマンは目を開けると、体をよじり、肘をついて体を支えてつぶやいた。「まいったな。まさか今夜。きっとあいつだ」またドアをノックする音がすると、体を起こして言った。「どうぞ」

ノブがまわり、ドアが音もなく開き、男が入ったあと、また音もなく閉まった。

ジマーマンの薄い色の目に驚きが浮かび、いらだった声になった。「なんだ、いったい？」

ウルフラム・デ・ロードの威圧感は、体の大きさというより、荒々しい感じの体つきからくるものだったが、狭い部屋ではいっそう迫力があった。しかも、静かにベッドに近づいてきた彼の知的な顔には、抑えようとしても抑えきれない強い感情が浮かんでいた。彼はしゃがれた凄みのある声で言った。

「あの人はどこだ？　あの人になにをした？」

ジマーマンは膝を引き寄せて起き上がると、相手の顔を見上げた。「なんだ、いきなり？　もう寝てるんじゃないか」

「いなかった。部屋を見てきた。あの人はどこだ？」

「さあ。一階じゃないか。ぼくの知ったことじゃない」

「いなかった」デ・ロードは体のわきに垂らした両手でこぶしを握った。「しらばっくれるな。人殺し！　あの人はどこだ？」

スティーヴは精いっぱい落ち着いた声を出した。「なにを言うんだ、デ・ロード。どうせなら、もっと大きな声で言ったらどうだ？　ほかにも聞きたいやつがいるかもしれない。ぼくが人殺しだって？　言っておくが、あいつがどこにいるか知らない。それに、ぼくがおまえをこわがってるなんて思うなよ。ここはジャングルじゃない——いや、ひょっとしたら、そうかな。とにかく、あいつはどっかそのへんにいるだろう。たぶん、もう寝てるだろう。夕食のあとは見てない。髪の中にヘビでも隠してるみたいなかっこうで、そこに突っ立つのはやめろ——おまえの姿を見てるだけで……」

ジマーマンとしては、この極度に神経質なサルのような男を部屋から追い出さなければならなかった。だから、彼はそのために話しつづけた。

三〇ヤード離れた、反対側の翼棟の一室で、レン・チザムは更紗模様の椅子に座っていた。クッションに十セント硬貨大の煙草の焼け焦げができていたが、彼は気にもとめていなかった。まだ着替えておらず、着替えるつもりもなさそうだった。《ガゼット》の日曜版が床にちらばっていた。床にはウイスキーの瓶と水差しとグラスをのせたトレイが置いてあった。最初、ベルデンはこれを書き物机の上に置いていったのだが、レンが距離を縮めるためにこの場所に置き直したのだった。

彼は弱々しく新聞を蹴飛ばした。邪魔だったからだが、かといって、今のところ立ち上がるつもりはなかった。グラスをとりあげ、たてつづけに二口あおってから、その味気なさに顔をしかめて、しゃがれ声でつぶやいた。その姿勢では気管が狭くなっていたからだ。「ぼくはばか野郎だ。ばか野郎で、ばか野郎だ。ガートルード・スタイン女史みたいな言いぐさだな。闘うことも、降参することも、絞め殺すことも、酔っ払うことさえできない。酔っ払いのまねをしてるだけの哀れなやつ。酔っ払ってなんかいるもんか。酒に溺れてるだけだ。沈まないのに溺れたりできない。いや、とっくに沈没してるかな。溺れてるのは確かだから。だから、いくら酒を飲んだって、無駄なことで……」

警官が二階のマーティン・フォルツの部屋をノックして、彼が部屋にいるか確かめたのは十二時頃だった。ウォルフラム・デ・ロードが奇妙な行動をとらなかったら、もっとずっと早い時刻に確かめられたかもしれない。たとえば、十時四十分にバーチヘイヴンを出た時、見張りの警官に不安を訴えていたとすれば。しかし、デ・ロードがとった行動から判断するに、警官がなんの役にも立たないとすでに確信していたようだ。とにかく、彼は一階におりてきても警官にはなにも言わず、書斎に寄ってストーズ夫人と話してから、応接間を横切って玄関から出た。警官は一瞬彼を呼び止めようとしたが、この状況ではそうしてもしかたがないと考えて、黙って通した。デ・ロードが森を抜けてフォルツの家まで歩いて帰るのに要した時間は、やむをえない遅延だった。車を取りに行かなければならなかったから。

H署にいた男たちが彼のことを聞いたのは十一時二十分、ブリッジポート署のマグワイアに電話がかかってきた時だった。会議はまだ続いていたので、マグワイアは別の部屋で電話に出た。郡の拘置所で宿直をしていた副所長からだった。

「署長ですか？　カミングズです。ゴリラみたいなやつがやってきて、マーティン・フォルツという男に会わせろと言ってるんですが。なんとしても会う気でいるみたいです。フォルツはうちのホテルにいると言ってきかないんですよ、いくらいないと言っても。耳を引っ張って叩き出してやろうとした時、新聞のバーチヘイヴンの殺人事件の記事にそういう名前があったのを思い出して、それで、知らせたほうがいいと思ったんです。そいつはここに突っ立って、フォルツがいるはずだから会わせろと言ってます。それしか言わない」

「その男の名は？」

「ディールデイとかなんかそんな名です」

「切らずに待ってろ」

　マグワイアは受話器をぶらさげたままにして会議室に戻った。しばらくすると、戻ってきて電話に出た。

「カミングズ、その男をH署に連れてきてくれ。今すぐに。いいか？」

「車で来てます。そっちにフォルツがいるのかと訊いてます」

「そんなことはどうでもいい。自分の車で来させていいが、ちゃんと来るようにだれかつけたほうがいいな」

　到着したのは十一時五十分だった。会議室には煙草の煙がもうもうと立ち込め、だれもが疲れきって、いらだった顔で目を血走らせていた。今夜はこれぐらいにしようと思ったところへ、副所長から電話が入ったのだった。デ・ロードは拘置所の看守を従えて入って来ると、さっと部屋を見まわしてテーブルの前で足を止めた。

　シャーウッドが訊いた。「どうした？　どうして拘置所に行って、フォルツに会わせろと言ったんだ？」

　デ・ロードの口が動きかけた。だが、なにも言わなかった。

　ブリッセンデンがどなった。「おまえ、舌がないのか？」

デ・ロードは言った。「会わせてください。どこにいるんです?」

「ベッドで寝てるだろ。そうに決まってる。拘置所にいるなんて、どこからそんなことを思いついた? どういうことだ?」

「ここに連れてきたんでしょう。会わせてください」

ブリッセンデンが立ち上がった。「おい、その前に質問に答えてもらおうか」

デ・ロードにはその気はなさそうだった。少なくとも、自分の質問に満足な答えが得られるまでは、しゃべる気はないらしい。フォルツの居所がわかるまでは、ブリッセンデンがいくらどなっても、その気持ちが変わることはないようだった。とうとうシャーウッドが怒りを爆発させた。

「よく聞け。簡単な単語ぐらい理解できるんだろう。われわれの知るかぎりでは、フォルツはバーチヘイヴンでベッドに入ってる。いっそ留置すればよかったが、そうしなかった。彼が留置されたとどこから思いついた? だれから聞いた?」

「だれから聞いたわけでもないです」デ・ロードが深呼吸すると、厚い胸が重量級のボクサーの胸のように膨らんだ。

「六時に届け物があってバーチヘイヴンに行った時、手袋のことを聞いたんです。それで、やっとわかったんです、今日の午後どうしてあんなことを訊かれたのか――あの人の上着とか手袋が入っていたかとか。でも、あなたがたは思い違いをしてる」彼はゆっくりと周囲の顔を見まわした。

「思い違いに決まってる! マーティンさまはそんなことはしていない!」

「そんなこととは?」

「ストーズさまを殺してはいない」

「だれがそんなことを言った? 彼は手袋のことをどう言ってた?」

「警察が手袋を見つけて、それがあの人のもので、その手袋はストーズさまを殺すのに使われた、と」

「そのとおりだ。それで?」

「それだけです。だが、心配してらっしゃるのがわかった。なにかあると恐れているのがわかった。その時はそのまま帰りました。しかし、十時になると、いてもたってもいられなくなって。長年お仕えしてきましたからね。それで、もう一度バーチヘイヴンに行ってみた。応接間にいた警官が、もうみなさん休まれたが、ストーズ夫人とランスさまは書斎だと教えてくれた。マーティンさまの部屋に行ってノックしたが、返事がないので、入ってみたら、いらっしゃらなかった。ジマーマンさまの部屋に行ったが、そこにもいらっしゃらなかった。書斎におりて、ストーズ夫人に訊いたが、ご存じなかった。それで、警察につかまったんだとわかって――あの手袋のせいで、拘置所に連れていったんだと思って、行ってみたんです」

デ・ロードはかがめていた背中をのばした。「あの人はどこです？」

「やれやれ」シャーウッドがうんざりした顔をした。「彼も人間だ、バスルームにでも入ってたんだろう」

「いいえ。探しました」

「じゃあ、どっかそのへんにいたんだろう。ばかなやつだな。わたしが思うに――いや、わたしがなんと思おうとどうだっていい」シャーウッドはドアのそばの椅子に座っている警官に顔を向けた。「バーチヘイヴンに電話して、フォルツがいるか確かめさせてくれないか。ちゃんと部屋にいるか。折り返し電話するように言ってくれ」

警官は出ていった。シャーウッドは立ち上がって、節々を伸ばしながら大きなあくびをした。「いっしょに来ませんか、警部？　ニューヨークに戻るよりいい。八時にここを出たとしても三時間と眠れないだろうから」男たちは立ち上がって帽子を取りに行った。マグワイアは拘置所の看守になにか話していた。法務長官は陰気な顔でブリッセンデンに話しかけ、ブリッセンデンが渋い顔でうなずいていた。クレイマー警部はテーブルに近づいて、シャーウッドが書類を集めてブリーフケースにしまうのを手伝った。だれもデ・ロードには注意を払わなかった。みんなとりとめのない話をしながら、次々と会議室を出ていった。

電話が鳴り、警官が出た。二言、三言話して電話を切ると、警官は上司たちに顔を向けた。

「ハーリーがフォルツは部屋にいると言ってます、寝てたになっていた。いつものマーティンらしくなかった。そして、ドルは奇妙な行動をとりながら、なにひとつ説明しようとしない。だから、シルヴィアはほかのみんなといっしょに早めに二階にあがったものの、不安と悲嘆と危惧を抱えて長く暗い夜をすごすことになるだろうと覚悟していた。ところが、実際には、パジャマに着替え、最小限の身じまいをすませてベッドに入って電気を消すと、長く暗い時間は数分と続かなかった。それまで二十年間、迂回したり遮断されたりしたことのない若い神経回路は、休息を要求し、それを獲得したのだった。十時三十分には、彼女はぐっすり眠っていた。

応接間に待機していたハーリーという警官は、寝静まった屋敷の見張りを命じられたにしては、思ったより退屈しなかった。何度も邪魔が入ったからだ。まずデ・ロードが出入りし、十一時すぎにはストーズ夫人とランスが書斎から出てきて二階にあがり、十二時頃にH署から電話が入って、フォルツの部屋を調べに行った。次にちょっと気分転

そうです」

「部屋に入ったのか？　ちゃんと確かめたんだろうな？」

「はい。部屋に入ったら、フォルツは寝てるところを起こされてむくれてたそうです」

「だろうな。あのばかはどこだ？」シャーウッドは振り向いてデ・ロードを見た。「聞いただろう？　ベッドで眠ってる、だれもがそうしてるように。おまえは別だ。おまえが拘置所に入ればよかったんだ。おまえのような利口なやつはな。行きましょう、警部」

シルヴィアは眠っていた。眠れるとは思っていなかった。

土曜日の夜は一睡もできなかった。そして、この日曜日の夜十時には、彼女の頭と胸を悩ませている状況は二十四時間前よりずっとひどくなっていた。手袋が見つかり、それは彼女自身が買ったものだった。そして、スティーヴ・ジマーマンがなにを思ったか、だしぬけにプロポーズした。彼の目がいまだに忘れられない。それに、スティーヴのことを打ち明けた時のマーティンの妙に超然とした態度も気

換ができたのは、その三十分ほどあとだった。テラスに煙草を吸いに行って戻ってくると、二階からかすかなノックの音が聞こえた。耳を澄ましていると、しばらくしてもう一度聞こえた。関与すべきことかどうか少し自問したが、結局、様子を見に行くことにした。クイル巡査部長から手書きの見取り図を渡され、どの部屋にだれが泊まっているか知らされていたので、確かめるために階段をのぼっていった。

廊下の電気はフォルッの部屋を訪ねたあと消しておいたので、改めてつけた。右手の廊下には人影はなかった。それで、反対側の廊下を進むことにした。廊下の真ん中あたりまで来ると、男が立っていた。巡査部長から午後中ずっと飲んだくれていたと教えられたチザムという大柄な男だった。ハーリーは足音をしのばせて、だが、しっかりした足どりで近づいた。こういう屋敷で夜警に立つのはあまり気分のいいものではなかったが、酔っ払いはどこにいても酔っ払いに変わりはないだろう。

彼は低い声で呼びかけた。「そこでなにをしてる?」

レン・チザムはドアに寄りかかっていた。そのドアをノックしていたらしい。小ばかにしたように眉をあげたが、答えようとはしなかった。

「おい、なにをしてるんだ?」

レンはドアから離れて警官に近づくと、まるで共謀者のように耳打ちした。「座ろう。そうしたら教えてやる。とにかく、座ろう」

ハーリーは不機嫌な声で言った。「酔っ払ってるな。こんな夜更けにジマーマンになんの用だ?」

レンは眉をひそめようとしたが、うまくいかなかった。またドアにもたれかかると、耳打ちするのはやめて大声で言った。「ジマーマンだって?」軽蔑した口調だった。「銀の皿で差し出されても、あんなやつとは口もききたくない」

「だったら、なんで彼の部屋をノックしてた?」

「あいつの部屋をノックしたりしてない。ボナー嬢の部屋を訪ねるつもりだ。今したいのはそれだけだ」

「ここはジマーマンの部屋だ」

「なんだって！」レンは振り返ると、ドアの左上の銘板に鼻をくっつけんばかりにして見入った。指先で銘板に触れさえした。「ほんとだ」よろけながら体の向きを変えた。「ぼくは夜中に男の部屋を訪ねる習慣はない。嘘じゃないから。間違ったんだ」そう言うと、ドアに背中を押しつけ、はずみをつけて体を前進させると、警官の前を通りすぎて、廊下を進んでいった。足どりがぎこちないが、千鳥足というほどではなかった。

ハーリーはあとに続きながら内心で思った。やれやれ、ちゃんと歩けて助かった。こんなでかいやつを引きずっていくのはごめんだからな。場所を教える必要もなかった。レンは角を曲がって主廊下に出ると、ちゃんと自分の部屋の前まで行って、ドアを開け、中に入ってバタンとドアを閉めた。

ドアが乱暴に閉まる、警官は仏頂面でしばらく見つめていたが、やがて向きを変えて、階段をおりていった。

十二時三十分を少しまわった頃、レンの部屋のドアがばたんと閉まった音を聞いた人間はほかにいたかもしれないし、いなかったかもしれないが――ぐっすり寝込んでいたシルヴィアは別として――ドル・ボナーにははっきりと聞こえた。部屋がレンの部屋からあまり離れていなかったしー主廊下をはさんだ隣――眠ってはいなかったからだ。着替えもしていなかった。二つの窓の間に置いた小テーブルの前に座ってメモを取ったり、窓際の椅子に立てた膝に顎をのせて座ったり、靴を脱いで部屋を歩きまわったりしながら、整理のつかない混沌とした状況を考えあぐねていた。この夜十時から二時までの間に、生まれて初めてといっていいほど真剣にいろいろなことを考えた。頓挫した考えもあり、考えるだけでもつらいこともあったが、いずれも決定的なものではなかった。

最初の一時間は、小テーブルに鉛筆と紙を用意して、土曜日の午後の一人ひとりの行動を一覧表にして、さまざまな仮説を立て、蓋然性と可能性の低さとを検討した。しかし、やがてこんなことをしてもなんの解決にもならないと気づいた。推理は何通りも立てられるし、組み合わせも何通りも考えられた。ドルは窓際の椅子に座って、ジャネットがついた嘘のことを考えた。これからジャネットの部屋に行って問い詰めてみようか？

そうしたかった。ジャネットが嘘をついたと気づいた時から、ずっと真相を聞き出したいと思っていた。それは今も同じだ。でも、いまだにためらっていた。まず、いくつかの可能性を頭の中できちんと整理して、もしジャネットがまた嘘をついても、最初の時のように鵜呑みにしないだけの準備をしておこうと思った。それに、ジャネットは嘘をついたことを認めようとしないかもしれない。それならいっそ、彼女の嘘を見抜いたことを知られないほうが都合がいい。いずれにしても、ジャネットに関しては、ドル自身がきわめて微妙な立場に立っていた。もはや取り返しのつかないことをしてしまった。ジャネットにプレッシャーをかけることができたかもしれないのに、その材料はもう存在しないのだ。なぜ衝動的にスイカから指紋をぬぐい取ったりしたのだろう。ドルは後悔した。ジャネットを巻き込みたくなかったのは確かだが、もう少し冷静に考えれば、ほかに方法はあったはずなのに。たとえば、あのスイカをどこかに隠して、別のスイカの表面を切り取るとか。シャーウッドとブリッセンデンは、ドルがスイカに残っていた指紋を消したと知って憤慨したが、もし彼らがそれは手袋をスイカに隠した人間をかばうためだと知ったら、いったいどうなっていただろう。

これは事件の鍵を握る問題だった。ジャネットが嘘をついたことが確かだとすれば、そこから導かれる推理はこれまでとはまったく違ったもので、そうなると、スイカから指紋を消したのはとんでもない間違いだったということになる。もしその推理が間違っていたとしても、ジャネットの嘘を前提にした別の推理も、同じようにどこかに矛盾があった。

ドルは自分の能力に失望し、当惑し、腹を立てていたが、それでも決意は変わらなかった。ベッドに入ることはできないし、眠ることもできない。朝になったら、捜査陣が戻ってくる。警察はジャネットのことも、彼女が嘘をついていることも知らないし、ジマーマンが時機をうかがっていたかのように友情を裏切ったことも知らない。ましてや、レン・チザムがほんとうはだれを愛しているかも。だが、彼らが戻ってくるのは確かだ。そして、まず第一に、ジマーマンの頑固さに業を煮やして、彼を連行して拘留するだろう。それぐらいのことはやりかねない。

十時から二時までの四時間、テーブルの前や窓際の椅子に座ったり、靴を脱いで部屋を歩きまわったりしている間に、寝静まった屋敷の中で、さまざまな物音が聞こえてきた。二階の廊下を歩く足音につづいて、ランスがおやすみと挨拶したのは、たぶんストーズ夫人にだろう。ドルの部屋の真下のカードルームで電話が鳴るかすかな音も聞こえた。しばらくして、また足音がして、それからまた少しあとにも足音が聞こえ、そして、レンの部屋のドアがバタンと閉まる音がした。またそれから一時間ほどたった一時半頃、今度は外で砂利を踏む足音が聞こえた。窓際に行って窓を開け、身を乗り出してみた。しばらく眺めていると、下の小道に人影らしきものが現われて、ぼんやり丸いものが見えた。明るい窓を見上げている顔だった。

声がのぼってきた。「心配ありません。パトロールです」

ドルの神経はささくれだっていた。「あら、芝生をパトロールしてるの?」そう言うと、窓際から引っ込んだ。

バスルームに行って——この部屋には専用のバスルームがついていた——水を一杯飲んで戻ってくると、ベッドの縁に腰かけた。警察はきっとジマーマンを連れていくだろう。ほかにもだれか連れていくかもしれない。ドルは肩を落とし、疲れた目を閉じた。みじめさと不安で額に皺を寄せて。頭の中で現状を整理しようとしたが、うまくいかなかった。いや、整理はできたけれど、いったいこれからどうしたらいいのだろう? なにもかも投げ出して、頭の中をからっぽにし、お手上げだと認めるのか?

いやだ。それだけはいやだ。ドルは座ったまましばらくただ否定しつづけていた。

それから、歯を食いしばって立ち上がった。いつまでもこうしていてもしかたがない。考えられることは全部考えた。思い違いをしていなければ、朝になったらジマーマンは連行される。そうなったら、もうチャンスはなくなり、あとはシャーウッドのところへ行ってなにもかも打ち明けるしかない。ジャネットの話や彼女がついた嘘も、そして、スイカに残っていた指紋のことも。それなら、今やっておかなければならないことがある。ドルは手首に目を向けた。午前二時。六時間後には警察がやってくる。今になっても、ジャネットにぶつかってみるのが一番に思えた。でも……。ドルはいらだたしげに首を振った。そのことはもうさんざん考えたではないか。もし自分で考えている半分でもジャネットを理解しているなら、彼女にぶつかっても無駄だとわかるはずだ。だとしたら、残るはジマーマンだけだ。今の彼には弱みが二つある。大筋のところで間違っていなければ、真夜中だということ、そして、ずっと不安を抱えていたことで、彼は少なからずまいっているにちがいない。シルヴィアにプロポーズして明らかにした心の中の思いは別としても。

そうだ。ジマーマンがいい。ドルはほっとすると同時に決意を固めた。鏡に近づいてのぞき込むと、これ以上ひどくなりようのないありさまだった。化粧直しをしたぐらいでは効果はなさそうだった。ドアに近づくと、静かに、だが、決然とノブをまわして、ドアを引き、廊下に出た。

明かりを取るためにドアを細く開けたままにして、廊下を進み、中央の階段まで出て角を曲がった。闇が濃くなった。ほとんど真っ暗だったので、しばらくたたずんで目が慣れるのを待った。壁とドアの仕切りが見分けられるようになると、歩きだして、最初のドアの前で足を止めた。鍵をかけたこの部屋にはだれもいない。P・L・ストーズの死亡によって、主のいない部屋になってしまった。その隣がジマーマンの部屋のはずだ。ドルは壁をたどって、指先でドアの銘板を探ると、指の関節で軽くノックして返事を待った。返事はなかった。もう一度ノックしたが、やはり答えはない。ほかの人——とりわけ、一階の応接間にいる警官を起こしたくなかったから、そっとノブを回してみた。ドアは錠がおろされておらず、ためらいがちに押しただけで動いた。ドアを押し開けて入った。低い声で「スティーヴ、スティーヴ」と呼びかけたが、ノックした時と同じように返事はなかった。こんな時でもぐっすり寝込んでいるのだろうか。そう思って、そっとドアを閉め、カチッと閉まる音を聞いてから、向き直ってさっきよりは大きな声で闇に向かった呼んだ。「スティーヴ！　ドル・ボナーよ」返事はなかった。その時、突然、部屋が静かすぎることに気づいた。部屋の主が平穏な眠りに落ちているとしても、静かすぎる。死のような静けさがあたりに漂っていた。部屋の中はがらんとしていた。胸をどきどきさせながら、ドルは振り向いてドアのそばの壁を指で探り、スイッチを見つけて入れた。それから、振り返って眺めた。突然の光の洪水にまばたきひとつせずに、その場に立ちすくんだ。

　しばらくは動くこともできなかったが、ようやく動けるようになると、背中のほうに手をのばしてドアのノブを探った。だが、見つけられなかった。体の向きをかえてノブをつかんだ。それで少し体が安定した。そっとドアを開け、廊下に出てからまたそっと閉めた。その場に立ったまま震えながら息をつくと、まるですすり泣いているような音が出たが、それでも気持ちがいくらか楽になった。主廊下に戻り、開け放したままの自分の部屋に入って、窓際の椅子のそばの床に転がっていたオックスフォードシューズを見つけると、椅子に座って、震えの止まらない手で靴を履いた。それから、また廊下に出て階段をおりると応接間に入った。椅子に座っていた警官は、真夜中の二時ちょっとすぎに昼間のままの服装をした若い女性が入ってきたのを見て、びっくりして立ち上がった。

　ドルは震える声で言った。「二階に来て。二階で人が死んでる」

15　捜査再開

こうして、バーチヘイヴン事件の捜査は予定より五時間早く再開されることになった。

「大騒ぎするほどのことじゃない」クレイマー警部は言った。「こんなふうに喉にコードが二重に巻きつけてある理由は三通り考えられる。ひとつは本人が巻いた。あり得ない話じゃないだろう。もうひとつは、犯人が馬鹿力の持ち主で、被害者をベッドにねじ伏せ、膝で押さえ込んでおいて、自分の思い通りにした。ただし、その場合は、片手で被害者の口をふさぎながら、もう一方の手でコードを巻きつけなければならない。第三は、まずコードを被害者の首にきつく巻いて気絶させ、それから改めて締め上げる。さしあたりは、これがいちばん可能性が高いと思う。ぜったいにそうしようと思えば、だれにだってできる」

「どうかな。やり方が今ひとつわからない」シャーウッドはスティーヴ・ジマーマンの遺体を苦い顔で見おろしていた。髪が乱れ、眠そうな目をしている。遺体はドクター・フラナーが来るまで動かせないので、ベッドに斜めにねじまがったかっこうで、頭をベッドから落とし、首に電気スタンドのコードをきつく二重に巻きつけたままにしてあった。「被害者がぐっすり寝《やす》んでいたとしても、コードを巻きつけられて引っ張られる前に大声を出しそうなもんじゃないか？　ワイヤーみたいに首の下をくぐらせるわけにはいかない。被害者が声をあげなかったと思うか？」

「おそらく、その暇もなかったんだろう。ほら」警部はベッドのヘッドボードの右側にある壁の床に近い部分を指した。「あれがコードを差し込んであったコンセントだ。ほかに届く位置にコンセントはない。普通なら、もちろん、コードはベッドの後ろの壁際を通ってコンセントに差し込まれている。しかし、用意周到な犯人だったらどうだろう？　あらかじめ部屋に入ってきて、コードをコンセントから抜いて、ベッドの上を通らせてまたコンセントに入れておく。枕でコードを隠しておけば、寝ようとして毛布をどけても、まず気がつかない。枕を動かせば気づくだろうが、その可能性はほとんどないだろう。あとで、被害者が眠ってから戻ってくれば、コードを首の下にくぐらせる必要はない。すでにそこにあるんだから。あとは静かにコードをコンセントから抜けばいいだけだ」

「機敏で体力のあるやつだな」

クレイマーは首を振った。「必ずしも巨漢の必要はない。いったんコードを喉に巻きつけてしまえば、あとはそれをしっかり握って、一分ほどなにがあっても離さないという根性さえあれば。被害者はベッドの上でのたうちまわって、爪を立てようとするしかない。犯人にというよりコードを引っ掻こうとするだろう。喉をなにかで締めつけられたら、反射的にそうするものだ。しばらくして、酸素不足で静かになったら、何重にでも巻きつけることができる」

ベッドの足元に立っていたブリッセンデンがうなった。

「プラグやコンセントに指紋がついているのでは？」

「ああ、探してみたらいい。望みはないと思うが。このところだれもが指紋には神経質になっているからな。あのスイカにもなにも残っていなかったんだろう――少なくとも、残っていなかったと信じることにしよう。わたしの推理を裏づけると思われる事実をひとつ見つけたよ」警部はベッドから垂れ下がっている頭部に近づいて、その上にかがみ込んだ。遺体の顔は紫色で、舌を突き出していた。「これを見てくれ、シャーウッド。首の横のところに跡がついているだろう、今コードが巻いてあるところから半インチほどずれた場所に。これで二つのことがわかる。ひとつは自殺ではないこと。自殺説を否定する理由としては、自分でこれほどきつく首を締めつけたとしたら世界記録間違いないこと、自殺なら枕を床に投げとばしたり、こんなにもがき回ってベッドを散らかさなかっただろうことがあげられる。それに、自分で巻いたとしたら、コードのそばにもうひとつ跡が残っているはずがない。一方、わたしの推理どおりだとしたら、最初に締めつけた時、跡がついて、あとでもう一度締め直した時にコードがずれたと考えられる。むろん、このとおりだったはかぎらない。まず頭に一撃食らって卒倒したのかもしれない。検死官はあとどれぐらいで来る?」

「とにかく、ここを出よう」シャーウッドはクレイマーに言われるままにかがんで傷跡を見ていたが、身震いしながら体を起こした。「フラナーはもうじき来るはずだ。もうここには用はないだろう?」口に手を当て、二度唾を飲み込んで、吐き気を抑えると、体の向きを変えた。「クイル、到着したら、ドクターと写真班や指紋採取係の相手を頼む。廊下にひとり待機させてくれ。わたしたちは下にいる。いいかな、大佐?」

ブリッセンデンは同意の声をあげた。「プラグとコンセントのことを教えてやれ。部屋中くまなく調べるようにと」そう言うと、シャーウッドとクレイマーのあとにつづいて部屋を出た。

主廊下で待機していた警官が近づいてきて、ブリッセンデンに言った。「ストーズ夫人が下で待っています。ほかの人たちはどうしますか?」

「全員に着替えておくように言え。だれも屋敷から出すな」

「わかりました」

一階の応接間には、ホルスターとカートリッジベルトをつけた制服の警官たちが集まっていた。ブリッセンデンはそのうちの二人をクイルの応援に行かせ、別の二人を外でパトロールしている同僚を呼びに行かせた。そして、タルボット巡査部長に指示して、カードルームに電話をかけに行かせた。応接間で待っているはずのストーズ夫人は、たった四分で完璧に身支度をととのえた執事のベルデンと厨房のほうへ行ったということだった。三人はカードルームに入った。明々と灯がともり、タルボットが電話台の前のスツールに腰かけていた。もうひとつの椅子もふさがっていた。シャーウッドはクレイマーに椅子を勧めると、自分も腰をおろして、ハンカチで顔をせっせと拭いた。電話で叩き起こされた時は、腹立ちのあまり顔を洗う余裕もなかったのだ。

「ニューヨーク市警察のクレイマー警部です。こちらはボナー嬢」

ドルはうなずいた。

「ああ、スイカから手袋を見つけた人ですな」クレイマーは葉巻を取り出した。「かまえなくてもいい。そのことを蒸し返すつもりはありませんよ。たいしたものだ。探偵だそうですな」

「ええ。認可を受けて事務所を開いています」ドルはシャーウッドに視線を移した。「ここで待っていたのは、部屋に行ってジマーマンを見つけたのはわたしなので、あなたがそのことを訊きたいだろうと思ったからです」

「もちろん」シャーウッドはしばらく無言でドルを見つめていた。やがて彼は訊いた。「なにをしに彼の部屋に行ったんですか？」

「訊きたいことがあったから」ドルは指先で頬の黒いほくろに触れた。「わたしが説明したほうが時間も手間も省けるんじゃないかしら。わたしは十時から二時まで部屋にいて、一度も外に出なかったし、だれも来ませんでした。着替えなかったのは、ずっとこの事件のことを考えていたからで、あなたが来る前に解決できるんじゃないかと思ったんです。朝になって、あなたがどうするつもりかわからなかったけれど、ひょっとしたら、逮捕するかもしれないし、そうなったら、わたしとしてはどうしようもないわけで、時間を無駄にしたくなかった。いちばんいいのはジマーマンに会って、彼が土曜の朝なぜストーズのオフィスを訪ねたのか、その時なにがあったのか聞き出すことだと思ったんです。朝まで待っていたら、彼に会うチャンスを逸してしまうかもしれない。それで、部屋に行ってドアをノックしました。ドアをあけて名前を呼んでも返事がないので、電気をつけたら、ベッドで彼を見つけたんです。それから下におりて、警官に知らせました」

「なぜわれわれがジマーマンを逮捕すると思ったんですか？」

「彼がしゃべろうとしないから」

「われわれより先に事件を解決できるとどうして思ったんですか？」

「思いついただけです。手袋を見つけて、いい気になっていたのかもしれません」

ブリッセンデンが鼻を鳴らした。シャーウッドは皮肉な口調で続けた。「あなたは死体を見つける才能があるらしい。土曜日にストーズを見つけた時は、だれにも言わずにテニスコートに行って人間観察をしていた。今夜もそうしたんですか？　ジマーマンを見つけたあと、部屋に帰って、われわれに介入させる前に事件を解決しようとしたんですか？　それとも、だれかの部屋に行きましたか？」

「いいえ」ドルはまた黒いほくろに触れた。「こんな時に皮肉を言われなければいけない理由がわからないわ。見つけて二分とたたないうちに警官に知らせました。部屋に戻ったのは靴を履くためです、履いていなかったから。それから、すぐ下におりました」

クレイマー警部が突然、声をあげた。シャーウッドが問いかけるように目を向けたが、警部は首を振った。「なんでもない。ちょっと思いついただけだ、この女性なら気付け薬なんかいらないだろうな、と」

ドアが開いて邪魔が入った。ストーズ夫人だった。ピンクのネグリジェに室内履き、髪は珍妙な器具でうなじでまとめ、化粧オイルが血色の悪い顔にまだらに残っている。目に快い姿とは言えなかった。夫人はテーブルに近づいて、シャーウッドに言った。

「また始まるのね。まだなにか捜したいらしいけれど、そのうちのひとつは見つけたようね。どうしてこんなことがわたしの家で……」非難がましい言い方だった。「昨日、あなたを惑わせてしまったと言いにきたんです。昨日は不覚にも闇に惑ってしまって。それから、まもなくベルデンが警察の方々にコーヒーをお持ちすると言いにきたんです。みなさんもよろしければ」

「ありがとう。惑わせたというのは、ランスがご主人を殺したともう信じていないという意味ですか？」

「言葉どおりの意味です。あなたを惑わせたのです。わたしはもうあなたと同じ世界にはいないのです。だから、あなたに言うべきことはなにもありません。でも――こんなことがわたしの家で起こるなんて」そう言うと、背を向けてドアに向かった。

シャーウッドは夫人を呼び止めたが、収穫はなにもなかった。夫人からなんとか聞き出せたのは、ランスと書斎を出て部屋に入ったのは十一時ちょっとすぎだったということだけだったが、それは屋敷に到着した時、すでにハーリーから聞いていた。この破壊の輪の第二の犠牲者については、夫人はなにも聞いても見てもいないし、なにも知らなかった。

夫人が部屋を出てドアを閉めると、クレイマーが葉巻を噛みしめながらブリッセンデンに言った。「この家には変わった女性がそろっているようだな」大佐が我が意を得たりとばかりにうなった。タルボット巡査部長は電話をかけ終えて、レン・チザムを連れてくるように言われた。入れ違いに警官が入ってきて、ドクター・フラナーと写真係が到着したこと、フォルツの家にデ・ロードを呼びに行った警官が戻ってきたと報告した。シャーウッドは、チザムより先にデ・ロードに会うことにしたとタルボットに伝えるよう警官に指示した。それから、ドルに用があったらまた呼びに行かせると告げた。

ドルは動こうとしなかった。「シャーウッドさん、わたしの立場としては三つ考えられます。第一に、わたしはあちら側の人間で信用できない。第二に、わたしは当てにならない弱い女で邪魔なだけ。第三に、わたしはこの事件を解決したいと心から願っていて、ひょっとしたら、あの手袋を見つけたような僥倖にまた恵まれるかもしれない。このどれだと思います?」

シャーウッドは眉をひそめて彼女を見た。「どれなんです?」

「わたしは事件を解決したいわ。首を突っ込むのは、ただその思いからだけ。昨日は解決できるかもしれないと思ったけれど、今は思っていません。でも――考えていることがいくつかあるの。役に立たないかもしれないけれど、ひょっとしたら、ある種の状況では、間違いを防ぐことになるかもしれない」

「その考えとは? ジマーマンを殺した犯人を知ってるんですか?」

「そうは言ってません。役に立つとしても、そういう意味じゃない。その前に知りたいことがあるんです。たとえば、なぜデ・ロードを呼びにやったか——あら、本人が来たわ。これでわかるわ」

シャーウッドは相変わらず渋い顔をしていたが、やがて肩をすくめて、入ってきた男に顔をむけた。だが、まだなにも訊かないうちに、また邪魔が入った。ベルデンがコーヒーを運んできたのだ。執事はカップに熱いコーヒーを注ぐと、サンドイッチを盛ったトレイをまわし、取り皿とナプキンを配ってから、一礼してカードルームのテーブルから離れた。

シャーウッドが言った。「ついにつかまえたぞ、デ・ロード」

デ・ロードは疲れた様子でうなだれていたが、首には筋肉が盛り上がり、検察官に向けた目には敵意と警戒が浮かんでいることにドルは気づいた。

「どういう意味かわかりません、つかまえたというのが。呼ばれたから来たんです」

「呼ばれた理由はわかるだろう。どうだ?」

「わかりません」

「わからない? 署に来た時、十時頃バーチヘイヴンにフォルツに会いに行って、十時半ちょっとすぎに帰ったと言ったな。間違いないな?」

「はい」

「フォルツが部屋にいなかったから、ジマーマンの部屋に行ったんだな?」

「はい」

「そこでなにをした?」

「ジマーマンさまにマーティンさまがどこにいるか知りませんかと訊いたら、ご存じないということでした。しばらく話をして、部屋を出ました」

「ずいぶん長く話してたようだな。フォルツが拘置所に入れられたと思って、どうしても会いたかったんだろう。警官の話では、二、三十分二階にいたというじゃないか。帰る時、ジマーマンはなにをしてた?」

「ベッドでお休みでした」

「なにをしてた? どんな様子だった?」

「なにも。ベッドで体を起こして話をしただけで。ただ——

――」

「ただ、なんだ？」

「いえ、別に。そのあとでベッドから出たと言おうとしただけです。というのは、わたしは部屋を出たあと、どうしたものかとしばらく廊下に立ってたんですが、内側からドアに錠をおろす音がしたんです」

ブリッセンデンとクレイマーが低い声をあげた。シャーウッドが訊いた。「なにを聞いたって？」彼は顔をしかめた。「本気でそんなことを言ったんじゃないだろうな？」

「間違いありません」デ・ロードは動じなかった。「錠をおろす音がしました」

シャーウッドはため息をついた。「それなら、次にとるべき行動は、ジマーマン殺害の容疑でおまえを逮捕することのようだ」

デ・ロードの顎が上がった。「あの人が――」言葉を切ると、食い入るように検察官の目を見つめた。そして、しゃがれた声で言った。「殺されたなんて、そんな……」

「殺されたんだ。おまえが部屋を出た時のままの姿で上にいる」

「わたしが部屋を出た時は生きていた。わたしが殺したのなら、わたしが部屋を出たあと、起き上がってドアに錠をおろせるはずがないじゃありませんか」

「錠なんかかかっていなかった。それに、あのあと部屋に入って彼を殺した人間もいない。二時にボナー嬢が彼の部屋に行った時、ドアに錠はかかってなかった。だから、錠をおろす音が聞こえたはずがない。嘘をついてるな。どうだ、わかったか？　正直に言ったほうが身のためだぞ、デ・ロード。どうしてあんなことをした？」

男は答えなかった。ドルは彼の首の筋が膨れ上がるのを見た。深く息を吸い込むと、力強い肩がゆっくりとあがった。しばらくその姿勢を保ってから、またゆっくり肩をさげた。それから、挑戦的でもなければ、諦めた様子もなく言った。

「彼を殺したと思うなら、わたしを逮捕すればいいでしょう」

「なぜあんなことをした？　おまえがストーズを殺したの

を彼が知っていたからか？　そうなのか？」

「わたしを逮捕すればいい」

「なぜドアに錠をおろす音を聞いたなんて言った？」

「わたしを逮捕すればいい」

シャーウッドは椅子によりかかった。クレイマーがつぶやいた。「やれやれ、口をふさいでしまったな。時々こういうことがあるんだ」しかし、ブリッセンデンからの過激な提案には反対した。「やるだけ無駄だ。この男の口を見ろ。何人がかりでやっても、くたびれるだけだ」

実際、シャーウッドは疲れ果ててしまった。デ・ロードは頑として口を開こうとしないのだ。検察官はたてつづけに質問し、脅したり、すかしたりしたが、クレイマーが言ったように、デ・ロードは口を閉ざしてしまった。「わたしを逮捕すればいい」というだけで、それ以外にはなにも言わなかった。首を振ることもしなかった。ついに、シャーウッドは警官に言った。

「こいつを連れていって、だれかに見張らせろ。デ・ロード、おまえを重要参考人として拘留する。だれにもこの男に話しかけさせないように。チザムを連れてきてくれ」

ブリッセンデンはデ・ロードの後ろ姿を見守っていたが、ドアが閉まると言った。「わたしにジマーマンを預けてもらってたら、あの男は死なずにすんだし、今日中に口を割らせることができたのに。タルボットにあの男を署に連行させて、言い聞かせてやったほうがいい。わたしがそう言ってると記録に書いておいてください」

「わかった」シャーウッドはぬるくなったコーヒーをぐっと飲んだ。「記録を残すためにやってるんじゃない。この連続殺人を止めたいだけだ」彼は熱いコーヒーをカップに注いで飲んだ。「状況次第では、連行することになるだろう。だが、その前にやれることをやっておこう。わからないのは動機だ。まったく手がかりがない。どうしてデ・ロードがストーズを殺さなければならない？　フォルツだとしたらどうだ？　チザムにすらはっきりした動機がない。ランスには動機があるが、彼だとしたら、ジマーマンはどうなる？　それに、ジマーマンがドアに錠をおろすのをデ・ロードが聞いたのだとしたら、ランスはどうやって部屋に入った？　デ・ロードの犯行だとしたら、なぜ錠をおろすのを聞いたなんてくだらない嘘をつくんだ？　なぜジマーマンを殺した？　いったいなんのためにストーズを殺した？　この二つの事件が別々の人間の犯行だとしたら、いったいだれがなんのためにやった？」シャーウッドはドルを見た。「どうです、ボナー嬢？　なにか思いつきましたか？　わたしがなぜデ・ロードを呼んだか知りたかったんでしょう。ジマーマンがドアに錠をおろすのを彼が聞いていたからですよ。どうかな、この考えは？」

ドルはどう思うか答えるチャンスがなかった。レン・チザムが入ってきたからだ。

優雅さという観点から見ると、彼は最低だった。ドルは彼を見て、内心でつぶやいた。せめて煙草の灰ぐらい落とせばよかったのに。ネクタイは曲がり、シャツの裾がズボンからはみ出し、捨て鉢なプライドを浮かべた顔は、見る人の気持ち次第で滑稽にも健気にも見えた。

彼は男たちを無視して、ドルを横目で見た。「やあ、ここだったのか——ここにいたんだ。また殺人事件の捜査かな？」悪気のない冗談なのは明らかだった。

ドルは答えなかった。レンは眉をひそめて彼女を見たが、諦めて男たちに顔を向けた。「おやおや、おそろいで。まだいたんですか？」彼はなじるようにクレイマーを指さしたが、体が揺れて的が定まらなかった。クレイマーは十二時間前にブリッジポート署のマグワイアが座っていた椅子に腰かけていた。「あんた、鼻をどうかしたでしょう。前に見たのと同じ鼻じゃない。シラノ・ド・ベルジュラックを知ってますか？　言ってみてください、シラノ・ド・ベルジュラック」そう言うと、いきなりシャーウッドに向き直った。「座っていいですか？」

クレイマーがうんざりした顔で言った。「木偶《でく》の坊にものを訊くようなもんだな。ジマーマンの部屋のドアをノックしていたというのはこの男か？」

「ああ。土曜の午後、ストーズがベンチで寝ているのを見たのもこの男だ」

「なるほど。徘徊趣味があるらしい」クレイマーは葉巻を嚙みながら、レンがよろけながら時間をかけて椅子に腰をおろすのを眺めていた。「演技だとしたら、うまいもんだな。酔いがさめるまで寝かせておいてやったら、きっとなにも覚えてないと言うだろう。水に沈めてやったら、発作を起こしかねないし」

シャーウッドはレンを見つめた。「おい、チザム。自分の名前がわかるか？」

「あたりまえでしょう」レンは鷹揚に笑いかけた。「あなたはどうです？」

「相当酔ってるのか？」

「さあ――」レンは額に皺を寄せた。「そうですね。車を運転するのは無理だな。こう見えても分別のありすぎるほうでしてね。だが、自分がどこにいるかぐらいはわかる。ちゃんとわかってますよ」

「それはよかった」シャーウッドは愛想のいい声を出した。「じゃあ、これまで行ったところも覚えてるだろう。たとえば、ジマーマンの部屋に行ったことも。あそこでなにをした？」

レンはむやみに首を振った。「ぼくの部屋のことじゃないですか。ごっちゃになってるんでしょう。ぼくが部屋でなにをしてたかってことじゃないですか？」

「いや、ジマーマンの部屋でだ。きみの部屋からだと、角を曲がって向こう側の廊下沿いにある部屋だ。二時間以上前、きみは闇にまぎれてそこに行ってドアをノックした。覚えてるか？　警官があがってきて話しかけたら、きみはボナー嬢の部屋だと思ったと言ったそうだな。警官が来る前にドアのノブをまわしたそうじゃないか。だったら、ドアに錠がかかっていたかどうか思い出せるはずだ。かかっていたか？」

レンは優越感に満ちた、ずるそうな顔になった。そして、手を振りながら言った。「わかりましたよ、あなたの魂胆が。ぼくを利用してボナー嬢を巻き込もうというんでしょう。その手には乗らない。ボナー嬢の部屋のドアに錠がかかってたら、ジマーマンはどうやって入るんだ？」レンは顔をしかめた。「いや、間違った。ぼくがどうやって入るんだと言おうとしたんだった。それに、ぼくは入ってませんからね。だから、ぼくの部屋の間違いじゃないかと言ったんです。自分の部屋には好きな時に入れるから」

「それはそうだろう。だが、きみがノックしていたドアは——開けようとしたら、錠がおりてたのか？」

レンは首を振った。「だから、なにもわかってないというんだ。錠がおりてたら、開けようとしたって無駄じゃないか。開けられるわけがない」

「わかった」シャーウッドはため息をついた。そして、身を乗り出すと、唐突に訊いた。「ジマーマンになんの恨みがある？　なぜ彼を嫌ってる？」

「嫌ってるって、だれを？」

「スティーヴ・ジマーマンだ」

「ああ、あいつか」レンはうなずいた。「あの小男か」

「どうして彼が嫌いなんだ？」

「さあ。だれかが嫌いでも、いちいち理由なんか考えたことがない。そうそう、あなたも好きじゃないな」

「ジマーマンを殺したのか？　彼をコードで絞め殺したのか？」

レンは横目でシャーウッドを見た。「ジマーマンじゃないでしょう。絞め殺されたのは彼じゃなくてストーズだ」

「訊いてるんだ。ジマーマンを殺したのか？」

「いや」レンはむっとした顔になった。「あなたがやったんですか？」

シャーウッドはため息をついた。彼は振り返った。「ちょっとやってみますか、警部？」

クレイマーは言った。「怒らせるのはまずいな。まあ、やってみよう」彼は立ち上がってレンの椅子の前に来た。

成果は検察官と似たり寄ったりだった。レンののらりくらりとした答弁は、危機から身を守るための抜け目のなさなのか、たんに過度のアルコールが大脳を麻痺させただけかはともかくとして、結果は同じことだった。蟻が螺旋状のコルク抜きをつたうように彼は質問を巧みにすりぬけた。

十分ほどしてクレイマーが打ち切ろうとしたところへ、警官が入ってきて、検死官の報告の準備ができたと伝えた。

シャーウッドはチザムのほうに顎をしゃくった。「この男を連れていって部屋に閉じ込めておけ。手の届くところに酒を置くんじゃないぞ。連れてくるように言うまで部屋から出さないように。なにか食べさせたほうがいいな、食べられるようなら。タルボットにもうひとり玄関を見張らせるように言ってくれ。もうすぐ夜明けだ。フラナーから話を聞いたら、フォルツに会う」

「この屋敷には執事がいて、言えば酒を出してくれる」レンはそう言ったが、それでも立ち上がって、騒ぎも起こさずおとなしく出ていった。入ってきた時よりもっと危なっかしい足どりだったが、腕を取ろうとする警官の手を払いのけた。

「やれやれ」クレイマーが言った。「今度来た時には、なにもかも忘れてるだろう」

シャーウッドは攻撃的というにはあまりにも疲れ果てた声で言った。「ぎゃふんと言わせてやりたいところだが。とにかく、眠りたい。ゆうべ四時間しか寝られなかったというのに、また今夜はこれだ——やあ、先生。どうでした?」

ドクター・フラナーの報告は短かった。どこから見ても、死因は絞殺、解剖によって異なる所見が出る可能性はきわめて低い。絞殺の典型的な徴候が見られる。圧迫部位は二ヵ所。一ヵ所はコードが巻かれていた部分で、もう一ヵ所はそれより少し下、おそらく、最初に同じコードもしくは類似したコードによるものと考えられる。いずれも舌骨のかなり下。絞殺以外の挫傷もしくは外部からの暴力による痕跡は見られない。死後三時間ないし五時間。

検察官はうなずいた。「ありがとう。正午頃、電話します。ことによったら、ストーズの検死審問は延期することになるかもしれない」検死官が出ていくと、彼はドル・ボナーに顔を向けた。「あなたに訊きたいことがある。警官を二階に連れていって、あなたが発見したものを見せたあと、それからわれわれが到着するまでの間に——三十分ほどの間だが、ひょっとしてチザムに会って、なにがあったか教えませんでしたか? 彼は自分の部屋にいましたか?」

「彼には会っていません。あのあとラフレー嬢の部屋に行って、彼女を起こして事件を伝えてから、しばらくいっしょにいました。チザムは見かけませんでした」

「なるほど」シャーウッドは眉をひそめてドルを見たが、そこへ邪魔が入って振り向いた。マーティン・フォルツが入ってきた。検察官は鋭い目を向けた。「かけてください、フォルツさん」

マーティンは傍目にもわかるほど動揺していた。もっぱら憤怒に駆られているようだ。震える声でシャーウッドに食ってかかった。「うちのデ・ロードが下にいるのに、話をさせてくれない！　あなたの命令だというじゃありませんか。どうしてこんな理不尽なことを！」

「まあ、まあ」シャーウッドが手を振ってなだめた。「おたくのデ・ロードは拘留中です」

「拘留？　どうして？」

「重要参考人としてです。とにかく、座ったほうがいい。理不尽だなんだとどなりちらすのは、あなたらしくない。どなりたいなら止めはしないが、どなったってどうにもならないでしょう。座ってください」

マーティンは突っ立っていた。口元が引きつっている。やがて彼は言った。「ぼくにはデ・ロードと話す権利がある。なにがあったか知る権利がある。スティーヴ・ジマーマンはいちばんの旧友だ。なのに、彼にも会わせてもらえない」

「彼の身になにがあったか知ってるでしょう？」

「ああ」マーティンの口元がまた引きつった。彼は動揺を抑えようとした。「ラフレー嬢から聞きました。ぼくは――部屋に入れてもらえないんだ。ぼくには知る権利が――」

「ないとは言わない」シャーウッドは言った。「さぞショックだったでしょう。われわれも同じだ。落ち着いて、その椅子に座ってくれたら――どうも。もうわれわれの知っていることは全部知っているでしょう、ラフレー嬢がボナー嬢から聞いたことをあなたに伝えたのなら。ジマーマンは十時から二時の間に電気コードで絞殺された。殺害されたんです。ラフレー嬢から聞いていますね？」

「ああ」

「それで、みなさんがなにをしていたか聞き出そうとしたが、うまくいかなった。ボナー嬢は簡潔明快だが、ほかの人はみんなだめだ。ストーズ夫人は例によって不可解。おたくのデ・ロードは嘘つきなのか犯人なのか、あるいはその両方だ。チザムは酔っているのか、さもなければ、酔ったふりをしている。あなたにはボナー嬢を見習ってもらいたいものだ。見張りの警官の話では、あなたは九時半頃ラフレー嬢と二階にあがって、その後は一度もおりてこなかったそうだが、ほんとうですか？」

「いや」マーティンはそっけなく言った。「ラフレー嬢と二階にあがったが、またおりてきた」

「おりてきた？　いつ？」

「十時頃か、もう少しあとだった。ラフレー嬢と部屋の戸口でしばらく話をして、自分の部屋に入りました。部屋の中を歩きまわりながら、煙草を二本ほど吸って、気を鎮めようとした。ぼくは男にしては神経が弱いんです。昔からずっと。ショックを受けると、すぐ胃にくるんですが、ふだん飲んでいる薬が手元になかった。下におりてデ・ロードに持ってくるよう電話しようかとも思ったが、そのためにはまた応接間にいる警官の前を通らなければならない。それがいやだったんです。警官があそこにいるというだけでいやだったし、いやだと思うとますます神経がまいってしまって」マーティンは軽く手を振った。「あなたには理解できないでしょうね。ぼくみたいな神経の持ち主じゃないから。土曜の夜は眠れなかった。胃がむかむかして。この調子では、今夜も眠れそうになかった。それで、裏階段から厨房におりて、重曹を少々とスプーンとグラスを取ってきた。厨房のドアを開けて外に出て、煙草を一本吸いました。外で吸うほうが、壁に囲まれたところで吸うより、気持ちが落ち着くんです。それから、部屋に戻って、重曹を飲んでベッドに入った。やっと眠ることができた——少なくとも、その時はそう思いましたよ——警官がドアをノックして中に入れろと叩き起こすまでは。あなたから電話があって、ぼくが部屋にいるかどうか確かめるように言われたそうですね。もう一度重曹を飲んだが、もう眠れなかった。だから、ラフレー嬢がボナー嬢の話を伝えにきてくれた時は起きてました」マーティンは話をやめると、ハンカチを取り出して額をぬぐってから、ハンカチを握り締めた。「ど、どうだろう——簡潔明快だったでしょうか」

シャーウッドはうなずいた。「ああ。厨房におりた時、だれか見かけなかったですか？」

「だれもいませんでした」

「階段や廊下では？」

「いいえ」

「その時以外に部屋を出ませんでしたか？」

「ええ」

「警官があなたの部屋をノックするより前になにか物音を聞きましたか？」

「足音を。ストーズ夫人のようでした。ヒールの音がしたから。ドアが閉まる音も聞きました。二つのドアだったと思う。眠る前のことですよ。それからかなりたって警官に叩き起こされたあとでもノックの音を聞きました。そっとドアを叩く音がして、低い話し声が聞こえて、それからドアがばたんと閉まる音がした」

「ほかには？　ほかになにか聞きませんでしたか？」

「なにも。しばらくして、また足音と話し声が聞こえたが、あれはボナー嬢が警官を連れてきたんでしょう。そのすぐあとでラフレー嬢がぼくの部屋に来たから」

「ランスの部屋から物音がしませんでしたか？　あなたの隣でしょう、あなたとジマーマンの間の部屋だ」

マーティンは首を振った。「部屋と部屋の間にはクローゼットがあるし、ランスは静かなほうだから」

シャーウッドは無言で彼を見ていたが、やがてだしぬけに訊いた。「デ・ロードはジマーマンになんの恨みを持ってたんですか？」

マーティンは無言でシャーウッドを見つめた。検察官は無言で待った。「どういうことですか、デ・ロードのことは。あの男を重要参考人として拘留したと言いましたね。嘘つきか犯人かどちらかだとも。そして、今度はなんです——どうして彼がスティーヴ・ジマーマンに恨みを持つんです？」

「わかりません。だから、訊いてるんです」

「では、お答えしますよ。彼は恨みなど持ってない。なぜ彼を拘留したのかぼくには知る権利がある」

「かもしれない」シャーウッドはむっとした声で言った。「さしあたり、あなたの権利にさほど関心はありませんがね。ここで二人の男が殺されたんですよ。デ・ロードがゆうべ十時少しすぎにここに来て、ジマーマンの部屋に行き、十五分か二十分いたのを知っていましたか?」

「いいえ。だれに聞いたんです?」

「本人に。それに、応接間にいた見張りも目が見えないわけじゃない。デ・ロードの話では、あなたのところへ来たが、いなかったので、ジマーマンの部屋にいるかもしれないと思って見に行ったという。ジマーマンは部屋にいて彼と話している。つまり、デ・ロードはジマーマンが生きているのを最後に見た人間ということになる。本人は部屋を出た時、彼はまだ生きていたと言ってる」

「それが嘘だという根拠は?」

「これといって。しかし、だれかが部屋を出た時、ジマーマンはもう生きていなかった。それに、デ・ロードの話には、もうひとつつじつまの合わないところがあるが、当面はそれには触れないでおきましょう。デ・ロードは拘留します。もし彼の権利を守りたいなら、弁護士に相談することだ。さしあたり、わたしとしては別の二人の権利が侵害されたことのほうに関心がある——ストーズとジマーマンの侵害された生存権に。そして、侵害した犯人を知るコネチカット州民の権利に。まだ二、三うかがいたいことがあります、フォルツさん、これはスティーヴ・ジマーマンの長年の親友としてのあなたに訊きたいんです。デ・ロードがストーズになんらかの恨みを抱いてたり、恐れてたりする理由に心当たりはありませんか?」

「いいえ」

「ジマーマンを殺した犯人の動機に心当たりは?」

「ありません」

「ジマーマンが殺された理由あるいは犯人について少しでも思い当たるところはないんですか?」

「ええ」

シャーウッドは椅子によりかかった。耳たぶを引っ張りながらため息をついたが、やがて大佐と警部に問いかけるような視線を向けた。ブリッセンデンは肩をすくめ、クレイマーは首を振った。シャーウッドはマーティンに向き直った。

「今のところはこれぐらいにしておきましょう。デ・ロードは拘留中だから、当分だれとも話はできません。無論、あなたとも。この敷地から出ないようにしてください。デ・ロードに弁護士をつけてやりたいなら——さほど急を要するとは思えないが——下の電話を使ってもいいし、警官をだれか使いに出してもいい」彼はドアのそばの警官に視線を向けた。「ストーズ嬢を呼んでくれ」

マーティンは立ち上がった。ドルを見てなにか言いたそうな顔をしたが、結局、黙って部屋を出た。早くシルヴィアのところへ行きたかったのだろう。ドルは彼の後ろ姿を見守った。それから額に皺を寄せて——こんなことを続けていたら額に皺が刻みつけられてしまいそうだ——椅子の背にもたれて目を閉じた。いっそこの男たちの前でジャネットと対決して彼女の嘘をあばき、あとは彼らに任せたかったが、そんなことができっこないのはわかっていた。危険が大きすぎる。ジャネットはほんとうのことを言わないだろう。無理やり聞き出そうとすれば、強硬な手段に訴えるしかない。でも、なんとかして——

これまでの収穫がゼロに近かったとすれば、ジャネット・ストーズとシルヴィア・ラフレーから得られた情報は、限りなくゼロに近かった。それぞれ十分もかければ充分だった。ジャネットはきちんと身支度をして着替えもすませ、冷静で、腹の中はわからなかったが、本人によると、十時少し前に部屋に入ったあと一度も出なかった、十二時頃ベッドに入ってしばらく起きていたが、特にこれといった物音は聞かなかったという。シルヴィアは身づくろいこそしていなかったが、事態を気丈に受け止め、ドルは内心ほっとすると同時に天に感謝した。シルヴィアは横になるとすぐ眠りにつき、ドルがドアをノックして起こすまで寝ていたので、なにも聞かなかったと答えた。デ・ロードがストーズあるいはジマーマンあるいは二人を殺害した動機に心当たりはないかと訊かれると、二人とも考えもつかないし、とうてい信じられないと言った。

ランスを待つ間、シャーウッドは窓際に行って大きく伸びをした。窓の外はもう不透明な闇ではなく、陰気な灰色にかすんでいた。ブリッセンデンは座り直すと、渋い顔でまたちらりとドルを見た。これでもう十三回目ぐらいだ。クレイマーは無残に嚙み砕かれた葉巻を灰皿に捨てて、新しいのを取り出した。

ジョージ・レオ・ランスは、入ってくるとテーブルに近づいて、脚を組んで座り、忍耐強く、礼儀正しく、話をする態勢をとった。シャーウッドは窓際から戻ってきて、ズボンのポケットに両手を突っ込み、肩を丸めて立ったまま、渋い顔で彼を見おろした。

「ランスさん、なぜ来てもらったかおわかりでしょうな」

ランスはうなずいた。「ストーズ夫人から聞きました。痛ましいことだ。暴力はあらゆる自然の過程につきものだが、殺人という形の暴力は、人間の精神的発達の欠如のあかしだ。この第二のあかしはまことに嘆かわしいが、わたし個人にとっては利点がある。わたしがストーズ氏の死に関与していると想定する理由はあるかもしれないが、ジマーマン氏の死とは関連づけようがないはずだ。わたしはろくろく彼を知らないから」

「なるほど。ご指摘に感謝します。といっても、無論、こういう可能性はあるわけだ。つまり、あなたがストーズを殺し、ジマーマンがそれを知っていた場合、身を守るために彼を始末しなければならない。そういうことは特に珍しいわけでもない」

ランスはかすかにほほ笑んだ。「しかし、それでは話が面倒になるだけでしょう。いずれにせよ、たとえわたしに対する疑いが完全に撤回されたとしても、変わりはないでしょう。しかし、一方で、話を簡単にすることもできるかもしれない、新たな考察を提供することによって。わたしはそうすべきだと思うのですが」

ブリッセンデンがどなった。「それはどういう意味だ？このことに関して、なにを知ってる？」

「なにも。わたしはなにも知らない。しかし、お言葉だが、わたしにもわかることがあるような気がする。もしお答えいただけるなら。ジマーマンがベッドで首に電気コードを巻かれて絞殺されたというのはほんとうですか？」

シャーウッドがそうだと答えた。

「そのコードは彼が抵抗したにもかかわらず首に巻かれ、抵抗したにもかかわらず緩められることはなく、彼を死に至らしめたんですか？　あるいは、最初に打撃もしくは薬物によって意識を失わされたのですか？」

「どうかかな。抵抗したようだ。ベッドにその形跡がある」

「そうだとしたら——彼が抵抗したとしたら——わたしには役に立ちそうな事実を提供することができます。時間が重要な意味を持つとすれば。彼が殺されたのは十一時二十五分より前です。その時間にわたしは部屋に入った、彼の隣の部屋に。二つの部屋の間にはクローゼットがあるが、わたしは耳のいいほうだし、眠ってはいなかった。ベッドには入ったが、横になっていただけです。隣の部屋のベッドで二人の男が格闘していたら、その音が聞こえたはずだ。実際、ほかの物音ははっきり聞いています——たとえば、ずっとあとになって、わたしの部屋からさほど遠くない部屋のドアをノックする音、それにつづいて二人の男の低い話し声、そして、足音がして、ドアがバタンと閉まる音。それに、おそらくご存じだろうが、警官とボナー嬢の声も聞きました。二人の興奮した声とあわただしい気配がしたので、廊下に出てみたんです。警官はわたしをジマーマンの部屋に入れてくれなかったし、ボナー嬢は外にいる警官を呼びにいったあとでした。わたしの助けは必要とされていなかったので——少なくともそう思えたので、部屋に戻って着替えました」

シャーウッドは腰をおろした。ランスを見たが、その目には満足も感謝も浮かんでいなかった。ようやく彼は言った。「なるほど。だが、わたしだってここを耳の不自由な人の施設だと思ってるわけじゃない。男がひとりベッドで絞殺され、同じ屋根の下に何人も人がいたのに、だれひとりなにも見ていないし聞いていないし夢にさえ見ていない。あなたは十一時二十五分よりあとになにも聞かなかったのは、ジマーマンがその時刻より前に殺されたことの証拠だと言うが、それは違う。もし彼が十一時二十五分よりあとに殺されたとしたら、犯人はあなただという証拠になるだけだ。あなたを告発するつもりはありませんよ。正直なところ、そうしたくても材料がない。これだけ聞かせてほしい。ほかにつけ加えるべき役に立ちそうな事実はありませんか？　ここで起こったことに関することでも、なにか不審に思ったり、今思っていることでも？」

ランスはゆっくり首を振った。「なにもありません」

「そうですか。では、これで。この敷地から出ないように」

ランスが出ていくと、部屋に沈黙がひろがった。ドルはまた目を閉じた。シャーウッドはがっくり肩を落として座っていた。クレイマーは葉巻を嚙みながら壁をにらんでいた。

ブリッセンデンが立ち上がった。「タルボットにデ・ロードを署に連行させます」そう言うと、唇をなめた。

検察官は力なくうなずいた。「いいだろう。ただし、質問する以外のことは許可しない。部下に言っておけ」

「そうでしょうとも」大佐は小ばかにしたように言うと出ていった。

警部が立ち上がって、さめたコーヒーをカップに半分ほど注いで飲むと、二度咳をしてから、また葉巻をくわえた。そして、部屋を横切ってシャーウッドの前に立った。ドルは黒いまつげをあげて、なにをするつもりだろうと目を向けたが、また目を閉じた。

「やれやれ」クレイマーが言った。「またストーズの場合と同じだな。動機だ。そこを突つくべきだが、参考になりそうなことはなにも言えそうにない。デ・ロードからなにか聞き出せるとは思えませんな、たとえあの男がなにか知っていたとしても。きみももう気づいているだろうが、あの男は嘘つきでも人殺しでもなさそうだ。おそらく、本人が言ったように、ジマーマンの部屋を訪ねたんだろう。ジマーマンがドアに錠をおろすのを聞いたというのも事実かもしれない。としたら、ジマーマンの部屋に何者かが隠れていて、デ・ロードが行った時には、すでに潜んでいたということになる。そして、ジマーマンが寝たあとで出てきて、目的を遂げ、ドアの錠をはずして、自分の部屋で休んでいたんだろう。朝までゆっくりできると思っていたはずだから、その直後に叩き起こされて腹を立てたことだろう。

としたら、フォルツかチザムだ。ランスじゃないだろう。ランスだとしたら、デ・ロードが嘘をついているか、あるいは、頭がどうかしていて錠をかける音を聞いたと思い込んでいるか、あるいは、ジマーマン自身があとで錠をはずしたか――バスルームにでも行って、部屋に戻った時に錠をかけ忘れたかだ。もしデ・ロードのしわざなら、なぜそんなことをしたか探り出す必要がある」

「ああ」シャーウッドは疲れた皮肉な声で言った。「大いに参考になった」

「いやいや。ひとつ実験をしてみないか。収穫がなくても、少なくとも好奇心を満足させられる。ランスは十一時二十五分よりあとに争う音がしたら、聞こえたはずだと言った。たぶん、聞こえただろう。ひょっとしたら、ボナー嬢の部屋でも、あるいはフォルツの部屋からでも聞こえたんじゃないかな。全員下に行かせて、実験してみたらどうだろう?」

シャーウッドはのろのろと立ち上がった。ドルは目を開けた。

こうして、その九月の月曜日の朝、バーチヘイヴンの二階の窓にすがすがしい朝の光が差しそめる頃、ユーモアのセンスに恵まれ、事の重大さを知らない人間なら、抱腹絶倒したであろう滑稽な一幕が演じられた。最初にランスの部屋で、次にフォルツの部屋で、最後にドル・ボナーの部屋で、ひとりの女性と三人の大の男が固唾を呑んで微動だにせず全神経を集中して耳を澄ませる一方で、ジマーマンの遺体が解剖のために運び出された部屋では、体重百九十ポンドの警官が、はしゃぎまわる子供のようにベッドの上で転げまわり跳ねまわるのを、三人の同僚が真剣な顔で見守っていた。

16　再び現場に

それから六時間後の十一時、ドル・ボナーは窓際の椅子に座って、熱い紅茶を飲みながら、さんさんと日のふりそそぐ芝生を眺めていた。

安全な回り道はないという結論に達した。危険を避けていては道は見つからないし、切り開くこともできない。クレバスを飛び越えるか、さもなければ諦めるかだ。チャンスは一度あった。だが、十時頃、デ・ロードが拘留を解かれて、二人の警官につきそわれてバーチへイヴンに戻ってきた時、そのチャンスは消えた。デ・ロードは車からおりると、マーティンに会いたいと言ったが、会わせてもらえなかった。暴力を振るわれたようだったが、それに屈した様子はまったくなかった。

シャーウッドは夜が明けるといったん引き上げたが、今はまた戻っていた。ブリッセンデンも戻ってきて、二人でカードルームに陣取って、レン・チザムに話を聞いていた。チザムは自分の部屋の外で見張りに立っていた警官に、哀れっぽいうめき声が何度も聞こえて目をさましたと訴えたのだ。クレイマー警部は帰った。

結局、ドルは一睡もしなかった。頭がぼんやりしているのは自分でもわかっていた。日に照らされた芝生は、まるで夢の中の風景のようだ。明るく晴れやかな光景だが、そこにはどことなく不気味で不吉な雰囲気が漂っていた。頭をすっきりさせたかったけれど、どうしてもだめだった。こんな状態のまま横になっても眠ることなどできない。まずクレバスを飛び越えてしまわなければ。それはよくわかっていたが、もう何時間もためらい続けていた。カードルームでデ・ロードの話を聞いて、それまでは半信半疑だったことを事実と確信してからずっと。眠れないのも不思議はなかった。なによりも、後悔にさいなまれた。十時に思いついた時、すぐにジマーマンの部屋に行っていたら――二時までぐずぐずしないですぐ行っていたら、今頃、彼はまだ生きていたし、なにもかも終わっていただろうに。

ジマーマンがいなくなった今、状況は絶望的だった。シャーウッドにすべて打ち明けて、あとはゆだねようかとも思った。しかし、これまでの彼のやり方を見ていると、果たして彼にその任がまっとうできるか不安だった。今度こそ、決着をつけなければならないのだから。ストーズとジマーマンを殺害した犯人をあばかなければならない。持てるかぎりの武器を使ってデ・ロードに直接ぶつかることも考えた。だが、望みはないと諦めた。ジャネットに告白を迫るという方法をもう一度考えたが、これも諦めた。一歩間違ったら、とりかえしのつかないことになる。手の内をさらしたら最後、あらゆる防御と狡猾さと捨て身の攻撃がドルに向けられることになるだろう。先手を打って、それを阻止しないかぎり。

こうして、ようやく覚悟を決めた。頭はまだ朦朧としていたが、覚悟はゆるぎなかった。思い切ってやろう。それしか方法はない。

紅茶の残りを飲み干すと、立ち上がって鏡に近づき、自分の顔を見てつぶやいた。「川原に取り残された残骸みたい。ちょうどそんな気持ちだけど」髪をとかし、白粉をはたいて、唇を歯でこすって口紅を落とした。それから、テーブルに近づいて、その上にのせてあった革鞄を開け、蓋の裏にとめてあったホルコム銃を取り出すと、弾丸が装塡されているのを確かめてからハンドバッグに入れた。バッグを脇にかかえて部屋を出ると、階段をおり、応接間にいた警官にシャーウッドと話したいと言った。警官はシャーウッドに訊きに行ってすぐ戻って来ると、カードルームに入るように言った。

チザムが椅子の肘掛けに肘をついて手で頭をささえていたが、ドルは彼を無視した。例によって冷ややかなブリッセンデンにも目を向けなかった。ドルは検察官に話しかけた。

「マーティン・フォルッとちょっと散歩したいんです。あなたの部下がわたしたちから目を離さないよう指示されていると困ると思って言いにきたんです。見張られてると困るわ。彼と二人だけで話したいので。あとで説明します」

「今度はなにを思いついたんです？」シャーウッドが熱のこもらない声で訊いた。「今説明してもらったほうがいいな」

「それはできません。結局、話すことなどなにもなかったという結果になるかもしれないし。彼と駆け落ちするつもりじゃないわ。バーチヘイヴンから出ません。信用してください。彼を絞殺するつもりもない」

シャーウッドは真意を探ろうとするように見つめたが、やがて肩をすくめた。「お好きなように。ここから出ないなら」

「ちゃんと指示してくださいね」

シャーウッドは振り返った。「聞いただろう、クイル。フォルツとボナー嬢が散歩するから邪魔しないように指示しろ」

巡査部長が部屋を出ると、ドルもそれに続いた。

応接間の警官にもう一度尋ねて、サンルームに向かった。そこにマーティンとシルヴィアがいた。マーティンは奥まった場所においたソファに横になって目を閉じ、シルヴィアが頭のそばに腰かけて、指先でそっと額を撫でていた。その動きを止めて、彼女は疲れた悲しそうな目をドルに向け、マーティンは体を起こした。

「なにかあったの？　なにかわかった？」

「いいえ、ラフレー」ドルはてきぱきと言った。「男のくせに救いの天使がいなかったらどうするつもりかしら？代わってあげるわ。ちょっと思いついたことがあって、マーティンと話がしたいの」

「話をしてたんじゃないわ。彼は今そんな心境じゃないから」

「わたしとなら話してくれるわ。どう、マーティン？」

「ああ」気乗りしない様子だった。「いいよ」

ドルは首を振った。「ここではだめ。外に出て。二人きりで話したいから。行きましょう」

シルヴィアが唇を噛んで立ち上がった。「わかってたわ――またこれね。あなたがああいう歩き方をしてる時は、いつもこれよ。ドル――わたし、もう我慢できない！　我慢できる人なんかいないわ！　あなたって――あなたって、いつも謎めかしてばかりで——」

「謎めかしてなんかいないわ。マーティンとどこか外で話したいだけ。相談したいことがあるの。そのほうがここであなたに甘やかされてるより彼の神経にもいいはずよ。あなたもなにかしたほうがいいわ。なんでもいいから。気晴らしになるようなことを。厨房に行ってパイでも焼いたら？ 行きましょう、マーティン」

ドルはマーティンを促して歩きだした。シルヴィアは二人の後ろ姿を見つめていた。サンルームから直接出ないで、ドルは廊下を通って東テラスから外に出た。東テラスは日の光にあふれて、二人の足元からはるか遠くまで続いている丘陵地も、太陽の下で輝いていた。「こっちから行きましょう」ドルは小道を通らず、芝生を横切る最短コースをとった。「屋敷から二〇ヤード以上離れたくない」マーティンが不満そうに言った。「警官がまた嗅ぎまわりにくるから」

ドルは適当になだめた。だが、また五十歩ほど進むと、マーティンは急に立ち止まった。「どこへ行くつもりだ？ あそこには行きたくない」

ドルは彼に顔を向けた。「あそこがいちばんよ。どこからも見えないし。警官はついてこないわ——わたしは協力者だと思われてるから——ほかの人に聞かれたくないし」

マーティンは頑なに首を振った。「ここでも聞かれる心配はない。なにを話したいんだ？」

「お願い、マーティン」ドルは言った。「あなたはいつも女性にはやさしいでしょう？ あの養魚池のそばの静かな場所で話したいの。わたしはふだんは気まぐれな女じゃないでしょう？ そりゃあ、どうしてもとなったら、警官に頼んであなたを引っ張ってきてもらうけど——わたし、警察に顔がきくのよ、手袋を見つけたから。とにかく、あなたと二人きりになりたいの」

ドルはにこやかにほほ笑みかけているつもりだったが、ほんとうにそうしているかよくわからなかった。わかっていたのは、心臓が早鐘を打っていることだけだ。まだ悟られてはだめ。時機を逸してしまったら、効果はない。だが、いつ彼が踵を返して屋敷に戻ってしまわないともかぎらなかった。でも、もしドルが自分が思っているような笑みを浮かべていれば、たぶん彼は帰らないだろう。ドルは思い切って背を向けて、また丘をくだりはじめた。

マーティンはついてきた。この動悸がおさまってくれればいいのにとドルは思った。冷静になったほうがいい。養魚池を通りすぎて、その先をまわると、ハナミズキの木立の前に出た。低い枝をくぐりぬけると、あの奥まった一角に出た。

「あれ以来、ここに来たことはないでしょう？」ドルは指さした。「あの木にワイヤーが結びつけてあった――あの枝よ。あれがひっくり返っていたベンチ。元通りにしたのね。あれはなにかしら？　ああ、木釘を打って、ベンチが倒れていた場所に印をつけてあるんだわ」ドルはベンチに腰かけた。ぞっと寒気が背筋を走った。「ここはそんなに寒くないはずだけど、日向から急に来たからでしょうね。それに、薄暗いし。座ったら、マーティン。今にも逃げ出しそうに突っ立ってないで。どうしても話したいことがあるの」

彼はベンチに腰をおろした。端のほうの、ドルから四フィートほど離れたところに。そして、シルヴィアが「調子はずれ」と呼んでいる、すねた口調で言った。「それで、話って？」

ドルは彼の顔を見なかった。この時点ではそのほうがいいと感じたのだ。彼の足元の草を見ながら、できるだけさりげない声を出した。「話というのは告白についてなの。告白にはいろいろあるわ。ほんとにいろいろと。牧師さんに罪を告白したり、程度はいろいろでしょうけど、悪いことをして、それを妻や夫や母親や友達に告白したり、もちろん、間違っていたと告白することもしょっちゅう。そうせずにいられないし、そうしたいからでしょうね。本能みたいなものじゃないかしら。告白したい気持ちが抑えきれないほど強くなることがよくある。そう思わない？」

ドルはマーティンを見たが、彼は答える気はないようだった。黙って息をつめて、こわばった顔で見つめていた。

ドルは続けた。「もちろん、本能でもそうでなくても、なにか正当な理由がなければ、深刻な問題を告白しようと思う人なんかいないわ。牧師さんに告白するのは、罪を赦してもらえるから。警察に罪を告白するのは、それ以上痛めつけられたくないから。まあ、いろいろ理由はあるわ。でも、いちばん一般的な理由は、罪悪感を軽くするためじゃないかしら。耐え切れなくなって、その重荷をだれかと分かち合うため。スティーヴ・ジマーマンがここにいたら、心理学の専門的な言葉で説明してくれただろうけど、わたしには無理。それはとにかく、わたしが話したかったのはこのこと――告白するさまざまな理由についてなの。もちろん、こう言っただけで、あなたが観念して告白してくれると期待するほどわたしは愚かじゃない。だからこそ、告白には理由があるはずだと言ってるの」

彼の息の音が聞こえて顔をあげると、マーティンは笑顔をつくろうとしていた。「告白しないことはないけど。きみがすれば、ぼくもするよ。きっと、きみのほうが時間がかかるだろうね」突然、彼はまたすねた口調になった。「どうしてこんなところまで連れてきて、そんなことを言いだすんだ？　ぼくは牧師じゃない」

「あなたをここに連れてきたのは、告白せずにすまない理由を説明するため」ドルは彼の目をとらえたまま、脇にかかえたハンドバッグを握った。「もうそうするしかないのよ。理由はいくつもあるけれど、大きな理由は運が悪かったこと。おかげで、あなたのしたことがばれた。もうわかってるでしょうけど、あの手袋を見つけたのがジャネットだったってことよ」

「いったい、なにを言ってるんだ？」マーティンは心外の至りという非難がましい口調で言おうとしたらしいが、うまくいかなかった。声が震えていた。そして、なによりも彼の表情が心の中を物語っていた。「これはなにかの冗談かな？　ジャネットは手袋なんか見つけていない。見つけたのはきみじゃないか」

ドルは首を振った。「見つけたのはジャネットだったの。だれがスイカの中に隠したか考えなかった？　もちろん、考えたはずよ。そして、ジャネットだと気づいたはず。ほかの人があんなことするはずないもの」ハンドバッグが脇から膝にすべり落ち、ドルはバッグを開けて、なかのものを取り出そうとしたが、考え直してバッグに手を入れたままにした。その間もマーティンの顔から目を離さなかった。

「でも、まず、あなただとわかった理由を説明しなくては。わたしは手袋を見つけた時、スイカについていた指紋を調べてみたの。ジャネットの指紋がいくつも残っていた。それで、手袋を隠したのが彼女だとわかって訊きに行ったら、バラ園の腐葉土に埋まっているのを見つけたと言った。あなたの手袋だと気づいて、部屋に持って帰ったそうよ。でも、そのあとで彼女のお父さんが殺害されたとわかり、みんなが手を調べられたり、手袋のことが問題になったりしたので、改めて見てみたら、ワイヤーの跡がくっきりついていた。あなたが殺したとは思わなかったけれど、手袋は確かにあなたのものだったから、巻き込みたくなかった──彼女はそう言ってるの。それに、手袋を部屋に隠した理由を訊かれるのもいやだったんでしょうね」バッグの中で、ドルは拳銃のグリップを握った。「ところが、昨日の午後、あの手袋は土曜日に買ったばかりだとわかった。ということは、ジャネットが見たとしたら、土曜日の午後、あなたの上着が応接間に置いてあった時、ポケットに入っているのを見たとしか考えられない。でも、それはあり得ない。彼女は屋敷にいなかったんだから。あの時間にはバラ園にいて、あなたも含めてだれも見かけなかったと言ってる。つまり、手袋を見てすぐあなたのものだとわかったという彼女の説明は嘘だったわけ。でも、手袋を部屋に持って帰り、そのあとスイカの中に隠したという彼女の行動は、あなたの手袋だとわかっていたという前提に立たないと説明がつかない。あの手袋があなたのもので、ほかのだれのものでもないと確信していなければ。なぜなら、ジャネットがあなた以外の人をかばう理由はないから。だから、あれがあなたの手袋だと知っていたことになる。とすると、なぜわかったか、答えはひとつしか考えられない。あなたがバラ園に隠すところを見たからよ。手袋を隠していた時、あなたは気づかなかっただろうけど、ジャネットはすぐそばのハシバミの藪で鳥を探していた。知らなかったでしょう？　あなたがバラの木の下の腐葉土のそばでかがんでなにかしているのを見て、あなたが行ってしまってから見にいったら、手袋が出てきたというわけ」

ドルは急にバッグから手を出した。その手には銃が握られていた。ドルは彼の顔を見ながら言った。「これを見て、マーティン。ちゃんと撃てるわ。練習したから。わたしには撃てないなんて思わないで。これを見せたのは、わたしをストーズやジマーマンと同じ目に遭わせようなどと考えてもらいたくなかったから。できることなら、あなたを殺したくない。でも、怪我させるかもしれないし、あなたが怪我をすると思うだけで堪えられないことは知ってる。だから、急に動いたりしないで」

マーティンの目が銃からドルの顔に向けられた。ドルはこれまで何度も彼のすねた目や哀れっぽい目、傲慢な目を見たことがあったが、こんな恐ろしい目は初めてだった。堅い小石のような瞳に恐怖と憎しみが燃えているさまは、人間の目と思えないほど醜悪で、直視に堪えないほどだった。思わず全身に震えが走った。彼はこれも初めて聞くような声で言った。「それを――その物騒なものをしまえ。今すぐ！」

「動かないで」ドルは銃を握った手をベンチに置いた。「今にもとびあがって逃げ出しそう。そんなことはしないで。あなたを撃つことになるから」ドルは彼の不気味な目から視線をそらせたくなるのをこらえた。「ジャネットと手袋の話はまだ続きがあるわ。あなたは手袋がバラ園から持ち去られたことを知っていたかどうか。たぶん、バラ園には近づかなかったんでしょう。万が一、手袋が発見されたら、上着のポケットに入れておいたのに、いつのまにかなくなっていたと説明すればいいわけだから。そのほうがのこのこ回収に行くより安全だもの。スイカから出てきたとわかった時は、さぞびっくりして、とまどったでしょうね。あなたがそのことを知った時、わたしも同じ部屋にいたから、よく覚えてるわ。必死で動揺を隠そうとしていた。だから、今、危険を冒す気にはなれない。ちょっとでも動いたら、引き金を引く。ジャネットのことだけど、当然ながら、土曜日の夜にはあなたがお父さんを殺したことに気づいた。あなたが手袋を隠すのを見ていたんだから。わたしに彼女の気持ちが理解できるとは言わないわ。もちろん、あなたに夢中なのは以前から知っていたけれど。でも、本人にしかわからないこともあるんでしょうね。復讐なんて愚かなまねだと思っているのかもしれないし、親子の情よりも深い愛があるのかもしれないし、ひょっとしたら、いつかあなたに自分のしたことを話して、それほどまでにしてあなたへの愛を守ったのだと感謝してもらいたいのかもしれない。でも、それはこの際どうでもいいわ。

とにかく、昨日の午後、わたしはあなたがストーズを殺した犯人だと確信した。でも、頭でわかっても気持ちがついていかなかった。いくら考えても、あなたがそんなことをする動機を思いつかなかったから。事実だとわかっても信じられなかった。動機以外の点はつじつまが合った。手袋はあなたのもので、あなたにはチャンスがあった。土曜日の午後、あなたが何時に家を出てここに来たかだれも正確には知らないし、デ・ロードが知っていたとしても、彼はあなたに全身全霊を捧げてる。ただ動機がなかったし、動機らしきことも想像できなかった。もしやと思いついたのは、昨日の午後、シルヴィアがスティーヴ・ジマーマンにプロポーズされたと言った時よ。スティーヴはあなたの大切な親友で、あなたがシルヴィアを熱愛してるのを知っていた。なのに、急にどうして？　これで二つのことが明らかになった。ひとつは、彼がシルヴィアと結婚したがったこと。もうひとつは、あなたを彼女と結婚させたくなかったこと。でも、どうして？　彼が以前からシルヴィアに思いを寄せていて、あなたへの友情からその気持ちを隠していたとしても、なぜ急に彼女を奪おうと、それも、強引に奪おうと思いついたの？　たぶん、あなたがストーズを殺したことを知っていたから。その可能性が高い。でも、どうして気づいたのかしら？　それに、なぜあなたはあんなことをしたの？　わたしはよくよく考えてみた。スティーヴが昨日の午後シルヴィアにプロポーズしたからといって、彼がその時に決心したとはかぎらない。一カ月前に決めたかもしれないし、一週間前あるいはその前の日に決めて、チャンスを待っていただけかもしれない。あるいは、決めてはいたけれど、ほかの方法をとったかもしれない。たとえば、まずシルヴィアの後見人に頼みに行くとか。実際、彼は土曜日の朝、ストーズに会いに行ってる。どうでもいいような用ではなかったのは、あの日、廊下でシルヴィアに会った時の彼の様子からも、なにを話したか頑として言わない彼の態度からも明らか。わたしがここまで考えついた道筋がわかった？　ジマーマンのシルヴィアへのプロポーズが決め手になったのがわかった？」

返事はなかった。ドルはもう我慢してフォルツの邪悪な目を見つめずにすんだ。彼がうつむいたからだ。がっくりうなだれて、両手でベンチの縁をつかみ、体をゆっくりと前後に揺すっていた。リズミカルに、止まることなく、まるでメトロノームのように。それでも、ドルは彼から目を離さなかった。

「ゆうべずっと考えて、やっとなにもかも落ち着くべきところに落ち着いた。ジマーマンはシルヴィアをあなたのものにしてはならないと決心して、ストーズに会いに行き、彼にそのことを、そして、その理由を話した。ストーズは充分すぎるほど納得して、シルヴィアにこの手であなたを殺してやりたいと言った。もっとも、殺したい相手があなただとは言わなかった。たぶん、夕方、バーチヘイヴンに帰ってから打ち明けるつもりだったんでしょう。わたしのオフィスで、あなたはシルヴィアからジマーマンがストーズのオフィスから興奮した様子で出てきたと聞いて、彼がストーズに打ち明けたことに気づいた――なにを打ち明けたかはわからないけど。三時頃、レンとシルヴィアといっしょに家に帰ると、ジマーマンが待っていて、あなたは部屋で彼と二人きりで話して、恐れが的中していたことを知った。案の定、彼はストーズになにもかも話していた。あなたはこのままではシルヴィアを失うと思った――彼女も彼女の財産も――あなたがそのどっちをより熱愛してるのかわからないけど。たぶん、あなた自身にもわからないんじゃないかしら。彼女を失わないためにはストーズを殺すしかなかった。そして、それを実行した。ジマーマンがあなたの犯行だと気づくのはわかっていただろうけど、長年の親友があなたを告発して、殺人犯として処刑台に送るはずがないと思ったんでしょう。あるいは、あの夜、ジマーマンがシルヴィアを譲るなら、そんな運命から免れられると持ちかけたとしても、わたしは驚かないわ。それなら筋が通る。あなたは承知したの？　断わったの？　それはわからない。とにかく、昨日の午後、ジマーマンはシルヴィアに結婚を申し込み、そして、その夜、殺された。

こうして、なにもかも落ち着くべきところに落ち着いて、やっとゆうべの午前二時に、わたしはジマーマンにほんとうのことを話してほしいと迫ろうと決心した。訊き出せる自信があった。ところが、彼の部屋に行ったら、彼はすでに死んでいた。無論、筋は通ってる。わたしの推理は正しかった。ただ、行動をとるのが遅すぎて、ジマーマンを救えなかった。そして、もうひとつ、確率は低いけれど、可能性が考えられた。デ・ロードよ。あなたに献身的に尽くしている彼が、実際に手を下したのではないかという可能性。でも、今朝、彼がシャーウッドに話すのを聞いて、それはあり得ないとわかった。彼がジマーマンの死を知らなかったのは事実よ。本人がそう言っているからではなく、ジマーマンの部屋を出たあと、中から錠をおろすのを聞いたと言ったから。彼がジマーマンを殺したのなら、遺体が発見された時にはドアに錠がおりていないはずだから、そんな作り話をする理由は考えられない。だから、あれは事実よ。ほんとうに錠をおろす音を聞いたのよ。だとしたら、あなたはデ・ロードがジマーマンの部屋に入った時、部屋のどこかに潜んでいたことになる。彼がジマーマンと話すのを聞いていて、彼があなたを部屋に探しに行ったけれど、いなかったと言うのも聞いた。それで、部屋にいなかった口実として、厨房に重曹を取りに行ったと言った。ひょっとしたら、ほんとうに行ったのかもしれないけど、その時間ではなかった。それはあり得ない。あの時はジマーマンの部屋に隠れていたから。彼が眠るのを待って、こっそりベッドに近づいて彼の首にコードを巻くために。ジマーマンがいなくなれば、安全だと思った。そうでしょう？　彼を黙らせてしまえば、あなたが二人を殺した動機がばれることはない。動機がなければ、容疑を確定できないし、ましてや証明もできない。そうじゃない？　そう思ったんでしょう？」

フォルツの体はもう動いていなかった。リズミカルな動きは止まっていたが、相変わらず首をうなだれて、目を上げようとしなかった。絶望に打ちひしがれているわけではなかった。急激に肩が上下して、内心の動揺がもっと空気を——全身をかけめぐる血液のためにもっと酸素を必要としているのがわかった。打ちひしがれているわけではないのに、動こうともしゃべろうともしなかった。

ドルはベンチに座ったまま体を動かした。彼が顔をあげても見えないように、スカートで隠しながら左手でベンチの縁をつかんだ。爪がベンチの塗料に食い込むほど力を入れて。そして、できるだけそっけない辛辣な声で言った。

「しゃべらないですむと思わないで、マーティン。ここを離れる前にわたしに言うことがあるはずよ。土曜日の朝、ジマーマンがストーズになにを言ったか知りたい。それを知る必要がある。告白といったのは、そのこと。ほかのことは告白しなくていい。もう知ってるから。なんだったの？」

彼は動かず、返事もしなかった。

「わかってる？　わたしはどうしても聞き出すつもりよ」

反応はなかった。

「こっちを見て」ドルは言った。「いいえ、見ないで。わたしは銃を持ってる。弾が六発入ってる。あなたには同情のかけらも感じてない。殺人犯だからではなく、シルヴィアのことがあるから。説明する必要はないでしょう。わたしが彼女にどんな気持ちを抱いているか知ってるはずよ。だからこそ、あなたに同情なんかしない。あなたをここに連れてきた時、自分のすべきことはわかっていたし、それを実行する覚悟を決めていた。ジマーマンがストーズになにを言ったか話して。殺しはしない。言わないのなら撃つ。これでも射撃の腕はいいの。腿か足を狙う、ここに座ったままで。もちろん、人が集まってくるわ。シャーウッドに知っていることをすべて話して、あなたに襲われたから身を守るために撃ったと言う。そして、あとは彼に任せるわ、彼やブリッセンデンやその他大勢に。彼らが聞き出してくれるでしょう」

ようやくマーティンが動いた。引きつったような動作で身を引いた。その目はドルではなく拳銃を見つめていた。

やがて、目をあげてドルの顔を見た。「ちくしょう！」差し迫った恐怖に対する激しい怒りが、骨身にしみる深い絶望といりまじった声だった。「きみにできるはずがない！」

「できるわ。おとなしく座ってて」ドルは覚悟を決めた。この瞬間までずっと恐れていたが、やるしかないと覚悟した。冷静で迷いはなかった。「あなたが痛みに弱いのは知ってる。弾が骨に当たったら、さぞ痛いでしょうね。あなたとの距離はわずか六フィート。二十数える。言っておくけど、動かないで——動いたら、待たない。二十数えたら撃つ」銃を上げた。「一——二——三——四——」

十二で、彼は悲鳴に近い声をあげた。「やめろ！」

「じゃあ、話して。早く」

「だが、その前に——お願いだ、ぼくの——」

「話して！」

「ぼ——ぼくは——それをおろしてくれ！」

ドルは手をベンチに置いた。「話して！」

「ぼくは——」彼はドルを見つめた。彼と視線を合わせるのは、引き金を引くより難しかったが、ドルは目をそらさなかった。「女の子が殺された——ずっと昔。なにもされていなかった——ただ——殺された」彼は息をしようとあえいだ。「スティーヴはそのことを知ってた。ぼくは疑われなかった——ぼくがそんなことをする理由がなかったから。まだほんの子供の頃だった。女の子はワイヤーで絞め殺されてた。スティーヴはぼくが小さい動物を殺していたのを知ってた——自分でもどうしようもなかった。嘘じゃない！　どうしても見たくて——」彼は身震いして黙り込んだ。

ドルは無慈悲に促した。「続けて。そのことじゃなくて。今度のことを。さあ」

「だが、なにもないよ——スティーヴだけだ。キジが絞め殺された時、彼はぼくがやったと知ってた。彼はぼくとそのことを話した。何度も話し合った——心理学の立場から。そのあとで彼はシルヴィアに会った。でも、ぼくは気がつかなかった——最初のうちは——一カ月ほど前、彼がシルヴィアを諦めるように言った。黙って身を引けと。ぼくは断わった。そんなことできるわけないだろう、ドル、ぼくがシルヴィアを諦めるなんて、ぼくにそんなことが――」

「さあ。それはどうでもいい。続けて」

「それだけだよ。ぼくは断わった。断わりつづけた。すると、彼はストーズに話すと言った。まさかそんなことをするとは思わなかった。彼がシルヴィアに思いを寄せてるなんて知らなかった。彼がだよ！　あのスティーヴが！　ぼくのいちばん大切な親友が――あのことを知ってるたったひとりの――デ・ロードは別だが――ま、まさか――そんな――」

ドルがはっとしたのは、彼が口ごもったからだった。そして、一瞬、彼の目がドルから離れたからだった。一瞬、ドルの後ろのものに向けられ、またさっと戻された。そして、戻った時はまったく違う目になっていた。我ながらこれだけは一生誇れるだろうと思ったが、ドルは振り返らなかった。とっさにベンチから離れ、目の前の木に駆け寄った。駆け寄りながら振り返ると、二人の姿が見えた。マーティンは頭から爪先までがたがた震えながらベンチに座っていた。そして、一〇フィートほど離れたところに、デ・ロードが立っていた。ドルの背後の茂みから現われたのだ。

マーティンがヒステリックな声で哀願していた。「つかまえろ、デ・ロード！　あの女に撃てるもんか！　つかまえろ！」

ドルは銃を上げた。「近寄らないで！」

サルの体と理知的な顔をした男は、それを無視した。彼はゆっくりと慎重に近づいてきた。まっすぐドルを見つめながら、だが、彼女にではなく、なだめるように励ますように話しかけた。「だいじょうぶ、坊ちゃん。じっとしてるんですよ。だいじょうぶ、坊ちゃん。心配しないで。あの人はわたしを撃ったりしませんよ――坊ちゃん――」

「やめて！　来ないで！」

「だいじょうぶ、じっとしてなさい、坊ちゃん――」

ドルは引き金を引いた。二度つづけて。デ・ロードは倒れた。ドルはそれを見た。はっきりと見えた。彼が草の上でのたうち、体を起こして膝をつき、這うようにして向かってくるのを……。

「おい！　止まれ！」

あれは自分の声だろうか――ドルは思った。違う。ぜんぜん別の声だ。男っぽい、軍人のような口調。そして、声の主がハナミズキの木立をかきわけて飛び込んできた。

そして、ドルも倒れた。

17　女王さまのお抱え運転手

木曜日、正午を少しまわった頃、ボナー&ラフレー探偵事務所のオフィスで、レン・チザムが言った。

「信じられないよ、まったく。ひとりで勝ちをさらうつもりだったんだね。フォルツはとうてい太刀打ちできなかっただろう」

「冗談でしょ」ドルはデスクの前で髪をかきあげた。「十中八九、彼に分があったわ。もしシャーウッドに任せていたら、ジャネットもマーティンも、どっちも落とせなかったと思う。たとえ、わたしがなにもかも説明したとしても。ジャネットの指紋は残っていない。だから、追及する手段がない。ジャネットはわたしにそんなことを言った覚えはないと否定したかもしれない。ジャネットが認めないかぎり、マーティンを追及する手段はまったくないわけ。それがわかっているから、シャーウッドはそれまでどおり慎重に進めざるを得なかった。でも、慎重にやってる場合じゃなかった。わたしがわざと指紋を消したことを認めたとしてもね」

「結局、認めざるを得なかったんだろう」

「ええ、なにもかもけりがついてから。シャーウッドは思いどおりの結果が得られたわ――わたしのおかげで」

「それには反論の余地はないな」レンはゆったりと座り直して、ため息をついた。「昨日の午後、シャーウッドのオフィスに行ってきた。今日の新聞はもう読んだだろう。マーティンは供述書に署名し、シャーウッドはジャネットからも陳述を取った。デ・ロードは足首の骨を砕かれて入院した。きみは射撃の名手らしいね。二発目は一発目の弾痕を貫通してたそうだ」

「地面にもぐりこんだのよ。彼を止めたかっただけだから。シャーウッドのオフィスにはなにをしに？　呼び出されたの？」

「仕事だよ」レンは自慢げだった。「新聞記者は働かないと思ってるんじゃないだろうね？《ガゼット》がどうやってあのビッグニュースをスクープできたと思う？」レンは自分の胸を指で叩いた。「ぼくのおかげさ」

「あら。仕事に戻れたの？」

「頼まれて戻ってやったんだ。それで思い出したよ。今日来たのはそのことなんだ。実は、うちの読者は人間味のある記事が好きでね。これは間違いないが、バーチヘイヴン事件で読者にいちばん受けたのは――読者の心の琴線に触れたのは、ドル・ボナーという美しく華奢な名探偵が気を失って、駆けつけた男の腕の中に倒れ込んだくだりだよ。そして、その男とは？　ただの通行人でも、車で通りかかった男でもない。だれあろう、かの雄々しく勇壮な大佐だ。『北風』ブリッセンデンだ！　それで、どうだろう、独占インタビューをさせてもらえないかな？　彼の力強い腕に抱きとめられた時、名状しがたい快感を感じたとか――」

「いいわ。電話でなら。どこかに行って電話して」

「ぼくならうまく書ける、サスペンスタッチで。デ・ロードがきみとマーティンが出ていくのを見かけて不審に思い、警官に見つからずにこっそりきみたちを尾行し、カードルームの窓から外を見ていたブリッセンデンが、たまたまデ・ロードがきみとマーティンが向かった方向に向かうのを見て不審に思い、そして、ブリッセンデンが急にカードルームを出るのを見たぼくが、不審に思って――」

「もうたくさん。ほんとに仕事に戻れたのなら、そんなことよりも――まあ！　よく出て来たわね」

レンは立ち上がった。「やあ、シルヴィア」

シルヴィアは二人に挨拶を返した。灰色のウールのビーチャムスーツと濃い灰色のトーク帽は、頬が本来の生き生きしたバラ色だったらもっとよく似合っただろうが、それでも今の彼女を野暮ったい女と思う人などいなかった。シルヴィアはクロムの縁どりのある黄色い椅子に腰かけると、ため息をついて、手袋をはめた手をぱたぱた動かして風を送った。

「暑いわね、九月だというのに。カボット弁護士のところに二時間もいたの。いらいらする人だけど、正直は正直みたい」シルヴィアの顔がかすかに引きつって、陰のある表情が浮かんだが、それはすぐ消えた。「ほんとなら、あなたを憎むところよ、レン。あなたたち新聞記者ときたら、それはもう、ひどい人種。今日はすっきりしてるわね――それ、新しいシャツ？　ネクタイも新しいわね、とてもすてき。これなら自慢できるわね、ドル？　それとも、ドルじゃなくボナーと呼んだほうがいい？　あなたは有名人だから。ところで――」シルヴィアは言葉を切ると、頬を少し染めて、灰色ずくめのかっこうをしていても、彼女のような顔色の持ち主ならどう見えるかを実証した。「あの――わたし、言いたいことがあるの――あなたを誇りに思うし、とても感謝してる。それで、もしよかったら、これまでのように共同経営者でいたいと思って」

「いいのよ、そんなこと」ドルはぶっきらぼうに咳払いした。「そんなことって、誇りとか感謝のこと。共同経営のほうは歓迎よ」

「よかった」シルヴィアはデスクに近づいて、手を差し出した。「握手。死がわたしたちを分かつまで――あら、いやだ――」シルヴィアはかすかに身震いして唇を噛んだ。

それから、また言った。「ランチはいかが？　おなかがすいたわ。三人で行きましょう、事務所のおごりで」

ドルは首を振った。「だめ。一時の列車でグレシャムに行くの。あんなことがあって——日曜日に弟を見送りに行けなかったから、ちょっと会いに行こうと思って。届けるものもあるし。あなたとレンで行ったら？」

レンがなにか口の中でもぞもぞと言った。シルヴィアが訊いた。「えっ？　あなたのレンと？　彼が行くはずないわ」

「行くわよ、事務所のおごりなら」ドルのキャラメル色の目が、黒いまつげの下でちらりと彼を見た。「どう、レン？　女王さまのお抱え運転手をするつもりはない？」

レンは腰をかがめて最敬礼した。それから、体を起こして言った。「焼けたコールタールの大樽に飛び込もうと思ったことはある？　そういうところを知ってるんだ」彼は戸口に顔を向けた。「〈ジョージとハリーの店〉ならつけがきく。行こう、シルヴィア」

訳者あとがき

女性探偵の元祖ドル・ボナーが、ようやく日本の読者の前に登場しました。

女性探偵の代表格としては、サラ・パレッキーが生み出したヴィク・ウォーショースキー、スー・グラフトンのキンジー・ミルホーン、少し先輩にあたるリザ・コディのアンナ・リー、最近では、サラ・デュナントのハンナ・ウルフなどなどがあげられます。昨今ではけっして珍しい存在ではなくなっています。彼女らの先駆けとしては、P・D・ジェイムズが『女には向かない職業』(一九七二年)で世に送り出した可憐なコーデリア・グレイを思い起こされる方もいらっしゃるでしょう。

それに先立つこと三十五年、一九三七年にレックス・スタウトがこの『手袋の中の手』で探偵役に選んだのが、このドル(シオドリンダ)・ボナーでした。本書の原題は *The Hand in the Glove*、イギリスで出版された時のタイトルは *Crime on Her Hands*。

レックス・スタウトというと、なんといっても、ネロ・ウルフ・シリーズが有名です。

一九三四年に処女作『毒蛇』を発表して以来、一九七五年に亡くなるまでに、スタウトはネロ・ウルフが活躍する作品を長篇を三十三作、中短篇も数多く書いています。日本でも『料理長が多すぎる』、『腰ぬけ連盟』などが紹介され、根強い人気を保っています。

『手袋の中の手』が出版されたのは『毒蛇』の三年後。主人公は、ウルフとはおよそ正反対の、華奢で若い女性。お嬢さん育ちのドルが、父親の死後、自活せざるを得なくなって、職業として選んだのが私立探偵(なぜ探偵を選んだのかは、本書で語られています)。富豪の女友達と二人で探偵事務所を開業しますが、その友人の後見人の猛反対にあって、あわや共同経営は破綻というところから、ストーリーが始まります。

富豪のカントリーハウスで起こった殺人事件、いずれも一癖ありそうな招待客。容疑者は招待客に絞られ、地元の捜査官が容疑者を順番に書斎に呼び入れて、動機を探り、アリバイを崩そうとする。

まるでアガサ・クリスティーの古典的ミステリの世界です。ウルフ・シリーズの愛読者なら、レックス・スタウトがこんな小説を書いていたのかと意外な気がされるかもしれませんが、一八八六年生まれのスタウトは、一八九〇年生まれのクリスティーと同時代の作家なのです。

スタウトがミステリ作家としてデビューしたのは四十八歳のときで、それまではさまざまな職業につきながら、パリで純文学小説を書いていた時期もありました。処女作『毒蛇』を発表するやいなや「探偵小説に新風を吹き込んだ」と批評家たちに絶賛されたのは、それまでの豊富な人生経験があったからこそでしょう。

スタウトの最大の特長は、登場人物の性格や心理描写の鋭さです。この『手袋の中の手』も、単なる謎解きに終わらず、ドル・ボナーをはじめとする登場人物が一人ひとり丹念に描き出されています。

残念ながら、この女性探偵は時代に先行しすぎたのか、当時、ウルフほどの人気は得られませんでした。ドル・ボナーは、このあと二つの作品にしか出てきません。*Bad for Business*（一九四〇年）では、スタウトのもうひとりのシリーズ・キャラクター、テカムス・フォックス探偵の脇役として。中篇「探偵が多すぎる」（一九三八年）では、ウルフとともに、やはり脇役として。

レックス・スタウトは、『ネロ・ウルフの料理本』という著書まで出しているほどの美食家で、園芸趣味もあり、ネロ・ウルフは著者の分身と見なされています。もっとも、長いあごひげをたくわえたスタウトの写真を見るかぎりでは、体型はウルフとは正反対で、大変エネルギッシュな人だったということですが。

また、ウルフは女嫌いで有名ですが、これも著者には当てはまらないようです。時代にさきがけて女性探偵を書いたというだけでなく、ウルフ・シリーズに登場する女性たちの描写、とりわけ、会話の巧みさから察するに、スタウトはたくさんの女性を身近でよく観察していたような気がします。その点では、ウルフの助手――ハンサムで調子がよく、いつも女性にもてていたアーチー・グッドウィンに重なるところが大きいと思うのですが、みなさんはどうお感じでしょうか。

この邦訳は、早川書房編集部の川村均氏の「スタウトの書いた元祖女探偵に日の目を見させたい」という熱意から生まれました。訳者として、とても貴重な、そして楽しい経験をさせていただきました。この場をお借りしてお礼を申しあげます。

二〇〇六年三月

HAYAKAWA POCKET MYSTERY BOOKS No. 1786

矢《や》沢《ざわ》聖《せい》子《こ》

1951年生　津田塾大学卒
英米文学翻訳家
訳書
『編集者を殺せ』レックス・スタウト
『スタイルズ荘の怪事件』アガサ・クリスティー
『囚人分析医』アンナ・ソルター
（以上早川書房刊）他多数

この本の型は，縦18.4センチ，横10.6センチのポケット・ブック判です．

検印
廃止

〔手《て》袋《ぶくろ》の中《なか》の手《て》〕

2006年4月10日印刷　　2006年4月15日発行

著者　レックス・スタウト
訳者　矢沢聖子
発行者　早川浩
印刷所　星野精版印刷株式会社
表紙印刷　大平舎美術印刷
製本所　株式会社川島製本所

発行所　株式会社　早川書房
東京都千代田区神田多町2ノ2
電話　03-3252-3111（大代表）
振替　00160-3-47799
http://www.hayakawa-online.co.jp

〔乱丁・落丁本は小社制作部宛お送り下さい
送料小社負担にてお取りかえいたします〕

ISBN4-15-001786-7 C0297
Printed and bound in Japan

ハヤカワ・ミステリ〈話題作〉

1778 007／ハイタイム・トゥ・キル　レイモンド・ベンスン　小林浩子訳

英国防衛の要となる新技術が強奪された。犯人を追ったボンドの前に立ち塞がる強敵。国際犯罪組織〈ユニオン〉との対決の幕が開く

1779 ベスト・アメリカン・ミステリ スネーク・アイズ　デミル&ペンズラー編　田村義進・他訳

ますます多様化する現代ミステリ界を俯瞰する傑作集。S・キング、J・アボット、J・C・オーツら、文豪から新人までが勢揃い！

1780 悪魔のヴァイオリン　ジュール・グラッセ　野口雄司訳

〈パリ警視庁賞受賞〉教会の司祭が殺害された。容疑は若き女性ヴァイオリニストにかかるが……人情派メルシエ警視が花の都を走る

1781 南海の金鈴　R・V・ヒューリック　和爾桃子訳

不穏な空気渦巻く広州へと秘密任務で赴いたディー判事一行。そこでは奇怪な殺人が……判事の長き探偵生活の掉尾を飾る最後の事件

1782 真夜中への挨拶　レジナルド・ヒル　松下祥子訳

〈ダルジール警視シリーズ〉密室の書斎で頭を吹き飛ばした男の死体は何を語る？　捜査の行く手に立ちはだかるのは意外にも……！